# Anna Vestida de Sangue

# KENDARE BLAKE

# Anna Vestida de Sangue

**Tradução**
Cecília Camargo Bartalotti

2ª edição
Rio de Janeiro-RJ / Campinas-SP, 2018

VERUS
EDITORA

**Editora**
Raïssa Castro

**Coordenadora editorial**
Ana Paula Gomes

**Copidesque**
Katia Rossini

**Revisão**
Raquel de Sena Rodrigues Tersi

**Capa**
Adaptação da original (© Nekro/Tor Teen)

**Ilustração da capa**
© Nekro

**Projeto gráfico e diagramação**
André S. Tavares da Silva

**Título original**
*Anna Dressed in Blood*

ISBN: 978-85-7686-443-1

Copyright © Kendare Blake, 2011
Todos os direitos reservados.
Edição publicada mediante acordo com Tom Doherty Associates, LLC.

Tradução © Verus Editora, 2016
Direitos reservados em língua portuguesa, no Brasil, por Verus Editora. Nenhuma parte desta obra pode ser reproduzida ou transmitida por qualquer forma e/ou quaisquer meios (eletrônico ou mecânico, incluindo fotocópia e gravação) ou arquivada em qualquer sistema ou banco de dados sem permissão escrita da editora.

**Verus Editora Ltda.**
Rua Benedicto Aristides Ribeiro, 41, Jd. Santa Genebra II, Campinas/SP, 13084-753
Fone/Fax: (19) 3249-0001 | www.veruseditora.com.br

CIP-BRASIL. CATALOGAÇÃO NA FONTE
SINDICATO NACIONAL DOS EDITORES DE LIVROS, RJ

B568a

Blake, Kendare
    Anna vestida de sangue / Kendare Blake ; tradução Cecília Camargo Bartalotti. - 2. ed. - Campinas, SP : Verus, 2018.
    23 cm.

    Tradução de: Anna dressed in blood
    ISBN 978-85-7686-443-1

    1. Ficção juvenil americana. I. Bartalotti, Cecília Camargo. II. Título.

16-30481

CDD: 028.5
CDU: 087.5

Revisado conforme o novo acordo ortográfico

# I

O cabelo liso brilhantinado é uma pista fatal — com o perdão do trocadilho.

Assim como o casaco de couro largo e desbotado, embora nem tanto quanto as costeletas. E o jeito como ele fica abrindo e fechando o isqueiro ao ritmo do movimento da própria cabeça. Ele poderia fazer parte de um grupo de Jets e Sharks, dançando em *Amor, sublime amor*.

Mas a verdade é que eu tenho olho para essas coisas. Sei o que procurar, porque já vi todo tipo de aparição e espectro que se possa imaginar.

O caronista assombra um trecho de estrada sinuosa na Carolina do Norte, margeado por cercas quebradas e sem pintura e uma vasta extensão de nada. Motoristas inocentes talvez lhe deem carona por tédio, imaginando que se trata apenas de um universitário que lê muito Kerouac.

— Minha garota está me esperando — ele diz, agora em um tom de voz animado, como se fosse vê-la no minuto em que chegarmos ao alto da próxima colina. Bate com força o isqueiro no painel, duas vezes, e eu dou uma espiada de lado para ver se não deixou nenhuma marca.

Este carro não é meu. E sofri por oito semanas cuidando do jardim do sr. Dean, o coronel do exército aposentado que mora mais no fim do quarteirão, para conseguir que ele me emprestasse. Para um homem de setenta anos, ele tem a postura mais ereta que já vi.

Se eu tivesse mais tempo, poderia passar um verão inteiro ouvindo suas histórias interessantes sobre o Vietnã. Em vez disso, limpei arbustos e preparei um canteiro de dois metros e meio por três para novas roseiras, enquanto ele me observava com um olhar sisudo, decidindo se seu precioso carro estaria em segurança com aquele garoto de dezessete anos, de camiseta velha dos Rolling Stones e luvas de jardinagem da mãe.

Para dizer a verdade, eu sentia uma pontada de culpa por saber o uso que faria do carro dele. É um Camaro Rally Sport 1969 azul-acinzentado, em perfeito estado. Roda suave como seda e zumbe de leve nas curvas. Ainda não acredito que ele me emprestou, com ou sem jardim. Mas que bom que o fez, porque, sem isso, eu não teria chance. Precisava de algo que atraísse o caronista, algo que ele achasse que valia o trabalho de rastejar para fora da terra.

— Ela deve ser bem bonita — comento, sem muito interesse.

— É, rapaz, é — ele diz, e, pela centésima vez desde que o peguei na estrada, oito quilômetros atrás, eu me pergunto como alguém não desconfiaria de que ele está morto. Ele fala como se estivesse em um filme de James Dean. E ainda tem o cheiro. Não exatamente podre, mas definitivamente musguento, pairando em volta dele como uma névoa. Como alguém pode confundi-lo com uma pessoa viva? Como alguém pode ter deixado que permanecesse no carro durante os quinze quilômetros até a Ponte de Lowren, onde, inevitavelmente, ele agarra o volante e atira carro e motorista dentro do rio? O mais provável é que tenham se assustado com suas roupas e sua voz, e com o cheiro de ossos, esse cheiro que lhes parece familiar, mesmo que nunca o tenham sentido antes. Mas aí já é tarde demais. Eles já tomaram a decisão de dar carona, não vão mudar de ideia por medo. Racionalizam seus temores e os descartam. As pessoas não deveriam fazer isso.

No banco do passageiro, o caronista ainda está falando, naquele tom de voz distante, sobre a namorada, chamada Lisa, e como ela tem os cabelos loiros mais brilhantes do mundo e o sorriso vermelho mais bonito, e como eles vão fugir para se casar assim que ele chegar da viagem desde a Flórida. Ele esteve trabalhando lá durante parte do verão, na loja de carros do tio: era a melhor oportunidade de economizar algum dinheiro para o casamento, mesmo que, para isso, tenha sido preciso ficar um tempo sem se ver.

— Deve ter sido difícil ficar longe tanto tempo — digo, e minha voz soa realmente um pouco penalizada. — Mas tenho certeza que ela vai ficar contente de ver você outra vez.

— É, rapaz. É essa a ideia. Tenho tudo de que a gente precisa bem aqui no bolso do meu casaco. Vamos nos casar e mudar para o litoral. Eu tenho um amigo lá, o Robby. Podemos ficar com ele até eu arrumar um emprego em alguma oficina.

— Com certeza — respondo. O caronista tem aquela expressão tristemente otimista no rosto, iluminado pelo luar e pelas luzes do painel. Ele não se encontrou com Robby, claro. E nunca reencontrou sua namorada Lisa também. Porque, três quilômetros adiante na estrada, no verão de 1970, ele entrou em um carro, provavelmente muito parecido com este. E contou para o motorista que ali, bem no bolso do casaco, tinha meios para começar toda uma nova vida.

Os moradores locais dizem que ele foi espancado perto da ponte, depois o arrastaram para o meio das árvores, deram-lhe duas facadas e lhe cortaram a garganta. Empurraram o corpo de um barranco para dentro de um dos riachos. Foi lá que um lavrador o encontrou, quase seis meses depois, enrolado em trepadeiras, com a boca aberta de surpresa, como se ainda não pudesse acreditar que estava preso ali.

E, agora, ele não sabe que está preso aqui. Nenhum deles jamais parece saber. Neste momento, o caronista está assobiando e balançando a cabeça ao ritmo de uma música inexistente. É provável que ainda ouça o que estava tocando na noite em que o mataram.

Ele é perfeitamente agradável. Um companheiro de viagem simpático. Quando chegarmos àquela ponte, no entanto, vai ficar bravo e feio como nunca se viu. De acordo com os registros, este fantasma, apelidado — de maneira nada original — de Caronista do Distrito 12, matou pelo menos uma dúzia de pessoas e feriu outras oito. Mas não o culpo tanto. Ele não pôde chegar em casa para ver a namorada e, agora, não quer que ninguém mais chegue.

Passamos pelo quilômetro trinta e sete. A ponte está a menos de dois minutos de distância. Dirigi por esta estrada quase todas as noites desde que nos mudamos para cá, na esperança de ver seu polegar diante de meus faróis, mas não tive sorte. Não até sentar atrás do volante deste Rally Sport. Antes disso, não passou de meio verão na mesma droga de estrada, com a mesma droga de lâmina escondida embaixo da perna. Odeio quando é assim, como uma viagem de pescaria que não acaba nunca. Mas eu não desisto deles. Sempre acabam aparecendo.

Levanto um pouco o pé do acelerador.

— Algum problema, amigo? — ele me pergunta.

Sacudo a cabeça.

— É só que este carro não é meu e não tenho dinheiro para o conserto, se você resolver tentar me jogar da ponte.

O caronista ri, um pouco alto demais para ser normal.

— Acho que você andou bebendo esta noite, amigo. Talvez seja melhor eu descer aqui mesmo.

Percebo tarde demais que não deveria ter dito isso. Não posso deixar que ele escape. Agora, só me falta ele dar o fora e desaparecer. Vou precisar matá-lo com o carro em movimento, ou terei de começar tudo de novo, e duvido que o sr. Dean vá querer me emprestar o carro por muito mais tempo. Além disso, vou me mudar para Thunder Bay em três dias.

Também me vem à cabeça a noção de que vou fazer este pobre coitado passar por tudo outra vez. Mas é um pensamento passageiro. Ele já está morto.

Tento manter o velocímetro acima de oitenta, rápido demais para ele realmente pensar em pular... mas, com fantasmas, nunca se pode ter certeza. Precisarei agir depressa.

É quando baixo a mão para pegar o punhal sob a perna do meu jeans que vejo a silhueta da ponte ao luar. No mesmo segundo, o caronista segura o volante e o puxa para a esquerda. Eu tento manobrar para a direita e piso com força no freio. Ouço o som da borracha raspando o asfalto e, de canto de olho, vejo que o rosto dele se foi. Não há mais a expressão simpática, o cabelo alisado e o sorriso ansioso. Agora ele é apenas uma máscara de pele decomposta e buracos escuros e ocos, com dentes como pedras gastas. Parece estar fazendo careta, mas talvez seja só o efeito da ausência de lábios.

Mesmo enquanto o carro derrapa, tentando parar, não vejo nenhum flash da minha vida passar diante dos olhos. Como seria isso? Uma espiral brilhante de fantasmas assassinados. Em vez disso, vejo uma série de imagens rápidas e ordenadas de meu corpo morto: uma com o volante atravessando o peito, outra sem a cabeça, enquanto o resto de mim está dependurado na janela quebrada.

Uma árvore surge do nada e avança diretamente para minha porta. Não tenho tempo nem de xingar, só de virar o volante e pisar no acelerador, e agora a árvore está atrás de mim. O que eu não quero é chegar à ponte. O carro está derrapando pelo acostamento, e a ponte não tem um. Ela é estreita, de madeira e antiga.

— Não é tão ruim estar morto — o caronista me diz, apertando meu braço, tentando me arrancar do volante.

— E o cheiro? — digo em resposta. Durante toda aquela confusão, não soltei o cabo do punhal. Não me pergunte como; a sensação em meu pulso é de que os ossos vão se separar em dez segundos. Fui levantado do banco e, agora, estou suspenso sobre a alavanca do câmbio. Jogo o carro para ponto morto com o quadril (devia ter feito isso antes) e puxo a faca depressa.

O que acontece em seguida é meio surpreendente: a pele volta para o rosto do caronista, o verde retorna a seus olhos. É apenas um garoto com o olhar fixo no punhal. Assumo o controle do carro outra vez e piso no freio.

O solavanco da parada o faz piscar. Ele olha para mim.

— Trabalhei o verão inteiro por este dinheiro — diz baixinho. — Minha namorada me mata se acontecer alguma coisa com ele.

Meu coração está acelerado do esforço para controlar o carro. Não quero dizer nada. Só quero acabar logo com isso. Mas ouço minha voz.

— Sua namorada vai perdoar você. Eu prometo. — A faca, o athame de meu pai, está leve em minha mão.

— Eu não quero fazer isso de novo — o caronista murmura.

— Esta é a última vez — digo e então o golpeio, passando a lâmina por sua garganta e abrindo uma grande linha negra. Os dedos do caronista sobem até o pescoço e tentam unir a pele de novo, mas algo escuro e grosso como óleo flui da ferida e o cobre, escorrendo não só sobre o casaco vintage, mas também por seu rosto e olhos, e por dentro dos cabelos. O caronista não grita enquanto se contorce, mas talvez não possa: sua garganta foi cortada, e o líquido preto já subiu à boca. Em menos de um minuto, ele se vai, sem deixar vestígio.

Passo a mão pelo assento. Está seco. Saio do carro e faço a melhor inspeção possível no escuro, à procura de algum arranhão. A borracha dos pneus ainda está derretida e soltando fumaça. Já posso ouvir o sr. Dean rangendo os dentes. Vou sair da cidade em três dias, e agora terei de passar pelo menos um deles arrumando um conjunto novo de pneus. Pensando bem, talvez seja melhor nem levar o carro de volta até os pneus novos estarem instalados.

Passa da meia-noite quando estaciono o Rally Sport na frente de casa. O sr. Dean provavelmente ainda está acordado, todo agitado e cheio de café preto como ele é, me observando chegar devagar pela rua. Mas ele não espera o carro de volta até que amanheça. Se eu acordar bem cedo, posso levá-lo até a oficina e trocar os pneus antes que ele note alguma diferença.

Quando os faróis cortam o jardim e iluminam as paredes da casa, vejo dois pontos verdes: os olhos do gato de minha mãe. Ele já desapareceu da janela quando alcanço a porta da frente. Foi avisar a ela que cheguei. Tybalt é o nome do gato. Ele é um bichinho rebelde e não liga muito para mim. Eu não ligo muito para ele também. Ele tem o estranho hábito de arrancar todos os pelos da própria cauda, largando pequenos tufos pretos pela casa inteira. Mas minha mãe gosta de ter um gato. Como a maioria das crianças, eles conseguem ver e ouvir coisas que já estão mortas. O que é uma característica útil quando se mora conosco.

Eu entro, tiro os sapatos e subo a escada de dois em dois degraus. Estou louco para tomar um banho, tirar aquela sensação musgosa e podre do pulso e do ombro. E quero examinar o athame de meu pai e limpar toda a sujeira preta que possa ter ficado na lâmina.

No alto das escadas, tropeço em uma caixa e solto um "Merda!", um pouco alto demais. Eu já deveria saber. Passo a vida em meio a um labirinto de caixas empilhadas. Minha mãe e eu somos embaladores profissionais; não improvisamos com caixas de papelão descartadas pelo mercado ou pela loja de bebidas. Temos embalagens reforçadas, de resistência industrial e alta qualidade, marcadas com etiquetas permanentes. Mesmo no escuro, posso ver que acabei de tropeçar na "Utensílios de cozinha (2)".

Entro no banheiro na ponta dos pés e tiro a faca da mochila de couro. Depois que terminei com o caronista, eu a embrulhei em um tecido de veludo preto, mas não muito bem. Estava com pressa. Não queria continuar na estrada ou em nenhum lugar perto da ponte. Ver o caronista se desintegrar não me assustou. Já vi coisas piores. Mas não é o tipo de cena com que a gente se acostuma.

— Cas?

Olho no espelho e vejo o reflexo sonolento de minha mãe, segurando o gato preto nos braços. Ponho o athame sobre a bancada.

— Oi, mãe. Desculpe por te acordar.

— Você sabe que eu gosto de estar acordada quando você chega. Você devia me acordar sempre, para então eu poder dormir.

Não digo a ela como isso parece esquisito; só abro a torneira e começo a passar a lâmina sob a água fria.

— Deixe que eu faço isso — ela diz e toca meu braço. Então, claro, segura meu pulso, porque nota as contusões, que começam a ficar roxas, por todo o antebraço.

Espero que ela diga algo maternal; espero que fique grasnando como uma pata aflita por alguns minutos, antes de ir para a cozinha pegar gelo e uma toalha molhada, embora as contusões não sejam de modo algum as piores marcas que já recebi. Mas desta vez ela não faz isso. Talvez porque seja tarde e ela esteja cansada. Ou talvez porque, depois de três anos, esteja finalmente começando a se dar conta de que eu não vou desistir.

— Dê aqui — ela pede e eu obedeço, porque já tirei a maior parte da substância preta. Ela pega o punhal e sai do banheiro. Sei que vai fazer o que faz todas as vezes, que é ferver a lâmina, depois enfiá-lo em um grande pote de sal, onde ele ficará sob a luz do luar por três noites. Quando o retirar, vai limpá-lo com óleo de canela antes de considerar que está como novo.

Ela fazia o mesmo pelo meu pai. Ele voltava para casa, depois de matar alguma coisa que já estava morta, e ela lhe dava um beijo no rosto e pegava o athame, tão naturalmente como qualquer outra esposa tomaria a valise da mão do marido. Ele e eu ficávamos de braços cruzados, olhando a faca dentro do pote de sal, dando a entender um ao outro que achávamos aquilo ridículo. Sempre me pareceu um faz de conta bobo. Como se a faca fosse a Excalibur dentro da pedra.

Mas meu pai a deixava fazer. Sabia em que estava se metendo quando a conheceu e se casou com ela, aquela bonita garota ruiva, seguidora da religião wicca, com um colar de flores brancas trançadas em volta do pescoço. Ele mentiu na época e disse que era wiccano também, por falta de palavra melhor. Mas, na verdade, meu pai não acreditava em nada em particular.

Ele apenas gostava das lendas. Adorava uma boa história, contos sobre o mundo que faziam as coisas parecerem mais interessantes do que realmente eram. Era louco por mitologia grega, que foi de onde tirou meu nome.

Os dois chegaram a um acordo sobre isso, porque minha mãe adorava Shakespeare, e eu acabei me chamando Theseus Cassio. Theseus por causa de Teseu, o matador do Minotauro, e Cassio devido ao desventurado tenente de Otelo. Acho um nome péssimo. Theseus Cassio Lowood. Todo mundo me chama de Cas. Mas acho que devo me considerar sortudo: meu pai também amava mitologia nórdica, e eu poderia ter acabado por me chamar Thor, o que seria simplesmente insuportável.

Solto o ar e olho no espelho. Não há marcas em meu rosto nem na camisa social cinza, assim como não havia marcas no estofamento do Rally Sport (ainda bem). Eu pareço ridículo. Estou de calça e camisa sociais, como se tivesse ido a um encontro importante, porque foi para isso que eu disse ao sr. Dean que precisava do carro. Quando saí de casa, à noite, meu cabelo estava penteado para trás com um pouco de gel, mas, depois daquela porra de confusão dentro do carro, está caído em mechas escuras sobre a testa.

— Vá para a cama logo, querido. Já é tarde e temos mais coisas para empacotar.

Minha mãe acabou o trabalho com o punhal. Voltou a se recostar no batente da porta, e o gato preto está se enrolando em seus tornozelos como um peixe entediado em volta de um castelo de plástico.

— Só quero tomar um banho — digo.

Ela suspira e se vira para sair.

— Você o pegou, não foi? — pergunta, olhando para trás, quase como se só então tivesse lembrado.

— Sim, peguei.

Ela sorri para mim. É um sorriso melancólico.

— Foi em cima da hora desta vez. Você achou que estaria resolvido antes do fim de julho, e já estamos em agosto.

— Foi uma caçada mais difícil — respondo, puxando uma toalha da prateleira. Acho que ela não vai dizer mais nada, mas minha mãe se detém e torna a se virar.

— Você ia querer continuar aqui se não tivesse conseguido? Teria deixado ela para depois?

Penso por alguns segundos, só para dar uma pausa natural na conversa, porque já sabia a resposta antes que ela acabasse de fazer a pergunta.

— Não.

Quando minha mãe se afasta, eu solto a bomba.

— Ei, posso pegar um dinheiro emprestado para comprar pneus novos?

— Theseus Cassio — ela geme, e eu faço uma careta, mas seu suspiro exausto me diz que posso fazer o que preciso de manhã.

———∞———

Thunder Bay, Ontário, é o nosso destino. Estou indo lá para matá-la. Anna. Anna Korlov. Anna Vestida de Sangue.

— Essa preocupa você, não é, Cas? — minha mãe diz atrás do volante da van alugada. Vivo lhe dizendo que devíamos comprar nossa própria caminhonete em vez de alugar. Afinal vivemos de mudança, seguindo fantasmas.

— Por que você diz isso? — pergunto, e ela acena com a cabeça para minha mão. Eu não tinha percebido que estava tamborilando na mochila de couro, onde guardo o athame de meu pai. Com um esforço concentrado, não a removo dali. Continuo batucando como se isso não tivesse nenhuma importância, como se ela estivesse interpretando algo que não existe. — Eu matei Peter Carver quando tinha catorze anos, mãe. Tenho feito isso desde então. Nada mais me surpreende muito.

Ela enrijece o rosto.

—Você não deveria falar assim. Você não *matou* Peter Carver. Foi atacado por Peter Carver, e ele já estava morto.

Às vezes, me surpreende o modo como ela consegue mudar as coisas só usando as palavras certas. Se sua loja de produtos de ocultismo um dia falir, ela tem um bom futuro na publicidade.

Ela diz que eu fui atacado por Peter Carver. Sim, eu fui. Mas só depois que invadi a casa abandonada da família Carver. Foi meu primeiro trabalho. Fiz aquilo sem a permissão de minha mãe. Ou, melhor dizendo, eu o fiz mesmo sob os protestos em altos brados de minha mãe e tive de forçar a tranca da janela do meu quarto para sair de casa. Mas fiz. Peguei a faca do meu pai e invadi a casa. Esperei até duas horas da manhã no quarto onde Peter Carver matara a esposa com um tiro de revólver calibre .44 e depois se enforcara com o próprio cinto no armário. Esperei no mesmo quarto onde seu fantasma tinha matado um agente imobiliário que tentava vender a casa, dois anos depois, e um avaliador de imóveis no ano seguinte.

Quando penso nisso agora, lembro de minhas mãos trêmulas e do estômago revirado a ponto de vomitar. Lembro da ansiedade ao fazer aquilo, ao fazer o que eu deveria fazer, como meu pai tinha feito. Quando os fantasmas finalmente apareceram (sim, fantasmas, plural — acontece que Peter e a esposa tinham se reconciliado e encontrado um interesse comum em matar), acho que quase desmaiei. Um saiu do armário com o pescoço tão roxo e torto que parecia estar pendido de lado, e a outra foi largando sangue pelo chão como num comercial de absorvente rodado ao contrário. Ela nem teve tempo de andar muito, tenho orgulho de dizer. O instinto assumiu as rédeas, e a abati antes que ela pudesse fazer qualquer movimento. Mas Carver me atacou enquanto eu tentava puxar o punhal da madeira coberta pela mancha do que antes tinha sido sua esposa. Ele quase me jogou pela janela antes que eu me arrastasse de volta para o athame, choramingando como um gatinho. Esfaqueá-lo foi quase um acidente.

A lâmina meio que o encontrou no momento em que ele enrolou sua corda em minha garganta e me virou. Eu nunca contei essa parte para minha mãe.

— Mãe, você sabe como funciona — digo. — Só os outros pensam que não se pode matar o que já está morto. — Quero lhe dizer que meu pai também sabia, mas não digo. Não gosta de falar sobre ele, e sei que ela nunca mais foi a mesma desde que ele morreu. Ela não está totalmente presente mais; há algo faltando em todos os seus sorrisos, como um ponto borrado, ou uma câmera desfocada. Parte dela o seguiu, para onde quer que ele tenha ido. Sei que isso não significa que ela não me ama. Mas acho que nunca se imaginou criando um filho sozinha. A família deveria formar um círculo. Agora, nós andamos por aí como uma fotografia da qual meu pai foi cortado.

— Eu vou chegar e sair num estalar de dedos — digo, fazendo o gesto com a mão e mudando de assunto. — Talvez nem passe todo o ano escolar em Thunder Bay.

Ela se inclina sobre o volante e sacode a cabeça.

— Você devia pensar em ficar mais tempo. Ouvi dizer que é um lugar agradável.

Faço cara de impaciência. Ela está cansada de saber. Nossa vida não é sossegada. Não é como outras vidas, em que há raízes e rotinas. Somos um circo itinerante. E ela nem pode pôr a culpa disso no fato de meu pai ter sido morto, porque a gente viajava com ele também, embora, admito, não tanto. É por isso que ela tem esse tipo de trabalho, lendo cartas de tarô e fazendo limpeza de aura pelo telefone e vendendo itens de ocultismo pela internet. Minha mãe é uma bruxa móvel. E consegue uma renda surpreendentemente boa com isso. Mesmo que não tivéssemos os investimentos de meu pai, acho que viveríamos bem.

Neste momento, estamos seguindo para o norte por uma estrada sinuosa que margeia o lago Superior. Fiquei feliz por sair da Carolina do Norte, do chá gelado, de sotaques e hospitalidade que não combinavam comigo. Na estrada eu me sinto livre, enquanto estou no caminho de um lugar a outro, e só quando puser os pés nas ruas de Thunder Bay vou sentir que voltei ao trabalho. Por enquanto, posso curtir os bosques de pinheiros e as camadas de rochas sedimentares à beira da estrada, vertendo água subterrânea como se estivessem em constante tristeza. O lago Superior é mais azul que o azul e mais verde que o verde, e a luz intensa que entra pelas janelas me faz apertar os olhos por trás dos óculos escuros.

— Como você vai fazer com a faculdade?

— Mãe — gemo. O desânimo borbulha dentro de mim de repente. Ela vai recomeçar sua rotina meio a meio. Meio aceitando o que sou, meio insistindo que eu seja um garoto normal. Eu me pergunto se ela fazia isso com meu pai também. Acho que não.

— Cas — ela geme em resposta. — Super-heróis também fazem faculdade.

— Eu não sou um super-herói — digo. Esse é um rótulo horrível. É egocêntrico e não se encaixa em mim. Eu não ando por aí de roupa colante. Não recebo homenagens e chaves de cidades pelo que faço. Trabalho no escuro, matando o que deveria ter permanecido morto. Se as pessoas soubessem o que faço, provavelmente tentariam me impedir. Os idiotas ficariam do lado do Gasparzinho, e aí eu teria de matar o Gasparzinho *e* eles, depois que o fantasminha arrancasse seu pescoço a mordidas. Não sou nenhum super-herói. No máximo, sou o Rorschach de *Watchmen*. Sou Grendel. Sou o sobrevivente de *Silent Hill*.

— Se está tão decidido a continuar fazendo isso durante a faculdade, há muitas cidades que poderiam manter você ocupado por quatro anos. — Ela entra com a van em um posto de gasolina, o último do lado americano. — Que tal Birmingham? Aquele lugar é tão assombrado que você poderia pegar dois por mês e provavelmente ainda sobraria o suficiente para todo o tempo da faculdade.

— É, mas aí eu teria que ir para a faculdade na merda de Birmingham — digo, e ela me lança um olhar de reprovação. Murmuro um pedido de desculpas. Ela pode ser a mais liberal das mães, deixando seu filho adolescente perambular pela noite à caça dos restos de assassinos, mas não gosta de ouvir palavrões saindo de minha boca.

Ela estaciona junto às bombas de combustível e respira fundo.

— Você já o vingou umas cinco vezes, e sabe disso.

Antes que eu possa lhe dizer que não, ela sai do carro e fecha a porta.

# 3

A paisagem mudou depressa assim que atravessamos a fronteira para o Canadá, e agora estou vendo pela janela quilômetros de colinas suaves cheias de árvores. Minha mãe diz que se chama floresta boreal. Nos últimos tempos, quando começamos a nos mudar com muita frequência, ela adquiriu o hábito de pesquisar a fundo cada novo lugar em que moramos. Diz que isso lhe dá a sensação de estarmos em férias, procurando lugares onde comer e coisas para fazer quando chegarmos lá. Minha opinião é que isso a faz se sentir mais em casa.

Ela soltou Tybalt de sua caixa de transporte, e ele está empoleirado no ombro dela com a cauda em volta de seu pescoço. Ele nem se dá o trabalho de olhar para mim. É metade siamês, e tem a característica da raça de escolher uma pessoa para adorar e dizer "foda-se" para o resto. Não que eu me importe. Gosto quando ele rosna e me ameaça com a pata, e ele só me serve quando, ocasionalmente, vê fantasmas antes de mim.

Minha mãe está olhando para as nuvens e cantarolando algo que não é uma música de verdade. Seu sorriso é igual ao do gato.

— Por que o bom humor? — pergunto. — Seu traseiro ainda não está adormecido?

— Há horas — ela responde. — Mas acho que vou gostar de Thunder Bay. E, pelo jeito dessas nuvens, vou poder aproveitar o lugar por um bom tempo.

Olho para cima. As nuvens são enormes e perfeitamente brancas. Permanecem imóveis no céu enquanto avançamos em sua direção. Observo sem piscar até meus olhos ficarem secos. Elas não se movem nem se alteram de maneira nenhuma.

— Estamos indo no sentido de nuvens imóveis — ela murmura.

— Isso vai levar mais tempo do que você espera.

Quero lhe dizer que ela está sendo supersticiosa, que nuvens imóveis não significam nada e, além disso, se as observarmos por tempo suficiente, uma hora elas vão se mover. Mas seria hipocrisia de minha parte. Afinal, sou aquele que a deixa purificar minha faca no sal, sob o luar.

As nuvens paradas, por alguma razão, me deixam com enjoo de movimento, então volto a olhar para a floresta, um cobertor de pinheiros em tons de verde, marrom e ferrugem, entremeados de troncos de bétulas que se projetam como ossos. Geralmente fico mais bem-humorado nessas viagens. O entusiasmo por um lugar novo, um novo fantasma para caçar, coisas novas para ver... As perspectivas costumam manter meu cérebro animado, pelo menos durante o trajeto. Talvez eu esteja apenas cansado. Não durmo muito e, quando pego no sono, é comum ter algum pesadelo. Mas não estou reclamando. Eles vêm e vão desde que comecei a usar o athame. Risco ocupacional, imagino. O inconsciente liberando todo o medo que eu deveria sentir quando entro em lugares onde há fantasmas assassinos. Mesmo assim, eu deveria tentar descansar um pouco. Os sonhos são particularmente ruins na noite seguinte a uma caçada que deu certo, e ainda não se acalmaram desde que eliminei o caronista.

Mais ou menos uma hora mais tarde, depois de muitas tentativas de dormir, Thunder Bay surge à vista, uma cidade extensa e urbana de mais de cem mil habitantes. Passamos pelos distritos comercial e empresarial e não me impressiono. O Walmart é um lugar conveniente para os vivos, mas nunca vi um fantasma comparando preços de óleo para motor ou tentando forçar a entrada em uma caixa de Xbox 360. É só quando chegamos ao centro da cidade, a parte mais antiga, situada acima do porto, que vejo o que estou procurando.

Incrustadas entre moradias de família reformadas, há casas talhadas em ângulos ruins, com a tinta das paredes descamando em crostas e as venezianas pendendo de um jeito torto das janelas, fazendo-as parecer olhos feridos. Mal noto as casas mais bonitas. Pisco enquanto passamos, e elas se vão, entediantes e inconsequentes.

Ao longo da vida, estive em muitos lugares. Lugares sombrios onde coisas deram errado. Lugares sinistros onde coisas ainda estão erradas. Sempre deteste as cidades banhadas de sol, cheias de condomínios novos com garagens para dois carros em tons de bege-claro, cercadas de gramados verdes e fervilhando de crianças risonhas. Essas cidades não são menos assombradas que as outras. Apenas mentem melhor. Gosto mais de chegar a um lugar como este, onde o cheiro de morte é trazido até você a cada respiração.

Observo as águas do lago Superior repousando ao longo da cidade como um cachorro adormecido. Meu pai sempre disse que a água faz os mortos se sentirem seguros. Nada os atrai tanto. E nada os esconde melhor.

Minha mãe ligou o GPS, a que deu o nome carinhoso de Fran, por causa de um tio com um senso de direção particularmente bom. A voz monótona de Fran está nos guiando pela cidade, dando-nos instruções como se fôssemos idiotas. Prepare-se para virar à esquerda em trinta metros. Prepare-se para virar à esquerda. Vire à esquerda. Tybalt, pressentindo o fim da viagem, voltou para sua caixa de transporte, e eu estico o braço e fecho a portinha. Ele rosna para mim, como se pudesse ter feito aquilo sozinho.

A casa que alugamos não é muito grande, dois andares de tinta cor de vinho recém-pintada e acabamentos e venezianas cinza-escuros. Fica na base de uma colina, o início de um belo trecho plano de terra. Quando estacionamos, não há nenhum vizinho nos espiando atrás de janelas ou saindo à varanda para dizer oi. A casa parece tranquila, e solitária também.

— O que você acha? — minha mãe pergunta.

— Gostei — respondo com sinceridade. — Dá para ver as coisas vindo.

Ela suspira. Ficaria mais contente se eu sorrisse, subisse correndo as escadas da varanda, abrisse a porta da frente e disparasse até o segundo andar para tentar tomar posse do quarto principal. Eu fazia esse tipo de coisa quando nos mudávamos para um lugar novo com meu pai. Mas eu tinha sete anos. Não vou deixar os olhos cansados de estrada de minha mãe jogarem essa culpa em mim. Ou então, antes que eu me dê conta, estaremos fazendo colares de margaridas no jardim e coroando o gato como o rei do solstício de verão.

Em vez disso, pego a caixa de transporte de Tybalt e saio do carro. Não dá dez segundos e ouço os passos de minha mãe atrás de mim. Espero que ela abra a porta da frente e entro, sentindo o cheiro abafado de verão e o velho pó de estranhos. A porta se abriu para uma grande sala de estar, já mobiliada, com um sofá e uma poltrona de encosto alto em tom de creme. Há um abajur de bronze, necessitado de uma cúpula nova, e um conjunto de mesinhas de centro e de canto de mogno escuro. Ao fundo, uma arcada de madeira leva à cozinha e à sala de jantar.

Levanto os olhos para as sombras da escada à minha direita. Calmamente, fecho a porta da frente, coloco a caixa do gato no piso de madeira e a abro. Após um segundo, um par de olhos verdes aparece, seguido pelo corpo preto e sinuoso. Esse é um truque que aprendi com meu pai. Ou melhor, que meu pai aprendeu consigo mesmo.

Ele vinha seguindo uma pista que o levara a Portland. O trabalho em questão eram as múltiplas vítimas de um incêndio em uma fábrica de alimentos enlatados. Sua mente estava ocupada com pensamentos sobre máquinas e coisas com lábios que se rachavam quando falavam. Ele não tinha prestado muita atenção ao alugar a casa para onde nos mudamos, e, claro, o proprietário não mencionou que uma mulher e seu bebê ainda no útero tinham morrido ali quando o marido a empurrara escada abaixo. Esses são detalhes que se tende a omitir.

É engraçado o que acontece com fantasmas. Eles podem ter sido normais — ou quase — enquanto estavam respirando, mas, assim que morrem, se tornam obsessivos típicos. Ficam fixados no que lhes aconteceu e se aprisionam no pior momento. Nada mais existe em seu mundo a não ser a lâmina daquela faca, ou a sensação daquelas mãos em sua garganta. Eles têm o hábito de expressar essas coisas, geralmente por demonstração. Se você conhece a história deles, não é difícil prever o que vão fazer.

Nesse dia específico em Portland, minha mãe estava me ajudando a transportar as caixas para meu novo quarto. Foi na época em que ainda usávamos caixas de papelão baratas, e estava chovendo; a parte de cima da maioria das caixas se desfazia como cereal no leite. Eu me lembro de rir por estarmos molhados e deixando poças em forma de sapatos por todo o hall de entrada, revestido de linóleo. Pelo som confuso de nossos pés, alguém poderia pensar que uma família de golden retrievers hipoglicêmicos estava de mudança para lá.

Aconteceu na terceira subida pelas escadas. Eu estava batendo os pés molhados no chão, fazendo uma sujeira, e tinha tirado minha luva de beisebol da caixa porque não queria que ela ficasse manchada de água. Então senti — algo passou deslizando por mim na escada, apenas roçando de leve meu ombro. Não havia nada irritado ou apressado no toque. Nunca contei a ninguém, por causa do que aconteceu em seguida, mas foi até maternal, como se eu estivesse sendo cuidadosamente afastado do caminho. Na hora, acho que pensei que fosse minha mãe tocando meu braço de brincadeira, porque me virei com um grande sorriso no rosto, bem a tempo de ver o fantasma da mulher se transmutar de vento para névoa. Ela parecia estar vestindo um lençol, e seu cabelo era tão pálido que eu enxergava seu rosto por trás da cabeça. Já tinha visto fantasmas antes. Tendo crescido ao lado de meu pai, isso era tão rotineiro quanto macarronada no domingo. Mas nunca tinha visto nenhum empurrar minha mãe no ar.

Tentei segurá-la, mas acabei só com um pedaço de papelão amassado na mão. Ela caiu para trás, enquanto o fantasma esvoaçava em triunfo. Eu via a expressão de minha mãe através do lençol flutuante. Estranhamente, lembro que vi seus molares quando ela caiu, os molares superiores, e que havia duas cáries neles. É nisso que penso quando me lembro do incidente: a sensação incômoda e asquerosa de ver as cáries de minha mãe. Ela aterrissou de bunda nos degraus e emitiu um breve "ah", depois saiu rolando até bater na parede. Não me lembro de nada depois disso. Não lembro nem se ficamos na casa. Claro que meu pai deve ter despachado o fantasma, provavelmente naquele mesmo dia, mas não me lembro de mais nada de Portland. Tudo o que sei é que, depois disso, meu pai começou a usar Tybalt, que era apenas um filhotinho na época, e minha mãe ainda manca na véspera de tempestades.

Tybalt está olhando para o teto, cheirando as paredes. Sua cauda se contrai ocasionalmente. Nós o seguimos enquanto ele examina todo o andar inferior. Fico impaciente com ele no banheiro, porque parece ter esquecido que tem um trabalho a fazer e, em vez disso, quer rolar nos ladrilhos frios. Estalo os dedos. Ele olha para mim contrariado, mas se levanta e continua a inspeção.

Na escada, ele hesita. Isso não me preocupa. O que quero ver é se ele rosna para o ar, ou se fica sentado imóvel, com os olhos fixos no nada. Hesitação não tem nenhuma importância. Gatos podem ver fantasmas, mas não têm precognição. Nós o seguimos escada acima e, por hábito, seguro a mão de minha mãe. A mochila de couro está em meu ombro. O athame é uma presença reconfortante dentro dela, minha medalhinha de são Cristóvão particular.

Há três quartos e um banheiro completo no andar de cima, mais um pequeno sótão com escada removível. Tem cheiro de tinta fresca, o que é bom. Coisas novas são boas. Sem chance de que algum morto sentimental tenha se apegado a elas. Tybalt atravessa o banheiro e entra em um dos quartos. Olha para a cômoda, com as gavetas abertas e desalinhadas, e examina a cama sem lençóis com ar de desagrado. Depois se senta e começa a lamber as patas da frente.

— Não tem nada aqui. Vamos trazer as coisas e selar a casa. — Diante da sugestão de atividade, o gato preguiçoso vira a cabeça e rosna para mim, com seus olhos verdes de refletor, redondos como relógios de parede. Eu o ignoro e levanto a mão para o alçapão do sótão no corredor. — Ai! — Olho para baixo. Tybalt trepou por mim como se eu fosse uma árvore. Seguro suas costas com as duas mãos, enquanto ele se agarra confortavelmente à minha roupa com as quatro patas cheias de garras. E o safado está ronronando.

— Ele só está brincando, querido — minha mãe diz e desengancha, cuidadosamente, cada pata do tecido. — Vou pôr Tybalt de volta na caixa de transporte e deixá-lo em um quarto até acabarmos de trazer as coisas para dentro. Você podia ver se encontra a caixinha de areia dele no trailer, o que acha?

— Maravilha — digo com sarcasmo. Mas acomodo o gato no quarto novo de minha mãe, com comida, água e a caixa de areia, antes de transportarmos o restante de nossas coisas para dentro da casa. Leva só duas horas. Somos experts nisso. Mesmo assim, o sol está começando a se pôr quando minha mãe termina suas tarefas de bruxa na cozinha: ferver óleos e ervas para espalhar nas portas e janelas, o que mantém do lado de fora tudo o que não estava aqui quando entramos. Eu não sei se isso funciona, mas também não posso afirmar que não funcione. Sempre estivemos seguros em nossas casas. O que sei com certeza é que tem cheiro de sândalo e alecrim.

Depois de selarmos a casa, acendo uma pequena fogueira no pátio dos fundos, e minha mãe e eu queimamos cada quinquilharia que pode ter tido significado para algum morador anterior: um colar de contas roxas deixado em uma gaveta, alguns pegadores de panela artesanais e até uma pequena cartela de fósforos que parecia bem preservada demais. Não queremos fantasmas tentando vir pegar algo que deixaram para trás. Minha mãe pressiona o polegar molhado em minha testa. Sinto o cheiro de alecrim e óleo doce.

— Mãe...

— Você conhece as regras. Todas as noites, pelas três primeiras noites. — Ela sorri e, à luz da fogueira, seus cabelos arruivados parecem brasas. — Isso vai deixar você seguro.

— Isso vai me dar acne — protesto, mas não faço nenhum movimento para me enxugar. — Preciso começar a ir à escola em duas semanas.

Ela não diz nada. Apenas olha fixamente para seu polegar embebido de ervas, como se pensasse em pressioná-lo entre os próprios olhos. Então pisca e o enxuga na perna do jeans.

Esta cidade cheira a fumaça e a coisas que apodrecem no verão. É mais assombrada do que imaginei que seria, com toda uma camada de atividades logo abaixo da terra: sussurros por trás das risadas das pessoas, ou movimentos que não deveriam ser vistos pelo canto do olho. A maioria é inofensiva — pequenos pontos frios e tristes, ou gemidos no escuro. Manchas brancas embaçadas que só aparecem em uma polaroide. Não me importo com eles.

Mas, em algum lugar por aí, há um que importa. Em algum lugar por aí, há um que eu vim buscar, um que é forte o bastante para cortar a respiração de gargantas vivas.

Penso nela outra vez. Anna. Anna Vestida de Sangue. Que truques ela vai tentar? Imagino se ela será inteligente. Será que vai flutuar? Vai rir ou gritar?

Como ela vai tentar me matar?

# 4

— Você prefere ser um troiano ou um tigre?

Minha mãe faz essa pergunta enquanto está em pé diante da chapa, preparando panquecas de farinha de milho para nós. É o último dia para ela me matricular no colégio antes do começo das aulas, amanhã. Sei que ela pretendia fazer isso antes, mas esteve ocupada conversando com vários comerciantes da cidade, tentando convencê-los a anunciar seu trabalho de leitura da sorte e vender seus produtos de ocultismo. Parece que uma fabricante de velas nos arredores da cidade aceitou impregnar seu produto com uma mistura específica de óleos, uma espécie de vela mágica concentrada. Ela vai vender essas criações personalizadas em lojas por toda a cidade, e minha mãe também as enviará para sua clientela por telefone.

— Que pergunta doida é essa? Tem geleia?

— Tem de morango e uma chamada Saskatoon, que parece de mirtilo.

Faço uma careta.

— Vou querer a de morango.

— Você devia viver perigosamente. Experimente a Saskatoon.

— Eu já vivo bem perigosamente. Mas o que é essa história de troianos ou tigres?

Ela coloca um prato de panquecas e torradas na minha frente, cada uma delas coberta com uma pilha do que espero desesperadamente que seja geleia de morango.

— São os mascotes das escolas. Você quer ir para a Sir Winston Churchill ou para a Westgate? As duas são razoavelmente próximas de nós.

Suspiro. Para mim tanto faz. Vou assistir às aulas, fazer as provas, depois pedir transferência, como sempre. Estou aqui para matar Anna. Mas finjo me importar, só para agradar minha mãe.

— O papai ia querer que eu fosse um troiano — digo sem muito entusiasmo, e ela se detém por apenas um segundo sobre a chapa, antes de deslizar a última panqueca para seu prato.

— Então eu vou à Winston Churchill — diz ela. Que sorte a minha. Escolhi a que parece mais cretina. Mas, como eu disse, para mim tanto faz. Estou aqui por um único motivo, algo que caiu em meu colo enquanto eu ainda estava procurando sem sucesso o Caronista do Distrito 12.

Veio com muito estilo pelo correio. Meu nome e endereço em um envelope manchado de café e, dentro, apenas um pedaço de papel com o nome de Anna. Escrito com sangue. Recebo essas pistas de todo o país, de todo o mundo. Não há muitas pessoas que conseguem fazer o que eu faço, mas há uma infinidade de pessoas que desejam que eu faça, e elas me procuram, perguntando aos que têm conhecimento e seguindo meu rastro. Nós nos mudamos muito, mas é fácil me encontrar se me procurarem. Minha mãe publica um anúncio em seu site sempre que nos instalamos em um novo lugar, e nós sempre avisamos a alguns dos amigos mais antigos de meu pai para onde estamos indo. Todos os meses, como um relógio, uma pilha de fantasmas voa sobre minha mesa metafórica: um e-mail sobre pessoas desaparecidas em uma igreja satânica no norte da Itália, um recorte de jornal sobre misteriosos sacrifícios de animais perto de um túmulo ojíbua. Eu só confio em umas poucas fontes. A maioria é de contatos de meu pai, os anciãos do coven do qual ele era membro na faculdade, ou estudiosos que conheceu em suas viagens ou por causa de sua reputação. São aqueles em quem confio, que não vão me mandar em caçadas inúteis. Eles fazem a lição de casa.

Mas, ao longo dos anos, fui fazendo meus próprios contatos também. Quando olhei para as letras vermelhas esparramadas, cortando o papel como feridas cicatrizadas de garras, soube que devia ser uma pista de Rudy Bristol. Toda aquela teatralidade. O toque gótico do pergaminho amarelado. Como se eu devesse acreditar que o próprio fantasma havia escrito aquilo, gravando seu nome com o sangue de alguém e enviando-o a mim como um convite para jantar.

Rudy "Margarida" Bristol é um gótico hardcore de New Orleans. Ele passa o tempo trabalhando em um bar nos confins do French Quarter, perdido em seus vinte e poucos anos e desejando ainda ter dezesseis. É muito magro, pálido como um vampiro e usa um excesso de roupas de tela. Até agora, já me levou a três bons fantasmas, caçadas rápidas e fáceis. Um deles estava, na verdade, dependurado pelo pescoço em um porão, sussurrando entre as tábuas do assoalho e atraindo novos moradores da casa para juntar-se a ele no pó. Entrei, enfiei a lâmina em sua barriga e fui embora. Foi esse trabalho que me fez gostar do Margarida. Só mais tarde aprendi a apreciar sua personalidade extremamente entusiástica.

Liguei para ele no minuto em que recebi a carta.

— Ei, cara, como você sabe que fui eu? — Não havia desapontamento em sua voz, só um tom lisonjeado e empolgado, que me fez pensar em algum garoto num show dos Jonas Brothers. Ele é meu fã. Se eu deixasse, ele se equiparia com uma mochila de prótons e me seguiria pelo país.

— Claro que foi você. Quantas tentativas até conseguir que as letras saíssem certinhas? O sangue é de verdade?

— É, é de verdade.

— Que tipo de sangue?

— Humano.

Eu sorri.

— Você usou seu próprio sangue, não é? — Ouvi um som de resmungo, de mudança de posição.

— Escute, você quer a pista ou não?

— Quero, pode falar. — Meu olhar estava no pedaço de papel. *Anna*. Mesmo sabendo que era apenas mais um dos truques baratos do Margarida, o nome dela em sangue ficava bonito.

— Anna Korlov. Assassinada em 1958.

— Por quem?

— Ninguém sabe.

— Como?

— Ninguém sabe direito também.

Estava começando a parecer enrolação. Sempre há registros, sempre há investigações. Cada gota de sangue derramada deixa uma trilha de papéis daqui até Oregon. E o jeito como ele ficava tentando fazer a frase "ninguém sabe" soar assustadora estava me dando nos nervos.

— Então como você sabe? — perguntei.

— Muita gente sabe. Ela é a história de fantasma favorita de Thunder Bay.

— Histórias de fantasmas, na maior parte das vezes, não passam disso: histórias. Por que está me fazendo perder tempo? — Peguei o papel, pronto para amassá-lo. Mas parei antes. Não sei por que eu estava sendo cético. As pessoas sempre sabem. Às vezes, muitas pessoas. Mas elas não fazem nada a respeito. Não dizem nada. Em vez disso, tratam de tomar cuidado e estalam a língua quando algum tolo ignorante entra no covil da aranha. É mais fácil para elas assim. Permite-lhes viver no lado claro.

— Ela não é esse tipo de história de fantasma — o Margarida insistiu. — Você não vai conseguir informações sobre ela se sair perguntando pela cidade... a não ser que vá aos lugares certos. Ela não é uma atração turística. Mas, se você entrar em qualquer festa do pijama de meninas adolescentes, garanto que elas vão contar a história de Anna à meia-noite.

— Sim, porque eu entro em um monte de festas do pijama de meninas adolescentes — digo num suspiro. Claro, imagino que o Margarida fizesse isso no tempo dele. — Qual é o caso?

— Ela morreu com dezesseis anos. Era filha de imigrantes finlandeses. O pai tinha morrido, parece que de alguma doença, e a mãe tinha uma pensão na cidade. Anna estava indo para um baile na escola quando foi morta. Alguém cortou a garganta dela. Para ser mais exato, alguém quase arrancou a cabeça da menina. Dizem que ela usava um vestido de festa branco e, quando a encontraram, estava todo tingido de vermelho. É por isso que a chamam de Anna Vestida de Sangue.

— *Anna Vestida de Sangue* — repeti baixinho.

— Algumas pessoas acham que foi um dos hóspedes da pensão. Que algum pervertido olhou para ela e gostou, e então a seguiu pela rua e a deixou sangrando em uma vala. Outros dizem que foi algum garoto com quem ela ia se encontrar, ou um namorado ciumento.

Respirei fundo para sair do transe. Era ruim, mas todas as histórias eram ruins, e aquela não era, de modo algum, a pior que eu já tinha ouvido. Howard Sowberg, um agricultor do centro de Iowa, matou toda a família com uma tesoura de jardinagem, furando ou cortando alternadamente, conforme o caso. A família era constituída da esposa, dois filhos pequenos, um recém-nascido e sua mãe idosa. Essa sim foi uma das piores coisas que já ouvi. Fiquei desapontado quando cheguei a Iowa e descobri que o fantasma de Howard Sowberg não tinha se arrependido o bastante para permanecer por ali. Estranhamente, costumam ser as vítimas que ficam más depois da morte. Os que são verdadeiramente do mal vão em frente, para queimar ou virar pó ou reencarnar como besouro de esterco. Eles consomem toda a sua ira enquanto ainda estão respirando.

O Margarida continuava falando sobre a lenda de Anna. Sua voz estava ficando mais rouca e ofegante de animação. Eu não sabia se ria ou me irritava.

— Certo, mas o que ela faz agora?

Ele fez uma pausa.

— Ela matou vinte e sete adolescentes... pelo menos.

Vinte e sete adolescentes nos últimos cinquenta anos. Estava começando a parecer uma história da carochinha outra vez, ou o mais estranho caso não concluído do mundo. Ninguém mata vinte e sete adolescentes e escapa sem ser caçado até um castelo por uma multidão carregando tochas e forcados. Nem mesmo um fantasma.

— Vinte e sete adolescentes locais? Você só pode estar brincando. Não eram andarilhos ou fugitivos?

— Bom...

— Bom o quê? Alguém está fazendo você de bobo, Bristol. — Comecei a ficar muito irritado. Meio sem motivo. E daí se a pista fosse falsa? Havia quinze outros fantasmas esperando na fila. Um deles era do Colorado, um tipo rústico que andava matando caçadores por toda uma montanha. Isso parecia divertido.

— Nunca encontraram nenhum corpo — o Margarida falou, em um esforço para se explicar. — Devem achar que os garotos fugiram de casa ou foram raptados. Só os outros adolescentes poderiam dizer alguma coisa sobre Anna, e, claro, ninguém diz nada. Você sabe como é.

Sim. Eu sabia. E sabia algo além disso. Havia mais na história de Anna do que o Margarida estava me contando. Não sei o que foi, digamos que intuição. Talvez fosse o nome dela, rabiscado em vermelho-escuro. Talvez o truque barato e masoquista do Margarida tivesse funcionado, afinal. Mas eu sabia. Eu sei. Sinto dentro de mim, e meu pai sempre me disse que, quando isso acontece, é melhor prestar atenção.

— Vou dar uma pesquisada.

— Você vai até lá? — Ali estava, aquele tom empolgado outra vez, como um beagle superansioso esperando que joguem seu brinquedo para ele ir buscar.

— Eu disse que vou dar uma pesquisada. Tenho algo para terminar aqui primeiro.

— O que é?

Passei-lhe um resumo sobre o Caronista do Distrito 12. Ele deu algumas sugestões bobas para atraí-lo, tão bobas que nem lembro mais. Depois, como de hábito, tentou me convencer a ir para New Orleans.

Eu não tocaria em New Orleans nem com uma vara de três metros. Aquela cidade é assombrada para valer, e muito na boa com isso. Nenhum lugar no mundo ama seus fantasmas tanto quanto aquela cidade. Às vezes eu me preocupo com o Margarida; que alguém fique sabendo das conversas dele comigo, me mandando para as caçadas, e que então, um dia, eu tenha de sair à caça dele, ou de alguma versão dele como vítima mutilada, arrastando os membros decepados nos fundos de um armazém.

Eu menti para ele naquele dia. Não pesquisei mais nada. Quando desliguei o telefone, já sabia que iria atrás de Anna. Minha intuição dizia que ela não era só uma história. E, além disso, eu queria vê-la, vestida de sangue.

# 5

Pelo que posso perceber, o Instituto Colegiado e Vocacional Sir Winston Churchill é como qualquer colégio em que já estive nos Estados Unidos. Passei todo o primeiro período planejando meu cronograma escolar com a orientadora pedagógica, sra. Ben, uma mulher jovem e gentil com jeito de passarinho, que está destinada a usar blusas largas de gola alta e a ter muitos gatos.

Agora, no corredor, todos os olhos estão sobre mim. Sou novo e diferente, mas não é só isso. Os olhos de todos estão sobre todo mundo, porque é o primeiro dia de aulas e as pessoas estão loucas para saber como seus colegas voltaram do verão. Deve haver pelo menos cinquenta repaginadas e mudanças totais de visual sendo testadas no prédio. A nerd pálida descoloriu o cabelo e está usando uma coleira de cachorro. O garoto magricela da equipe de atletismo passou os meses de julho e agosto inteiros fazendo musculação e comprando camisetas justas.

Mesmo assim, os olhares das pessoas tendem a se demorar mais em mim, porque, embora eu seja novo, não ajo como se fosse. Mal olho para os números das salas enquanto passo por elas. Vou acabar encontrando as minhas matérias, não vou? Não há motivo para pânico. Além disso, já tenho experiência nisso. Estive em doze colégios nos últimos três anos. E estou à procura de algo específico.

Preciso me conectar nos canais sociais. Preciso conseguir que as pessoas falem comigo, para que eu possa lhes fazer as perguntas para as quais quero respostas. Então, quando sou transferido de escola, sempre vou atrás da abelha-rainha, a garota popular.

Toda escola tem uma. A menina que conhece tudo e todos. Eu também poderia tentar colar no capitão do time esportivo, mas nunca fui bom nisso. Meu pai e eu nunca fomos fãs de assistir ou praticar esportes. Posso lutar com mortos o dia inteiro, mas sou capaz de cair desmaiado em um jogo de futebol. Com meninas, por outro lado, sempre me dei melhor. Não sei exatamente por quê. Talvez seja essa minha aura de outsider e um jeito sério bem colocado. Talvez seja algo que eu acho que vejo às vezes no espelho, algo que me lembra meu pai. Ou talvez eu só seja bonito mesmo. Então esquadrinho os corredores, até que finalmente a vejo, sorridente e cercada de pessoas.

Não há como errar: a rainha da escola é sempre bonita, mas esta é especialmente linda. Tem um metro de cabelos loiros em camadas e lábios da cor de pêssegos maduros. Assim que ela me vê, sua boca se entreabre. Um sorriso surge, fácil, em seu rosto. Esta é a menina que consegue tudo o que quer na Winston Churchill. Ela é a queridinha do professor, a rainha do baile e o centro das festas. Tudo o que eu quero saber ela poderia me contar. E é isso que espero que faça.

Quando passo, eu a ignoro de propósito. Em questão de segundos, ela sai de seu grupo de amigos e surge a meu lado.

— Oi. Nunca vi você por aqui.

— Eu acabei de me mudar para a cidade.

Ela sorri outra vez. Tem dentes perfeitos e olhos quentes da cor de chocolate. É daquelas que desmontam de cara qualquer resistência.

— Então você vai precisar de ajuda para se enturmar. Eu sou Carmel Jones.

— Theseus Cassio Lowood. Que tipo de pais chama a filha de Carmel?

Ela ri.

— Que tipo de pais chama o filho de Theseus Cassio?

— Hippies — respondo.

— Exatamente.

Nós rimos juntos, e meu riso não é completamente falso. Carmel Jones manda nesta escola. Posso dizer por sua postura, como se nunca tivesse precisado se rebaixar na vida. Posso dizer pelo modo como as pessoas passam, rápidas como passarinhos com receio de um gato à espreita. Mesmo assim, ela não parece metida ou arrogante, como muitas meninas desse tipo. Mostro a ela o meu horário escolar, e ela comenta que temos a mesma aula de biologia no quarto período e, melhor ainda, o mesmo horário de almoço. Depois de me deixar na porta de minha classe do segundo período, ela se vira para mim no corredor e dá uma piscadinha.

Rainhas da escola são apenas parte do trabalho. Às vezes, é difícil não se esquecer disso.

—∞—

Na hora do almoço, Carmel faz sinal para mim, mas não vou até ela de imediato. Não estou aqui para namorar ninguém e não quero lhe dar a ideia errada. Mas o fato é que ela é muito gata, e eu tenho de lembrar a mim mesmo que toda essa popularidade e autoconfiança provavelmente a tornaram uma chata. E ela é muito diurna para mim. Verdade seja dita, todos são. O que se poderia esperar? Eu me mudo demais e passo muitas horas da noite matando coisas. Quem vai poder conviver com isso?

Passo os olhos pelo restante do refeitório, registrando todos os diferentes grupos e imaginando qual deles teria mais chance de me levar até Anna. Os góticos devem conhecer a história melhor, mas também são os mais difíceis de despistar depois. Se eles pusessem na cabeça que eu estava falando sério sobre matar seu fantasma, eu acabaria com uma gangue de clones de Buffy, a Caça-Vampiros, armados de delineador preto e crucifixos, em fila atrás de mim.

— Theseus!

Que merda, esqueci de dizer a Carmel para me chamar de Cas. A última coisa de que preciso é que essa história de "Theseus" se espalhe e pegue. Vou até a mesa dela e percebo olhos arregalados pelo caminho. Pelo menos umas dez outras garotas devem ter ficado instantaneamente a fim de mim ao perceberem o interesse de Carmel. Ou pelo menos é isso que o sociólogo em meu cérebro diz.

— Oi, Carmel.

— Oi. O que está achando da SWC?

Faço uma anotação mental para nunca me referir à escola como "SWC".

— Foi tranquilo, depois das suas orientações de manhã. Ah, as pessoas costumam me chamar de Cas.

— Cas?

— Isso aí. Bom, o que vocês almoçam por aqui?

— A gente geralmente vai ao Pizza Hut ali. — Ela aponta vagamente com a cabeça, e eu me viro e olho vagamente na direção indicada. — Então, Cas, por que você se mudou para Thunder Bay?

— Pelas belas paisagens — respondo, sorrindo. — Mas, sério, você não acreditaria se eu te contasse.

— Tente — diz ela.

Mais uma vez me ocorre que Carmel Jones sabe exatamente como conseguir o que quer. Mas ela também me deu a oportunidade de ser completamente franco. Minha boca chega a se mover para formular as palavras — *Anna, estou aqui por causa de Anna* —, quando o maldito Exército Troiano aparece atrás de nós em uma linha de montagem de camisetas da equipe de luta da Winston Churchill.

— Carmel — um deles diz. Mesmo sem olhar, sei que ele é, ou era até muito recentemente, o namorado dela. Pelo jeito demorado como pronuncia seu nome. E, a julgar pelo modo como Carmel reage, com um levantar do queixo e um arquear da sobrancelha, imagino que seja mais do tipo ex. — Você vai hoje à noite? — ele pergunta, me ignorando por completo. Eu o observo com um interesse divertido. Parece que há grandalhões possessivos em oferta hoje.

— O que tem hoje à noite? — indago.

— A festa do Limite do Mundo anual. — Carmel olha para o teto com ar de enfado. — Fazemos isso na noite do primeiro dia de aula desde sempre.

Desde sempre, ou pelo menos desde que *Regras da atração* foi lançado.

— Parece legal — digo. Não dá mais para ignorar o neandertal atrás de mim, então estendo a mão e me apresento.

Só o mais cretino dos cretinos se recusaria a apertar minha mão. E acabei de conhecer o mais cretino dos cretinos. Ele só move a cabeça em minha direção e diz "E aí", sem se apresentar de volta. Mas Carmel se encarrega disso.

— Este é Mike Andover. — Aponta os outros num gesto. — E Chase Putnam, Simon Parry e Will Rosenberg.

Todos eles acenam com a cabeça para mim como totais imbecis, exceto Will Rosenberg, que aperta minha mão. Ele é o único que não parece um babaca completo. Seu blusão com a letra da escola está aberto, e ele encurva os ombros para a frente como se tivesse um pouco de vergonha dele. Ou, pelo menos, vergonha de sua companhia atual.

— Você vai ou não?

— Não sei — Carmel responde. Ela parece irritada. — Vou ver.

— Vamos estar nas cachoeiras lá pelas dez horas — diz ele. — Avise se precisar de carona.

Quando ele se afasta, Carmel suspira.

— Do que eles estão falando? Cachoeiras? — pergunto, fingindo interesse.

— A festa é perto da cachoeira Kakabeka. Cada ano é em um lugar diferente, para despistar a polícia. No ano passado foi perto da cachoeira Trowbridge, mas todo mundo surtou quando... — Ela para.

— Quando o quê?

— Nada. Só umas histórias de fantasmas.

Será que estou com tanta sorte assim? Costumo demorar uma semana até conseguir uma transição conveniente para a conversa sobre assombrações. Não é exatamente o tema mais fácil de abordar.

— Eu adoro histórias de fantasmas. Na verdade, estou louco por uma boa história de fantasmas. — Eu me movo, sento diante dela e me inclino para a frente, apoiando os braços sobre a mesa. — E preciso de alguém para me mostrar a vida noturna de Thunder Bay.

Ela me olha diretamente nos olhos.

— Podemos ir com o meu carro. Onde você mora?

—⧉—

Alguém está me seguindo. A sensação é tão nítida que meus olhos parecem estar tentando deslizar pelo meio do cérebro e espiar por entre os cabelos da nuca. Sou orgulhoso demais para me virar. Já passei por situações assustadoras suficientes para não me deixar abalar por um agressor humano. Também há a chance remota de eu estar apenas sendo paranoico. Mas não acho que seja isso. Há algo atrás de mim, e é algo que ainda respira, o que me deixa apreensivo. Os mortos têm motivações simples: ódio, dor e confusão. Matam porque é só isso o que lhes resta a fazer. Os vivos têm necessidades, e quem quer que esteja me seguindo quer algo de mim ou meu. Isso me deixa nervoso.

Continuo olhando teimosamente para a frente, fazendo pausas extralongas e esperando o farol de pedestres abrir em cada cruzamento. Enquanto isso, penso que sou um idiota por adiar a compra de um carro novo e imagino onde poderia entrar por algumas horas para me reorganizar e evitar ser seguido até em casa. Paro, tiro a mochila de couro do ombro e a remexo até encontrar a bainha que envolve o athame. Isso está me irritando muito.

Estou passando por um cemitério, um lugar presbiteriano triste que não é bem cuidado, com os túmulos adornados por flores sem vida e fitas rasgadas pelo vento e manchadas de barro. Perto de mim, uma das lápides está de lado no chão, caída, morta, como a pessoa enterrada sob ela. Apesar de toda a tristeza, é também sereno, e imutável, e isso me acalma um pouco. Há uma mulher em pé no centro, uma velha viúva, olhando para o túmulo do marido. Seu casaco de lã cai rígido sobre os ombros, e há um lenço fino amarrado sob seu queixo. Estou tão preocupado por estar sendo seguido que demoro um minuto para reparar que ela está usando um casaco de lã no verão.

Sinto um nó na garganta. Ela se vira ao ouvir o barulho e vejo, mesmo daqui, que ela não tem olhos. Apenas um par de pedras acinzentadas onde os olhos costumavam estar, e mesmo assim ficamos nos encarando, sem piscar. As rugas no rosto dela sao táo profundas que poderiam ter sido desenhadas com caneta preta. Ela deve ter uma história. Alguma história perturbadora de angústia que lhe deu pedras no lugar dos olhos e a traz de volta para contemplar o que agora desconfio ser seu próprio corpo. Só que, neste exato momento, estou sendo seguido. Não tenho tempo para isso.

Abro mais a mochila e puxo o punhal pelo cabo, mostrando apenas um lampejo da lâmina. A mulher retrai os lábios e mostra os dentes em um sibilo silencioso. Depois recua, afundando lentamente no chão, e o efeito é meio como ver alguém acenando de uma escada rolante. Não sinto medo, só um constrangimento desolado por ter demorado tanto para notar que ela estava morta. Ela poderia ter tentado me assustar se chegasse suficientemente perto, mas não é o tipo de fantasma que mata. Se eu fosse outra pessoa, talvez nem a tivesse notado. Mas sou sintonizado nessas coisas.

— Eu também.

Dou um pulo ao ouvir a voz bem perto do meu ombro. Há um garoto ao meu lado, sabe-se lá há quanto tempo. Tem cabelos pretos despenteados e óculos de armação preta, e um corpo magro e desengonçado escondido sob roupas que não lhe caem muito bem. Tenho a sensação de que o reconheço da escola. Num gesto de cabeça, ele indica o cemitério.

— Essa mulher é de arrepiar, hein? — diz. — Não se preocupe, ela é inofensiva. Aparece aqui pelo menos três dias por semana. E eu só consigo ler mentes quando as pessoas estão pensando em alguma coisa com muita intensidade. — Ele dá um meio-sorriso. — Mas tenho a sensação de que você está sempre pensando com muita intensidade.

Ouço um barulho em um lugar próximo e percebo que soltei meu athame. O barulho que ouvi foi ele caindo no fundo da mochila. Sei que era esse cara que estava me seguindo, e é um alívio perceber que eu tinha razão. Ao mesmo tempo, a ideia de ele ser telepata é desorientadora.

Conheci telepatas antes. Alguns dos amigos do meu pai eram telepatas em graus diversos. Ele dizia que isso era útil. Acho meio arrepiante. Na primeira vez em que estive com seu amigo Jackson, de quem eu gosto muito agora, revesti o interior de meu boné com papel-alumínio. Dá para acreditar? Eu tinha cinco anos. Achei que ia funcionar. Mas não tenho um boné nem papel-alumínio à mão neste momento, então tento pensar com suavidade... seja lá o que for isso.

— Quem é você? — pergunto. — Por que está me seguindo?

E então, de repente, eu sei. Foi ele a pessoa que deu a pista para o Margarida. Um garoto telepata que queria alguma ação. Por que outra razão ele viria atrás de mim? De que outra maneira saberia quem eu sou? Ele estava esperando. Esperando que eu chegasse à escola, como uma cobra sinistra escondida na grama.

— Quer comer alguma coisa? Estou morrendo de fome. Não faz muito tempo que estou seguindo você. Meu carro está bem ali adiante. — Ele vira e se afasta, as barras esfiapadas do jeans raspando a calçada com um leve ruído. Anda como um cachorro que foi chutado, de cabeça baixa e mãos enfiadas nos bolsos. Não sei onde arrumou essa jaqueta verde-acinzentada, mas desconfio que de uma loja de artigos do exército pela qual passei alguns quarteirões atrás. — Vou explicar tudo quando chegarmos lá — ele diz, virando para mim. — Venha.

Não sei por quê, vou atrás dele.

—◦∞◦—

Ele tem um Ford Tempo. O carro tem uns seis tons diferentes de cinza e soa como se uma criança muito brava fingisse pilotar um barco a motor dentro da banheira. O lugar para onde me leva é um pequeno restaurante chamado The Sushi Bowl, que parece uma completa espelunca quando visto de fora, mas dentro não é tão ruim. A garçonete pergunta se queremos nos sentar do modo tradicional ou normal. Olho em volta e vejo algumas mesas baixas com tapetes e almofadas no chão.

— Normal — falo depressa, antes que o Maluco do Brechó do Exército possa responder. Comer de joelhos não é algo que eu tenha feito antes e, neste momento, prefiro não parecer tão pouco à vontade quanto já me sinto.

Quando digo ao garoto que nunca comi sushi, é isso que ele pede para nós, o que não me ajuda em nada a afastar o sentimento de desorientação. É como se eu estivesse preso em um daqueles sonhos oniscientes em que a gente se vê fazendo algo estúpido, grita para si mesmo que aquilo é estúpido e seu "eu" do sonho continua fazendo mesmo assim.

O garoto do outro lado da mesa está sorrindo feito um tonto.

— Eu te vi com Carmel Jones hoje — ele diz. — Você não perde tempo.

— O que você quer? — pergunto.

— Só ajudar.

— Eu não preciso de ajuda.

— Você já teve ajuda. — Ele se inclina sobre a mesa quando a comida chega, dois pratos de mistério circular, um frito e o outro coberto de pequenos pontos cor de laranja. — Experimente — diz ele.

— O que é isso?

— Hot roll de salmão e cream cheese.

Olho para o prato com ar cético.

— E o que é esse negócio cor de laranja?

— Ovas de bacalhau.

— Não, obrigado. — Fico contente por ter um McDonald's do outro lado da rua. Ovas de peixe. Quem raios é esse cara?

— Sou Thomas Sabin.

— Pare de fazer isso.

— Desculpe. — Ele sorri. — É que você é tão fácil às vezes. Eu sei que isso não é educado. E, sério, não consigo mesmo fazer o tempo todo. — Ele enfia na boca um círculo inteiro de peixe cru coberto com ovas de peixe. Tento não inalar enquanto ele mastiga. — Mas eu *já* te ajudei. O Exército Troiano, lembra? Quando aqueles garotos apareceram atrás de você hoje? Quem você acha que lhe mandou aquela ideia? Eu dei o aviso. De nada.

O Exército Troiano. Foi isso que eu pensei quando Mike e Cia. surgiram atrás de mim na hora do almoço. Mas, lembrando agora, realmente não sei por que pensei aquilo. Eu só os tinha avistado com o canto do olho. O Exército Troiano. Esse garoto pôs isso na minha cabeça com tanta suavidade, como um bilhete largado no chão em um lugar bem visível.

Agora ele está explicando que não é fácil mandar coisas assim, que aquilo lhe custou um sangramento no nariz. Ele fala como se achasse que é meu anjo da guarda, ou algo parecido.

— Você acha que eu tenho que lhe agradecer por quê? Porque você quis fazer uma gracinha? Você enfiou seu julgamento pessoal na minha cabeça. Agora vou ter que ficar pensando se achei aqueles caras imbecis porque realmente achei, ou só porque você achou primeiro.

— Confie em mim, você concordaria. E não devia ficar conversando com Carmel Jones. Pelo menos, ainda não. Ela terminou o namoro com Mike Cabeça de Bagre Andover na semana passada. E ele é conhecido por jogar o carro em cima das pessoas só porque olharam para ela no banco do passageiro.

Eu não gosto desse cara. Ele é presunçoso. Mas parece sincero e bem-intencionado, o que ameniza um pouco. Se estiver ouvindo o que estou pensando, vou rasgar os pneus do carro dele.

— Não preciso da sua ajuda — digo. Queria não ter mais que vê-lo comendo. Mas o treco frito não parece tão ruim, e até que cheira bem.

— Eu acho que precisa. Você já notou que eu sou um pouco estranho. Quanto tempo faz que chegou aqui? Dezessete dias?

Concordo num gesto de cabeça, a contragosto. Faz exatamente dezessete dias que entramos em Thunder Bay.

— Eu sabia! Nos últimos dezessete dias, tive a pior dor de cabeça psíquica da minha vida. Do tipo que lateja e fica instalado atrás do olho esquerdo. Faz tudo ter cheiro de sal. Só agora que estamos conversando é que ela está indo embora. — Ele limpa a boca e, de repente, fica sério. — Sei que é difícil, mas você precisa acreditar em mim. Eu só tenho essas dores de cabeça quando algo ruim vai acontecer. E nunca foi tão forte antes.

Eu me recosto na cadeira e suspiro.

— Como você acha que vai poder me ajudar? Quem você acha que eu sou? — Tudo bem, eu já sei as respostas a essas perguntas, mas não custa confirmar. E, além disso, eu me sinto em completa desvantagem, totalmente fora do meu jogo. Eu me sentiria melhor se pudesse interromper esse maldito diálogo interior. Talvez deva verbalizar tudo de uma vez. Ou ficar pensando só em imagens: *Gatinho brincando com bola de barbante, vendedor de cachorro-quente na esquina, vendedor de cachorro-quente segurando gatinho.*

Thomas limpa o canto da boca com o guardanapo.

— Arma legal essa que você tem na mochila — diz ele. — A velha sra. Olhos Mortos pareceu bem impressionada. — Manobrando os pauzinhos com os dedos, ele pega um pedaço da fritura e a leva à boca. Continua a falar enquanto mastiga, e eu gostaria que não fizesse isso. — Eu diria que você é uma espécie de matador de fantasmas. E sei que está aqui por causa da Anna.

Eu deveria perguntar o que ele sabe. Mas não vou. Não quero mais falar com ele. Ele já sabe demais sobre mim.

Que merda de Margarida Bristol. Vou acabar com a raça dele. Que ideia foi essa de me mandar para cá, com um telepata grudento a minha espera, e nem sequer me avisar?

Olho para Thomas Sabin e vejo um sorrisinho convencido em seu rosto pálido. Ele empurra os óculos sobre o nariz com um gesto tão rápido e natural que é evidente que faz isso com frequência. Há tanta autoconfiança naqueles olhos azuis astutos; nada poderia convencê-lo de que sua intuição telepática estivesse errada. E quem sabe quanto ele já conseguiu ler de minha mente?

Em um impulso, pego um círculo de peixe frito no prato e o enfio na boca. Há um molho doce e saboroso nele. É surpreendentemente bom, substancioso e mastigável. Mas não vou tocar nas ovas de peixe. E já chega disso. Se não posso convencê-lo de que não sou quem ele diz que sou, pelo menos vou derrubá-lo de sua arrogância e me livrar logo dele.

Aperto as sobrancelhas em uma expressão intrigada.

— Que Anna? — digo.

Ele pisca e, quando vai começar a falar, eu me inclino para a frente, apoiando os braços na mesa.

— Quero que me escute com muita atenção, Thomas. Agradeço a pista. Mas não tenho um exército e não estou recrutando. Está entendendo? — E então, antes que ele possa protestar, eu penso *intensamente*, penso em todas as coisas horríveis que já fiz, na infinidade de maneiras pelas quais vi coisas sangrarem, queimarem e se desfazerem. Envio a ele os olhos de Peter Carver explodindo no rosto. Envio a ele o Caronista do Distrito 12 sangrando lodo preto, a pele secando e repuxando sobre os ossos.

É como se eu tivesse lhe dado um soco na cara. Sua cabeça pende para trás, e o suor começa a aparecer em gotículas na testa e no lábio superior. Ele engole, e seu pomo de adão sobe e desce. Acho que o pobre garoto talvez ponha o sushi para fora.

Ele não protesta quando peço a conta.

# 6

Deixo Thomas me levar para casa. Depois que parei de ficar tão na defensiva, achei que ele já não me irritava tanto. Enquanto subo os degraus da varanda, ouço-o abrir a janela do carro e perguntar meio sem jeito se vou à festa Limite do Mundo. Não respondo. Ver aquelas mortes o abalou para valer. Cada vez mais ele me parece apenas um garoto solitário, e eu não quero lhe dizer de novo para ficar longe de mim. Além disso, se ele é tão bom em telepatia, nem deveria ter de perguntar.

Entro em casa e deixo a mochila na mesa da cozinha. Minha mãe está lá, cortando ervas para o que pode ser o jantar ou algum de uma grande variedade de encantamentos mágicos. Vejo folhas de morangos e canela. Ou é um feitiço de amor ou o começo de uma torta. Meu estômago me dá sinais inconfundíveis, então vou até a geladeira para fazer um sanduíche.

— Ei. O jantar vai estar pronto em uma hora.

— Eu sei, mas estou com fome agora. Garoto em fase de crescimento. — Pego maionese, queijo e frios. Enquanto minhas mãos se movem para o pão, estou pensando em tudo de que preciso para esta noite. O athame está limpo, mas isso não importa de fato. Não acho que vou ver nada morto, sejam quais forem os boatos da escola. Nunca ouvi falar de nenhum fantasma atacando um grupo de mais de dez pessoas. Essas coisas só acontecem em filmes de terror.

Esta noite tem a ver com me enturmar. Quero ouvir a história de Anna. Quero conhecer as pessoas que podem me levar até ela. O

Margarida me falou o sobrenome, a idade, mas não soube me dizer onde ela assombra. Ele sabia apenas que era a casa da família. Claro que eu poderia ir a uma biblioteca e procurar o endereço da residência dos Korlov. Algo como o assassinato de Anna deve ter chegado aos jornais. Mas que graça teria? Esta é a minha parte favorita da caçada. Conhecê-los. Ouvir suas lendas. Gosto que eles fiquem tão grandes quanto possível em minha mente e, quando os vejo, não quero me decepcionar.

— Como foi seu dia, mãe?

— Bom — diz ela, inclinada sobre a tábua de cortar. — Preciso chamar um serviço de desratização. Estava guardando uma caixa de tupperwares no sótão e vi um rabinho de rato desaparecer atrás de uma das tábuas da parede. — Minha mãe estremece e faz barulhos de nojo com a língua.

— Por que você não levou o Tybalt lá? É para isso que os gatos servem. Para pegar ratos.

Ela faz uma careta horrorizada.

— De jeito nenhum! Não quero que ele pegue vermes mastigando um rato sujo. Vou chamar a desratização. Ou você pode subir lá e pôr umas ratoeiras.

— Claro — digo. — Mas não esta noite. Tenho um encontro.

— Um encontro? Com quem?

— Carmel Jones. — Sorrio e sacudo a cabeça. — É para o trabalho. Vai ter uma festa no parque das cachoeiras esta noite, e acho que posso conseguir algumas informações decentes lá.

Minha mãe suspira e volta ao trabalho.

— Ela é uma boa menina?

Como de costume, ela está se fixando na parte errada da notícia.

— Não gosto da ideia de você ficar usando essas meninas o tempo todo.

Eu rio, sento na bancada ao lado dela e pego um morango.

— Do jeito que você fala parece tão sujo.

— Usar para uma causa nobre continua sendo usar.

— Eu nunca parti nenhum coração, mãe.

Ela estala a língua.

— Você nunca se apaixonou também, Cas.

Uma conversa sobre amor com minha mãe é pior do que a conversa sobre a cegonha, então eu murmuro qualquer coisa sobre meu sanduíche e saio da cozinha. Não gosto da sugestão de que vou machucar alguém. Ela acha que eu não tomo cuidado? Não sabe quanto me esforço para não deixar as pessoas se aproximarem muito de mim?

Mastigo com mais força e tento não me irritar. Ela só está sendo mãe, afinal. Ainda assim, tantos anos sem eu trazer amigos para casa deveriam lhe dar uma ideia da situação.

Mas agora não é hora de pensar nisso. Não preciso dessas complicações. Uma hora vai acontecer, tenho certeza. Ou talvez não. Porque não é certo envolver alguém nisso, e não imagino que um dia vá acabar. Sempre haverá mais mortos, e os mortos sempre matarão.

---

Carmel me pega um pouco depois das nove. Ela está linda, com uma blusinha de alças cor-de-rosa, saia curta cáqui e os cabelos loiros soltos nas costas. Eu deveria sorrir. Deveria dizer algo legal, mas fico me contendo. As palavras de minha mãe estão interferindo no meu trabalho.

Carmel tem um Audi prateado de uns dois anos que se agarra nas curvas enquanto passamos em alta velocidade por placas estranhas de rua, que parecem camisetas do Charlie Brown, e por outras avisando que, aparentemente, um alce vai atacar o carro. Está começando a anoitecer, e a luz vai ficando alaranjada; a umidade do ar está cedendo, e o vento é forte como uma mão contra meu rosto. Tenho vontade de enfiar toda a cabeça para fora da janela, como um cachorro. Enquanto deixamos a cidade para trás, aguço os ouvidos, tentando ouvi-la — tentando ouvir Anna — e imaginando se ela pode sentir que estou me afastando.

Eu a sinto lá, misturada à confusão de mais uma centena de fantasmas, alguns se arrastando, inofensivos, outros cheios de raiva. Não posso imaginar o que é estar morto; é uma ideia estranha para mim, mesmo tendo conhecido tantos fantasmas. Ainda é um mistério. Não entendo por que algumas pessoas ficam e outras não. Fico pensando para onde foram aqueles que não ficaram por aqui. Imagino se os que eu mato vão para esse mesmo lugar.

Carmel está me perguntando sobre minhas matérias e a escola anterior. Solto algumas respostas vagas. De repente a paisagem se tornou rural, e passamos por uma cidadezinha em que metade dos prédios está apodrecida e caindo aos pedaços. Há carros parados diante de casas, cobertos por anos de ferrugem. Faz com que me lembre de lugares em que estive antes, e então me ocorre que estive em muitos lugares, que talvez não haja mais nada novo para mim.

— Você bebe, né? — Carmel me pergunta.

— Claro. — Na verdade, não. Nunca tive a oportunidade de adquirir o hábito.

— Legal. Sempre tem garrafas, e alguém geralmente consegue descolar um barril no porta-malas do carro. — Ela dá seta e sai da estrada para um parque. Ouço o barulho sinistro das cachoeiras em algum lugar atrás das árvores. A viagem passou depressa; não prestei atenção em muita coisa. Estava ocupado pensando nos mortos, e em uma menina morta em particular, com um lindo vestido todo manchado de vermelho de seu próprio sangue.

A festa transcorre como todas as festas. Sou apresentado a uma multidão de rostos, que mais tarde tentarei conectar aos nomes e não conseguirei. As garotas estão todas cheias de risinhos e ansiosas para impressionar os outros. Os garotos se agruparam e deixaram a maior parte do cérebro no carro. Encarei duas cervejas; esta terceira já estou segurando há quase uma hora. Está bem chato.

O Limite do Mundo não parece o limite de nada, a não ser que se entenda literalmente. Estamos todos aglomerados nas bordas das passarelas que limitam as cachoeiras, uma fila de pessoas testemunhando a passagem da água marrom sobre as pedras pretas. Na verdade, nem há muita água. Ouvi alguém dizer que este é um verão seco. Mesmo assim, a garganta que a água cortou na pedra ao longo dos anos é impressionante, uma queda íngreme de ambos os lados. E, no meio das cachoeiras, há uma formação rochosa elevada que eu gostaria de escalar, se tivesse sapatos melhores.

Quero ficar sozinho com Carmel, mas, desde que chegamos aqui, Mike Andover a interrompe a cada oportunidade, e me encara com tanta intensidade que é como se eu estivesse sendo hipnotizado. E, toda vez que conseguimos que ele vá embora, as amigas de Carmel, Natalie e Katie, aparecem, olhando para mim com ar de expectativa. Eu nem sei direito qual é qual: as duas são morenas e têm um visual extremamente similar, incluindo as presilhas de cabelo. Sinto que estou sorrindo muito e com a estranha necessidade de dizer coisas inteligentes e espirituosas. A pressão está pulsando em minhas têmporas. Toda vez que digo algo, elas dão risinhos, olham uma para a outra como se buscassem permissão para rir e olham de novo para mim, esperando pelo próximo comentário divertido. Caramba, pessoas vivas são irritantes.

Por fim, uma menina chamada Wendy começa a vomitar sobre a grade de proteção, e a distração é suficiente para eu conseguir pegar Carmel pelo braço e caminhar sozinho com ela pela passarela de madeira. Queria seguir até o outro lado, mas, quando chegamos ao centro, bem de frente para a queda das cachoeiras, ela para.

— Está se divertindo? — pergunta, e eu confirmo num gesto de cabeça. — Todos gostam de você.

Não imagino por quê. Eu não disse uma única coisa interessante. E não acho que haja algo interessante em mim, a não ser aquilo que não conto a ninguém.

— Vai ver que todos gostam de mim porque todos gostam de *você* — digo diretamente e espero que ela dê risada ou faça algum comentário sobre adulação, mas ela não faz isso. Apenas move a cabeça em silêncio, como se estivesse concordando. Ela é inteligente e tem consciência do que representa. Pergunto-me o que teria dado nela para namorar alguém como Mike. Alguém do Exército Troiano.

Pensar no Exército me faz pensar em Thomas Sabin. Achei que ele estaria aqui, se esgueirando entre as árvores, seguindo todos os meus movimentos como um... sei lá, como um adolescente apaixonado, mas não o vi. Depois das conversas ocas que tive esta noite, eu meio que lamento isso.

— Você ia me contar sobre fantasmas — digo. Carmel faz uma expressão de surpresa por um instante, depois sorri.

— Eu ia. — Ela pigarreia e começa da melhor maneira que pode, expondo os detalhes técnicos da festa do ano passado: quem estava lá, o que estavam fazendo, por que vieram com esta ou aquela pessoa. Acho que ela quer me dar um quadro completo e realista. Algumas pessoas precisam disso, imagino. Eu sou mais do tipo que gosta de preencher as lacunas e formar meu próprio quadro. Ele provavelmente fica melhor assim do que era na realidade.

Carmel finalmente chega à parte escura, um escuro cheio de garotos bêbados e pouco dignos de crédito, e escuto um relato em terceira mão de histórias de fantasmas que foram contadas naquela noite. Sobre nadadores e excursionistas que morreram na cachoeira Trowbridge, onde estava sendo a festa. Sobre como eles gostavam de fazer as pessoas terem o mesmo acidente que tiveram, e como mais de uma pessoa tinha sido vítima de um empurrão invisível na beira do penhasco, ou de uma mão invisível que a arrastou para baixo, sob a correnteza do rio. Essa parte me faz aguçar os ouvidos. Pelo que sei de fantasmas, a história parece provável. Em geral, eles gostam de disseminar as tragédias que lhes aconteceram. É só ver o Caronista, por exemplo.

— Então Tony Gibney e Susanna Norman chegaram gritando, por uma das trilhas, e contando que tinham sido atacados por alguma coisa enquanto namoravam. — Carmel sacode a cabeça. — Já estava ficando bem tarde e muitos de nós estávamos mesmo assustados, então entramos nos carros e fomos embora. Eu estava no carro com Mike e Chase, e com Will dirigindo. Quando saímos do parque, alguma coisa pulou na nossa frente. Eu não sei de onde veio, se desceu correndo pela encosta ou estava em cima de uma árvore. Parecia um puma grande e peludo, ou algo assim. Bom, o Will pisou no freio, e a coisa só ficou parada ali por um segundo. Achei que ia pular em cima do carro e, juro, eu ia gritar. Mas ele só arreganhou os dentes e rosnou, e então...

— E então? — incentivo, porque sei que era isso o que ela esperava que eu fizesse.

— E então a coisa saiu da frente dos faróis, ficou em pé sobre duas pernas e foi embora para dentro do mato.

Começo a rir, e ela me dá um tapa no braço.

— Eu não sou boa para contar essa história — diz, mas também está tentando não rir. — O Mike conta melhor.

— É, ele provavelmente usa mais palavrões e gestos exaltados com as mãos.

— Carmel.

Eu me viro e lá está Mike outra vez, com Chase e Will, um de cada lado, cuspindo o nome de Carmel pela boca como se fosse uma rajada de teia de aranha pegajosa. É estranho como é possível fazer com que o simples som do nome de alguém funcione como uma marca de propriedade.

— Qual é a graça? — Chase pergunta. Ele apaga o cigarro na grade e coloca a ponta apagada de volta no maço. Acho um pouco nojento, mas, ao mesmo tempo, fico impressionado com sua consciência ecológica.

— Nada — respondo. — A Carmel só passou os últimos vinte minutos me contando como vocês encontraram o Pé-Grande no ano passado.

Mike sorri. Há algo diferente. Alguma coisa está estranha, e eu não acho que seja apenas o fato de todos terem bebido.

— Essa história é verdade pra cacete — ele diz, e percebo que a diferença é que ele está sendo amistoso comigo. Está olhando para mim, não para Carmel. Nem por um segundo eu acredito que isso seja sincero. Ele só está tentando uma estratégia nova. Quer alguma coisa, ou pior, está tentando se dar bem à minha custa.

Escuto enquanto Mike conta a mesma história que Carmel acabou de contar, só que com muito mais palavrões e gestos de mãos. As versões são surpreendentemente similares, mas não sei se isso significa que devem ser verdadeiras, ou apenas que ambos já contaram a história muitas vezes. Quando termina, ele meio que oscila, parecendo perdido.

— Quer dizer que você gosta de histórias de fantasmas? — pergunta Will Rosenberg, preenchendo o vazio.

— Muito — respondo, endireitando um pouco mais o corpo. Há uma brisa úmida vinda da água em todas as direções, e minha camiseta preta está começando a grudar na pele e me dar arrepios de frio.

— Pelo menos quando elas não terminam com um Yeti felino atravessando a estrada sem nem se preocupar em atacar ninguém.

Will ri.

— É, eu sei. É o tipo de história que devia terminar com uma frase de efeito, como "não trepa nem sai da moita". Eu digo, mas ninguém me ouve.

Eu rio com eles, mesmo ouvindo Carmel emitir um som de nojo junto ao meu ombro. Bom, eu gosto de Will Rosenberg. Ele pelo menos tem cérebro. Claro que isso faz dele o mais perigoso dos três. A julgar pelo jeito como Mike está parado, olhando, sei que está esperando Will lançar alguma isca, pôr algo em andamento. Por pura curiosidade, decido facilitar a tarefa dele.

— Conhece alguma melhor? — pergunto.

— Sei algumas — ele diz.

— A Natalie me disse que a sua mãe é meio bruxa — Chase interrompe. — Sério mesmo?

— É. — Encolho os ombros. — Ela lê a sorte — digo para Carmel. — Vende velas e coisas mágicas pela internet. Vocês não acreditam como isso dá dinheiro.

— Legal — Carmel diz e sorri. — Quem sabe ela pode ler a minha qualquer dia desses.

— Só faltava isso nesta cidade: mais uma louca — diz Mike. — Se a sua mãe é bruxa, o que você é? O Harry Potter?

— Mike — Carmel intervém. — Não seja idiota.

— Acho que isso é pedir muito — digo baixinho, mas Mike me ignora e pergunta a Carmel o que ela está fazendo com um cara esquisito como eu. Sinto-me lisonjeado. Carmel está começando a parecer tensa, como se achasse que Mike pode perder o controle e tentar me lançar com um soco, por sobre a cerca de madeira, na água rasa do outro lado. Dou uma olhada para além da cerca. No escuro, não posso saber qual é a profundidade da água ali, mas não acho que seria suficiente para amortecer uma queda, e eu provavelmente quebraria o pescoço em uma pedra ou coisa parecida. Estou tentando ficar calmo, manter as mãos nos bolsos. Mas ainda assim espero que meu ar de indiferença o deixe bem irritado, porque os comentários que ele fez sobre minha mãe, e sobre eu ser algum bruxinho molenga, fizeram meu sangue subir à cabeça. Se ele me jogasse por cima da cerca da cachoeira agora, eu talvez acabasse assombrando a região, morto e à procura dele, incapaz de descansar até ter comido seu coração.

— Mike, segura a onda — diz Will. — Se ele quer uma história de fantasmas, vamos lhe dar a boa. Vamos lhe dar aquela que deixa os garotos do primeiro ano sem dormir à noite.

— Qual é essa? — pergunto. Os cabelos estão se arrepiando em minha nuca.

— Anna Korlov. Anna Vestida de Sangue.

O nome dela se move pelo escuro como uma dançarina. Escutá-lo na voz de outra pessoa, fora de minha própria cabeça, me faz estremecer.

— Anna vestida de sangue? Tipo Anna vestida para matar? — zombo, porque isso vai frustrá-los. Eles vão se esforçar mais ainda para fazê-la parecer horrível, para fazê-la parecer aterrorizante, que é exatamente o que eu quero. Mas Will olha para mim com ar intrigado, como se estivesse se perguntando qual seria minha intenção.

— Anna Korlov morreu com dezesseis anos — ele diz, depois de um momento. — A garganta dela foi cortada de orelha a orelha. Ela estava indo para um baile na escola quando aconteceu. Encontraram o corpo no dia seguinte, já coberto de moscas e com o vestido branco manchado de sangue.

— Dizem que foi o namorado dela, não é? — Chase comenta, atuando como o perfeito cúmplice plantado no meio da plateia.

— Acharam que talvez fosse. — Will dá de ombros. — Porque ele foi embora da cidade poucos meses depois de tudo acontecer. Só que todos viram que ele estava no baile aquela noite, perguntando por Anna e achando que tinha levado um fora dela. Mas não importa como ela morreu. Ou quem a matou. O que importa é que ela não permaneceu morta. Mais ou menos um ano depois que foi encontrada, ela apareceu de novo em sua velha casa. Eles venderam a casa seis meses depois que a mãe de Anna morreu, de ataque cardíaco.

Um pescador a comprou e se mudou para lá com a família. Anna matou todo mundo. Despedaçou todos eles. Deixou as cabeças e os braços, em pilhas, no pé da escada e pendurou os corpos no porão.

Olho em volta, para os rostos pálidos da pequena multidão que se formou. Alguns parecem incomodados, inclusive Carmel. A maioria, só curiosa, esperando minha reação.

Estou respirando mais rápido, mas faço questão de parecer cético quando falo.

— Como sabem que não foi outra pessoa? Algum psicopata que invadiu a casa enquanto o pescador estava fora?

— Por causa do jeito como os policiais encobriram a história. Nunca prenderam ninguém. Praticamente nem investigaram. Só lacraram a casa e fingiram que nada tinha acontecido. Foi mais fácil do que eles imaginavam. As pessoas até preferem esquecer logo uma coisa como essa.

Concordo num gesto de cabeça. Isso é verdade.

— E também teve as palavras, escritas em sangue por todas as paredes. *Anna taloni*. Casa da Anna.

Mike sorri.

— Além disso, ninguém poderia ter rasgado um corpo daquele jeito. O pescador era grandão, mais de cem quilos. Ela arrancou os braços e a cabeça. O cara teria que ser um Hulk, cheio de metanfetamina nas veias e adrenalina injetada direto no coração, para conseguir arrancar a cabeça de um sujeito de mais de cem quilos.

Eu solto o ar pelo nariz com um som de desdém, e o Exército Troiano ri.

— Ele não acredita na gente — Chase resmunga.

— Só está apavorado — Mike diz.

— Calem a boca — Carmel interrompe e me pega pelo braço. — Não ligue para eles. Estão querendo tirar uma com a sua cara desde que viram que nós podíamos ser amigos. Isso é ridículo. É tudo uma crendice infantil, como a história de chamar "Bloody Mary" na frente do espelho em festas do pijama.

Eu queria dizer a ela que não é bem assim, mas fico quieto. Apenas aperto sua mão para tranquilizá-la e me viro outra vez para os caras.

— Onde é a casa?

E, claro, eles olham um para o outro, como se fosse exatamente isso o que queriam ouvir.

# 7

Saímos das cachoeiras e voltamos na direção de Thunder Bay, deslizando sob postes de luz âmbar e passando rápido demais por placas de trânsito borradas. Chase e Mike riem, com as janelas abertas, falando de Anna, fazendo sua lenda crescer cada vez mais. O sangue em meus ouvidos canta tão alto que estou me esquecendo de olhar as placas de rua, esquecendo de mapear o caminho.

Foi preciso algum jogo de cintura para que eles saíssem da festa, para que convencessem os outros a continuar bebendo e se divertindo no limite do mundo. Carmel até precisou usar um truque do tipo "Ei, o que é aquilo ali?" com Natalie e Katie, antes de entrar depressa no SUV de Will. Mas, agora, estamos rasgando o ar de verão.

— É uma viagem longa — Will me diz, e lembro que ele foi o motorista escolhido no ano passado também, na festa da cachoeira Trowbridge. Ele me deixa curioso; sua situação de motorista da turma leva a imaginar que ele anda com esses manés só para se encaixar no grupo, mas ele é esperto demais, e algo em seu jeito faz parecer que é ele quem dá as cartas sem que os outros saibam. — Fica meio longe. Para o norte.

— O que nós vamos fazer quando chegarmos lá? — pergunto, e todos riem.

Will encolhe os ombros.

— Beber umas cervejas, jogar umas garrafas na casa. Sei lá. Isso importa?

Não, não importa. Eu não vou matar Anna esta noite, na frente de toda essa gente. Só quero estar lá. Quero senti-la atrás da janela, observando, olhando para mim, ou talvez se afastando para o fundo da casa. Se eu for honesto comigo mesmo, tenho de admitir que Anna Korlov entrou em minha mente como poucos fantasmas antes dela. Não sei por quê. Além dela, apenas outro fantasma ocupou meus pensamentos desse jeito, trouxe tamanha agitação de sentimentos, e foi o fantasma que matou meu pai.

Estamos seguindo perto do lago agora, e ouço o lago Superior sussurrar para mim, através das ondas, sobre todas as coisas mortas que ele esconde sob a superfície, que olham das profundezas com olhos lamacentos e faces mordidas por peixes. Elas podem esperar.

Will vira à direita em uma estrada de terra, e os pneus do SUV resmungam e nos jogam de um lado para outro. Quando levanto os olhos, vejo a casa, abandonada há anos e começando a se inclinar, apenas uma forma preta, atarracada, no escuro. Ele para no que antes era o começo da entrada para carros, e eu saio. Os faróis brilham na base da casa, iluminando a tinta cinza descamada, as tábuas planas e apodrecidas, uma varanda tomada por mato. A velha entrada de carros era longa, e estou a pelo menos trinta metros da porta da frente.

— Tem certeza que é esta? — ouço Chase sussurrar, mas eu sei que é. Posso dizer pelo modo como a brisa move meus cabelos e roupas, mas não perturba mais nada. A casa está tensamente controlada, nos observando. Dou um passo adiante. Depois de alguns segundos, os passos hesitantes dos outros rangem no cascalho atrás de mim.

Enquanto subimos pelo caminho, eles me contam que Anna mata todos que entram na casa. Falam dos andarilhos que pararam por ali, em busca de um lugar para passar a noite, e acabaram sendo eviscerados assim que se deitaram. Claro que eles não têm como saber disso, embora provavelmente seja verdade.

Um som seco vem de trás de mim, seguido por passadas rápidas.

— Isso é ridículo — Carmel reclama. A noite ficou mais fria, e ela vestiu um casaquinho cinza sobre a blusa de alças. Suas mãos estão enfiadas nos bolsos da saia cáqui, e os ombros, curvados para a frente. — Devíamos ter ficado na festa.

Ninguém a ouve. Eles estão tomando grandes goles de cerveja e falando alto demais para encobrir o nervosismo. Eu me aproximo da casa em passos cautelosos, movendo o olhar de uma janela para outra, ansioso por algum movimento que não deveria estar ali. Abaixo quando uma lata de cerveja passa voando sobre minha cabeça, aterrissa no chão e ricocheteia em direção à varanda.

—Anna! Ei, Anna! Saia para brincar com a gente, sua puta morta!

Mike está rindo, e Chase joga outra cerveja para ele. Mesmo na crescente escuridão, posso ver que o rosto dele está vermelho por efeito do álcool. Ele começa a oscilar quando anda.

Desvio o olhar deles para a casa. Por mais que eu tenha vontade de investigar mais, vou parar. Isso não está certo. Agora que eles estão aqui, e assustados, estão rindo dela, tentando transformá-la em uma piada. Esmagar as latas de cerveja na cabeça deles parece uma boa ideia — e, sim, eu percebo a hipocrisia de querer defender algo que estou tentando matar.

Olho para Carmel atrás deles, dando passos hesitantes, apertando os braços em volta do corpo para se proteger do frio da brisa do lago. Seus cabelos loiros estão esvoaçando à luz prateada, como fios de teia de aranha em volta do rosto.

— Ei, pessoal, vamos embora. A Carmel está ficando nervosa, e não tem nada lá dentro além de aranhas e ratos. — Retorno, mas Mike e Chase me seguram cada um por um braço. Noto que Will recuou para ficar com Carmel e está falando baixinho com ela, inclinando-se e gesticulando na direção do carro estacionado. Ela sacode a cabeça e dá um passo em nossa direção, mas ele a segura.

— De jeito nenhum que a gente vai embora sem dar uma olhada lá dentro — diz Mike. Ele e Chase me viram e me levam caminho acima, como se fossem guardas escoltando um prisioneiro, um em cada ombro.

— Tudo bem. — Não discuto tanto quanto talvez devesse. Porque eu *quero* mesmo olhar mais de perto. Só preferia que eles não estivessem aqui quando eu fizer meu trabalho. Aceno para Carmel para lhe dizer que está tudo bem e me solto dos dois caras.

Quando meu pé toca a primeira tábua apodrecida dos degraus da varanda, quase posso sentir a casa se contrair, como se estivesse inspirando, despertando, depois de tanto tempo intocada. Subo os dois últimos degraus e me vejo ali, sozinho, diante do cinza-escuro da porta. Gostaria de ter uma lanterna ou uma vela. Não sei dizer de que cor a casa foi no passado. De longe, parecia cinza, com a tinta descascada em fatias cinzentas caídas no chão, mas, agora que estou mais perto, a pintura descamada parece apodrecida e preta. O que é impossível. Ninguém pinta uma casa de preto.

As altas janelas dos dois lados da porta estão cobertas de sujeira e terra. Vou até a janela esquerda e esfrego a palma da mão no vidro, traçando um círculo rápido. Dentro, a casa está praticamente vazia, exceto por alguns móveis espalhados. Há um sofá no centro do que deve ter sido uma sala de estar, coberto por um lençol branco. Os restos de um candelabro pendem do teto.

Apesar de escuro, posso enxergar o interior com facilidade. Ele é iluminado em tons de cinza e azul que parecem vir do nada. Há algo estranho na luz que não consigo processar de imediato, até perceber que nada está lançando sombra.

Um sussurro me faz lembrar que Mike e Chase estão aqui. Começo a me virar para dizer a eles que não há nada que eu não tenha visto antes e que agora podemos, por favor, voltar para a festa, mas, pelo reflexo no vidro da janela, vejo que Mike está segurando um pedaço de tábua quebrada, mirando minha cabeça com os braços levantados... e tenho a impressão de que não vou dizer nada por algum tempo.

⸺∞⸺

Acordo com o cheiro de pó e a sensação de que a maior parte da minha cabeça está caída aos pedaços, em algum lugar atrás de mim. Então pisco. Cada respiração levanta uma pequena nuvem de cinza sobre tacos de madeira velhos e irregulares. Rolo de costas e percebo que meu crânio está intacto, mas minha cabeça dói tanto que tenho de fechar os olhos de novo. Não sei onde estou. Não me lembro do que estava fazendo antes de chegar aqui. Tudo em que posso pensar é que meu cérebro parece estar esparramado fora do crânio. Uma imagem surge em minha mente: um idiota neandertal, girando uma tábua, vindo para cima de mim. Os pedaços do quebra-cabeça começam a se encaixar. Pisco de novo na estranha luz cinza.

A estranha luz cinza. Meus olhos se arregalam. Estou dentro da casa.

Meu cérebro se agita como um cachorro sacudindo água, e um milhão de perguntas voam de seu pelo. Por quanto tempo estive inconsciente? Em que cômodo estou? Como saio daqui? E, claro, o mais importante: Aqueles imbecis me largaram aqui?

Minha última pergunta é respondida imediatamente pela voz de Mike.

— Está vendo? Eu disse que não o matei. — Ele bate no vidro com um dos dedos, e eu me viro para a janela e vejo seu sorriso de idiota. Ele fala alguma coisa estúpida sobre como eu sou um homem morto e que é isso que acontece com gente que se mete com a propriedade dele. É quando escuto Carmel gritando que vai chamar a polícia e perguntando com voz de pânico se eu pelo menos já acordei.

— Carmel! — berro, esforçando-me para me erguer sobre o joelho. — Eu estou bem.

— Cas! — ela grita em resposta. — Esses imbecis. Eu não sabia, juro.

Eu acredito nela. Esfrego a mão na nuca. Meus dedos voltam com um pouco de sangue. Na verdade é muito sangue, mas não estou preocupado, porque ferimentos na cabeça vazam como água da torneira, mesmo quando a lesão é pouco mais que um corte de papel. Ponho a mão de volta no chão, para dar impulso, e o sangue se mistura com o pó em uma pasta avermelhada arenosa.

Ainda é muito cedo para levantar. Minha cabeça gira. Preciso me deitar. O lugar está começando a se mover por si só.

— Cara, olhe para ele. Deitou de novo. Acho que é melhor a gente tirar ele daqui. Pode ter tido uma concussão ou algo assim.

— Eu bati nele com uma tábua; claro que ele teve uma concussão. Não seja idiota.

Olha só quem está falando, eu gostaria de dizer. Tudo isso parece muito surreal, muito desconectado. É quase como um sonho.

— Vamos deixar ele aqui. Depois ele encontra o caminho de volta.

— Cara, não podemos. Olhe a cabeça dele, está cheia de sangue.

Enquanto Mike e Chase discutem se vão cuidar de mim ou me deixar morrer, eu me sinto deslizando de volta para a escuridão. Penso que talvez seja o fim. Acabei sendo morto pelos vivos, o que era algo inimaginável. Mas então ouço a voz de Chase subir umas cinco oitavas.

— Meu Deus! Meu Deus!

— O quê? — Mike grita, com a voz ao mesmo tempo irritada e cheia de pânico.

— A escada! Olha a porra da escada!

Forço meus olhos a se abrirem e consigo levantar a cabeça dois ou três centímetros. A princípio, não vejo nada de extraordinário na escada. Ela é estreita, e o corrimão está quebrado em pelo menos três lugares. Mas então olho mais para cima.

É ela. Está tremeluzindo como uma imagem em uma tela de computador, um espectro escuro tentando encontrar a saída do vídeo para a realidade. Quando sua mão toca o corrimão, ela se torna corpórea, e a madeira geme e range sob a pressão.

Sacudo a cabeça de leve, ainda desorientado. Eu sei quem ela é, sei seu nome, mas não faço ideia de por que estou aqui. Ocorre-me, de repente, que estou encurralado. Não sei o que fazer. Ouço as orações repetidas e apavoradas de Chase e Mike enquanto eles discutem se devem fugir ou tentar me tirar da casa de algum jeito.

Anna está descendo sobre mim, vindo pela escada sem se apressar. Seus pés se arrastam horrivelmente, como se não conseguisse usá-los. Veias escuras, arroxeadas, cortam a pele branca pálida. Os cabelos são totalmente pretos e se movem pelo ar como se estivesse suspensos em água, serpenteando atrás e flutuando como juncos. É a única coisa nela que parece viva.

Ela não traz os ferimentos fatais, como outros fantasmas. Dizem que sua garganta foi cortada, e o pescoço desta menina é longo e branco. Mas há o vestido. Está molhado, e vermelho, e se movendo constantemente. Goteja sobre o chão.

Só me dou conta de que recuei até a parede quando sinto a pressão fria contra minhas costas e meus ombros. Não consigo desviar o olhar dos olhos dela. São como gotas de óleo. É impossível dizer para onde ela está olhando, mas não sou tão bobo a ponto de esperar que ela não possa ou não tenha me visto. Ela é terrível. Não de uma forma grotesca, mas sobrenatural.

Meu coração está batendo forte no peito. A dor na cabeça é insuportável e me diz para deitar, me diz que não tenho como escapar dali. Não tenho forças para lutar. Anna vai me matar e fico surpreso ao perceber que prefiro que seja alguém como ela, em seu vestido feito de sangue. Prefiro sucumbir a seja lá que inferno ela tem em mente para mim a acabar quietamente em um hospital qualquer porque alguém me acertou a cabeça com uma tábua.

Ela está mais perto. Meus olhos se fecham, mas ouço seus movimentos sussurrarem pelo ar. Ouço cada gota espessa de sangue caindo sobre o chão.

Abro os olhos. Ela está em pé a meu lado, a deusa da morte, lábios negros e mãos frias.

— Anna. — Minha boca se curva em um sorriso fraco.

Ela olha para mim, para aquela coisa patética espremida contra a parede de sua casa. Sua testa se franze enquanto ela flutua. E então desvia o olhar de mim e se volta para a janela acima de minha cabeça. Antes que eu possa me mover, seus braços se lançam para a frente e quebram o vidro. Ouço Mike ou Chase, ou ambos, gritando quase no meu ouvido. Mais ao longe, ouço Carmel.

Anna puxou Mike pela janela para dentro da casa. Ele está gritando e chorando como um animal capturado, contorcendo-se sob a força da mão dela e tentando não olhar para seu rosto. A luta de Mike não parece perturbá-la. Seus braços se mantêm imóveis, como se feitos de mármore.

— Me solta — ele gagueja. — Me solta, era só uma brincadeira! Era só uma brincadeira!

Ela o coloca de pé no chão. Ele está sangrando, com cortes no rosto e nas mãos. Mike dá um passo para trás. Anna arreganha os dentes. Ouço minha voz vinda de algum outro lugar, pedindo para ela parar, ou apenas gritando, e Mike nem tem tempo de gritar antes de ela enfiar as mãos em seu peito, rasgando pele e músculos. Ela movimenta os braços para os lados, como se estivesse forçando passagem por uma porta fechada, e Mike Andover é partido ao meio. As duas metades caem de joelhos, contraindo-se e contorcendo-se como partes de um inseto.

Os gritos de Chase vêm de longe. Ouço um motor de carro ligando. Estou me arrastando e me afastando daquele horror que antes era Mike, tentando não olhar para a parte do corpo que ainda está conectada à cabeça. Não quero saber se ele ainda está vivo. Não quero saber se está olhando sua outra metade se retorcendo no chão.

Anna está fitando o corpo calmamente. Ela olha para mim por um longo momento antes de voltar de novo a atenção para Mike. Quando a porta se abre, ela não parece notar, e de repente estou sendo arrastado por trás, pelos ombros, e empurrado para fora da casa e para longe do sangue, tropeçando nos degraus da varanda. Quando quem quer que seja me solta, é repentino demais — caio de cabeça e não vejo mais nada.

# 8

— Ei. Ei, cara, está acordado?

Conheço essa voz. Não gosto dessa voz. Abro os olhos e lá está seu rosto, pairando sobre mim.

— Você deixou a gente preocupado. Acho que não devíamos ter deixado você dormir tanto tempo. Devíamos ter te levado para o hospital, mas não sabíamos o que dizer a eles.

— Eu estou bem, Thomas. — Levanto a mão e esfrego os olhos, depois uso toda a minha força de vontade e me sento, sabendo que meu mundo vai rodar e ondular tanto que é possível que eu vomite. De alguma maneira, consigo virar as pernas e apoiá-las no chão. — O que aconteceu?

— É o que eu quero saber. — Ele acende um cigarro. Gostaria que o apagasse. Por baixo daqueles cabelos desgrenhados e óculos, ele parece um menino de doze anos que roubou um maço da bolsa da mãe. — O que vocês estavam fazendo na casa dos Korlov?

— E o que você estava fazendo me seguindo? — revido, aceitando o copo de água que ele me oferece.

— O que eu disse que ia fazer — responde. — Só que eu não imaginava que você fosse precisar de tanta ajuda assim. Ninguém entra na casa dela. — Seus olhos azuis me observam como se eu fosse alguma espécie nova de idiota.

— Bom, não foi bem simplesmente entrar e cair.

— Não achei que fosse. Mas não acredito que eles fizeram isso, te jogaram dentro da casa e tentaram te matar.

Olho em volta. Não tenho a menor ideia do horário, mas tem sol, e eu estou em um tipo de loja de antiguidades. O lugar é abarrotado, mas de coisas bonitas, não das pilhas de velharias que a gente vê nos lugares mais baratos. Mesmo assim, cheira a gente velha.

Estou sentado em um velho sofá empoeirado, nos fundos, com um travesseiro praticamente saturado de meu sangue seco. Pelo menos espero que seja o meu sangue seco. Espero não ter dormido em algum pano velho carregado de hepatite.

Olho para Thomas. Ele parece furioso. Odeia o Exército Troiano; sem dúvida, eles pegam no pé dele desde o jardim de infância. Um garoto magricela e esquisito como ele, que diz ter poderes telepáticos e anda por lojas de antiguidades empoeiradas, provavelmente era o alvo favorito de torturas escolares. Mas eles só querem perturbar. Não acho que estivessem mesmo tentando me matar. Só não a levaram a sério. Não acreditavam nas histórias. E, agora, um deles está morto.

— Que merda — digo em voz alta. Não há como saber o que vai acontecer com Anna agora. Mike Andover não era um de seus andarilhos de passagem ou fugitivos habituais. Ele era um dos atletas da escola, alguém da turma popular, e Chase viu tudo. Só espero que ele esteja apavorado demais para ir à polícia.

Não que a polícia possa deter Anna, claro. Se eles entrassem naquela casa, só haveria mais mortos. Talvez ela nem aparecesse para eles. Além do mais, Anna é minha. Sua imagem se conjura em minha mente por um segundo, ameaçadora, pálida e pingando vermelho. Mas meu cérebro ferido não consegue retê-la.

Olho para Thomas, que ainda fuma nervosamente.

— Obrigado por me tirar de lá — digo, e ele concorda num gesto de cabeça.

— Eu não queria — diz. — Quer dizer, eu queria, mas ver o Mike caído ali como uma pilha desconjuntada não me deixou exatamente entusiasmado. — Ele suga o cigarro. — Nossa, não posso acreditar que ele está morto. Não posso acreditar que ela o matou.

— Por que não? Você acreditava nela.

— Eu sei, mas nunca tinha visto. Ninguém vê Anna. Porque, se você vir Anna...

— Você não vive para contar a ninguém sobre isso — termino, sério.

Levanto os olhos ao som de passos nas tábuas frágeis do piso. Um homem velho entrou, o tipo de velho com uma barba grisalha torcida que termina em uma trança. Ele está usando uma camiseta muito gasta do Grateful Dead e um colete de couro. Há tatuagens estranhas nos antebraços inteiros, mas nada que eu reconheça.

— Você é um garoto de muita sorte. Tenho que dizer que eu esperava mais de um matador de fantasmas profissional.

Pego a sacola de gelo que ele me joga para pôr na cabeça. Está sorrindo em um rosto semelhante a couro e me observando através de óculos de aro fino.

— Foi você que deu a dica para o Margarida. — Percebo na hora. — Achei que tinha sido o pequeno Thomas aqui.

Um sorriso é a única resposta. Mas é suficiente.

Thomas pigarreia.

— Este é o meu avô, Morfran Starling Sabin.

Não consigo não rir.

— Por que vocês, góticos, sempre têm nomes esquisitos?

— Palavras fortes vindas de alguém que anda por aí se chamando de Theseus Cassio.

Ele é um velho espirituoso, de quem se gosta de imediato, com uma voz que parece saída de um filme western preto e branco. Não fico aborrecido por ele saber quem eu sou. Na verdade, fico quase aliviado. Estou contente por ter encontrado outro membro desse mundo clandestino peculiar, em que as pessoas conhecem meu trabalho, conhecem minha reputação e conhecem a reputação de meu pai. Eu não vivo minha vida como um super-herói. Preciso de pessoas que me apontem a direção certa. Preciso de pessoas que saibam quem eu sou de fato. Só que não pessoas demais. Não sei por que Thomas não me contou a verdade quando me encontrou perto do cemitério. Por que precisou se mostrar todo misterioso daquele jeito.

— Como está a cabeça? — Thomas pergunta.

— Você não consegue descobrir, telepata?

Ele dá de ombros.

— Eu já disse, não sou tão telepata assim. Meu avô me contou que você ia chegar e que eu devia te procurar. Eu leio mentes às vezes. Mas não a sua hoje. Talvez seja por causa da concussão. Ou talvez eu não precise mais. Isso vai e vem.

— Ótimo, porque essa história de ler mentes me dá arrepios. — Olho para Morfran. — Por que você mandou me chamar? E por que não falou para o Margarida marcar um encontro entre nós quando eu chegasse aqui, em vez de mandar Mentok, o Tomador de Mentes? — Aponto com a cabeça na direção de Thomas e me arrependo de imediato da tentativa de ser engraçado. Minha cabeça ainda não está saudável o bastante para essas gracinhas.

— Eu queria você aqui depressa — ele explica, encolhendo os ombros. — Eu conhecia o Margarida, e o Margarida conhecia você, pessoalmente. Ele avisou que você não gostava de ser incomodado. Mas eu queria ficar de olho mesmo assim. Matador de fantasmas ou não, você é só um garoto.

— Está bem — digo. — Mas qual é a pressa? Anna não está aqui há décadas?

Morfran se apoia no balcão de vidro e sacode a cabeça.

— Alguma coisa está mudando em Anna. Ela anda mais brava. Eu tenho ligação com os mortos, mais do que você em muitos sentidos. Eu os vejo, e os sinto pensando, pensando no que querem. É assim desde...

Ele dá de ombros. Há uma história aqui. Mas provavelmente é sua melhor história, e ele não quer entregá-la tão rápido. Massageia as têmporas.

— Eu sinto quando ela mata. Toda vez que algum infeliz entra desavisado na casa dela. Costumava não ser mais que uma coceira nas costas, entre os ombros. Mas, nos últimos tempos, é uma reviravolta nas entranhas. Do jeito que era antes, ela não teria nem aparecido para vocês. Ela está morta há muito tempo e não é boba, sabe a diferença entre uma presa fácil e um filho de família poderosa. Mas está ficando descuidada. Vai acabar se metendo na primeira página dos jornais. E você e eu sabemos que é melhor manter algumas coisas em segredo.

Ele se senta em uma poltrona e bate a mão no joelho. Ouço os estalinhos de unhas de cachorro no chão, e logo um labrador preto e gordo, com o focinho grisalho, aparece e descansa a cabeça em seu colo.

Penso nos acontecimentos da noite anterior. Ela não é nada do que eu esperava, embora agora, depois que a vi, seja difícil lembrar o que eu esperava antes. Talvez achasse que ia ver uma menina triste e assustada que matava por medo e sofrimento. Achava que ela ia descer lentamente as escadas em um vestido branco, com uma marca escura no decote. Achei que teria dois sorrisos, um no rosto e um no pescoço, molhado e vermelho. Achei que ia me perguntar por que eu estava em sua casa e, depois, avançar sobre mim com pequenos dentes afiados.

Em vez disso, encontrei um fantasma com a força de uma tempestade, olhos negros e mãos pálidas, não uma pessoa morta, mas uma deusa morta. Perséfone de volta do Hades, ou Hécate semidecomposta.

O pensamento me faz estremecer um pouco, mas prefiro pôr a culpa na perda de sangue.

— O que você vai fazer agora? — Morfran pergunta.

Olho para o saco de gelo, que se derrete, tingido de rosa com meu sangue reidratado. O item número um é ir para casa, tomar um banho e tentar evitar que minha mãe entre em pânico e me lambuze com mais óleo de alecrim.

Depois, de volta à escola, a fim de fazer algum controle de danos com Carmel e o Exército Troiano. Eles provavelmente não viram Thomas me tirar de lá; devem achar que eu estou morto e marcaram uma reunião secreta muito dramática para decidir o que fazer a respeito de Mike e de mim, como explicar o que aconteceu. Sem dúvida, Will tem algumas ótimas sugestões.

E, depois disso, de volta para a casa. Porque eu vi Anna matar. E preciso fazê-la parar.

———∞———

Tenho sorte com minha mãe. Ela não está em casa quando chego, e há um bilhete na cozinha avisando que meu almoço está na geladeira. Ela não assina com um coração nem nada do tipo, então sei que está brava porque passei a noite fora e não avisei. Mais tarde, vou pensar em algo para lhe dizer que não inclua eu ter ficado ensanguentado e inconsciente.

Não tenho sorte com Thomas, que me levou de carro para casa e me seguiu pelos degraus da varanda. Quando desço as escadas depois de tomar banho, com a cabeça ainda latejando, como se meu coração tivesse passado a morar em uma nova casa atrás dos olhos, ele está sentado à mesa da cozinha, olhando fixamente para Tybalt.

— Este não é um gato comum — Thomas diz entredentes. Ele está encarando sem piscar os olhos verdes de Tybalt. Olhos verdes que cintilam rapidamente para mim e parecem dizer: *Este menino é um mané.* Seu rabo se contorce na ponta como uma isca de pescaria.

— Claro que não. — Procuro no armário algumas aspirinas para mastigar, um hábito que adquiri depois de ler *O iluminado*, de Stephen King. — Ele é um gato de bruxa.

Thomas rompe o contato visual com o gato e me olha de cara feia. Sabe quando estão rindo dele. Sorrio e lhe jogo uma lata de refrigerante. Ele a abre muito perto de Tybalt, e o gato grunhe e pula da mesa, rosnando com irritação enquanto passa por mim. Baixo a mão para afagar seu dorso, mas ele bate em mim com a cauda para me avisar que quer esse sujeito desmazelado fora de sua casa.

— O que você vai fazer sobre o Mike? — Os olhos de Thomas estão muito redondos e arregalados sobre a borda da lata de refrigerante.

— Controle de danos — digo, porque não há mais nada que eu possa fazer. Eu teria mais opções se não tivesse ficado inconsciente na noite passada, mas isso é leite derramado. Preciso encontrar Carmel. Preciso falar com Will. Preciso fazê-los fechar a boca. — Então acho melhor você nos levar para a escola agora.

Ele levanta as sobrancelhas, como se estivesse surpreso por eu ter parado de tentar me livrar dele.

— O que você esperava? — pergunto. — Você está dentro. Ficou o tempo todo querendo entrar, então parabéns. Agora não dá mais para mudar de ideia.

Thomas engole em seco. Conta a seu favor o fato de não dizer nada.

—∞—

Quando entramos na escola, os corredores estão vazios. Por um segundo, passa pela minha cabeça a ideia de que ferrou tudo, fomos pegos, que há alguma espécie de vigília à luz de velas por Mike acontecendo dentro de cada porta fechada.

Então me dou conta de que sou um idiota. Os corredores estão vazios porque estamos no meio do terceiro período.

Paramos em nossos respectivos armários e nos esquivamos das perguntas de professores de passagem. Eu não vou para a classe. Só vamos esperar por aqui até a hora do almoço, enrolando nas proximidades do armário de Carmel, na esperança de que ela esteja na escola e não em casa, doente e sem cor na cama. Mas, de qualquer modo, Thomas diz que sabe onde ela mora. Podemos passar por lá mais tarde. Se me resta alguma sorte, ela não terá falado sobre o assunto com os pais ainda.

Quando o sinal toca, levo um susto que me faz dar um pulo. Isso não ajuda em nada minha dor de cabeça. Mas pisco com força e procuro entre a multidão, um fluxo interminável de corpos com roupas similares entrando nos corredores. Suspiro de alívio quando vejo Carmel. Ela parece um pouco pálida, como se tivesse chorado ou vomitado, mas está bem-vestida e carregando seus livros. Nada que chame muita atenção.

Uma das morenas da noite passada — não sei qual delas, mas vou chamá-la de Natalie — surge a seu lado e começa a tagarelar sobre alguma coisa. A reação de Carmel é digna de um Oscar: a inclinação da cabeça e o olhar atento, o movimento dos olhos e a risada, tudo tão natural e autêntico. Então ela diz algo, pelo jeito algo no estilo despiste, e Natalie se vira e vai embora. Carmel retira a máscara novamente.

Ela está a menos de três metros de seu armário quando finalmente levanta o rosto o bastante para me ver parado diante dele. Seus olhos se arregalam. Ela diz meu nome em voz alta e olha em volta em seguida, antes de se aproximar de mim, como se não quisesse ser ouvida.

— Você está... vivo. — O jeito como ela engasga ao pronunciar a frase revela como lhe parece estranho dizer isso. Seu olhar sobe e desce pelo meu corpo, como se ela esperasse que eu estivesse sangrando ou com algum osso exposto. — Como?

Faço um sinal com a cabeça na direção de Thomas, que está se esgueirando a minha direita.

— O Thomas me tirou de lá.

Carmel dá um olhar e um sorriso rápidos para ele. Não diz mais nada. Não me abraça, o que eu meio que imaginava que ela faria. Por alguma razão, o fato de isso não acontecer me faz gostar mais dela.

— Onde está o Will? E o Chase? — pergunto. Não questiono se mais alguém sabe. É evidente, pelo clima nos corredores, pelo jeito como todos andam conversando normalmente, que ninguém mais sabe. Mas ainda precisamos acertar as coisas. Coordenar nossas histórias.

— Não sei. Eu não encontro com eles antes da hora do almoço. E não sei quantas aulas eles têm hoje. — Ela baixa os olhos. Está sentindo necessidade de dizer algo sobre Mike. Dizer algo que ela acha que deveria dizer, como que está triste, ou que ele não era tão mau assim e não merecia o que lhe aconteceu. Morde o lábio.

— Precisamos conversar com eles. Todos juntos. Procure os dois no almoço e diga que eu estou vivo. Onde podemos nos encontrar?

Ela não responde de imediato e fica se remexendo, inquieta. Vamos lá, Carmel, não me decepcione.

— No campo de futebol. Ninguém estará usando.

Concordo num gesto rápido de cabeça e ela se afasta, olhando para trás uma vez, como se quisesse ter certeza de que ainda estou ali, de que sou real e ela não ficou louca. Noto que Thomas está olhando para ela como um cãozinho leal e muito triste.

— Cara — digo, tomando o rumo do ginásio para atravessá-lo em direção ao campo de futebol. — Agora não é hora.

Atrás de mim, eu o ouço murmurar que sempre é hora. Sorrio por um instante antes de começar a pensar no que vou fazer para manter Will e Chase sob controle.

# 9

Quando Will e Chase chegam ao campo de futebol, encontram Thomas e eu deitados nas arquibancadas, olhando para o céu. O dia está ensolarado, agradável e quente. A Mãe Natureza não chora por Mike Andover. A sensação da luz é deliciosa em minha cabeça latejante.

— Meu Deus — um deles diz, e segue-se todo um conjunto de exclamações inúteis que não vale a pena repetir. A longa série finalmente termina com: — Ele está mesmo vivo.

— Não graças a vocês, seus escrotos. — Eu me sento. Thomas também, mas fica ligeiramente encolhido. Esses imbecis devem ter zoado demais com ele.

— Ei — Will revida. — Nós não fizemos nada com você, está entendendo?

— Vê se trata de manter essa porra de boca fechada — Chase acrescenta, apontando um dedo para mim. Por um minuto, não sei o que dizer. Não esperava que eles viessem tentar *me* manter quieto.

Bato a mão no joelho do meu jeans, coberto de pó da lateral da arquibancada, onde eu estava encostado.

— Vocês não tentaram fazer nada comigo — digo, concordando. — Vocês me levaram até a casa porque queriam me assustar. Não sabiam que o seu amigo ia acabar rasgado ao meio e estripado. — Isso foi cruel, eu admito. Chase fica pálido de imediato. Os últimos momentos de Mike estão passando diante de seus olhos. Por um segundo, acho que peguei muito pesado, mas minha cabeça latejante logo me lembra de que eles tentaram me matar.

Em pé ao lado deles, mas um degrau abaixo na arquibancada, Carmel envolve o corpo com os braços e desvia o olhar. Talvez eu não devesse estar tão bravo. Mas espera aí, qual é a dela? Claro que eu deveria estar bravo. Não estou feliz com o que aconteceu com Mike. Eu nunca teria deixado aquilo acontecer se eles não tivessem me inutilizado com uma paulada na cabeça.

— O que nós vamos falar para as pessoas sobre o Mike? — ela questiona. — Vão fazer perguntas. Todos viram que ele saiu da festa com a gente.

— Não podemos falar a verdade — Will diz, melancólico.

— Qual é a verdade? — pergunta Carmel. — O que aconteceu naquela casa? Você acha que eu devo mesmo acreditar que o Mike foi assassinado por um fantasma? Cas...

Eu a encaro.

— Eu vi.

— Eu também — Chase acrescenta, parecendo prestes a vomitar.

Ela sacode a cabeça.

— Isso não é real. O Cas está vivo. O Mike também. É só uma brincadeira de mau gosto que vocês todos inventaram para se vingar de mim por terminar com ele.

— Não seja tão egocêntrica — diz Will. — Eu vi os braços dela saindo pela janela. Vi quando ela o puxou para dentro. Ouvi alguém gritar. E depois vi a silhueta do Mike partida em dois. — Ele olha para mim. — O que foi aquilo? O que estava vivendo naquela casa?

— Era um vampiro, cara — Chase gagueja.

Idiota. Eu o ignoro por completo.

— Nada estava vivendo naquela casa. O Mike foi morto por Anna Korlov.

— Não, cara, de jeito nenhum — diz Chase, cada vez mais em pânico, mas não tenho tempo para suas crises de negação. Felizmente, nem Will, que o manda calar a boca.

— Vamos dizer à polícia que dirigimos por aí durante um tempo, depois o Mike ficou irritado por causa da Carmel e do Cas e saiu do carro. Nenhum de nós conseguiu convencer o cara a ficar. Ele disse que ia voltar para casa andando e, como não era tão longe, não ficamos preocupados. Quando ele não apareceu na escola no dia seguinte, achamos que era ressaca. — Will está sério. Ele tem a mente rápida, mesmo quando não quer. — Vamos ter que aguentar alguns dias, ou semanas, de grupos de busca. Eles vão nos fazer perguntas. E depois vão desistir.

Will está olhando para mim. Por mais que Mike fosse um imbecil, era amigo dele, e agora Will Rosenberg está desejando que eu desapareça. Se não houvesse ninguém olhando, era capaz até de ele tentar algum truque, tipo bater os calcanhares três vezes ou algo assim.

E talvez ele esteja certo. Talvez seja minha culpa. Eu poderia ter encontrado outro modo de chegar até Anna. Mas que se foda. Mike Andover golpeou minha cabeça com uma tábua e me jogou dentro de uma casa abandonada, tudo porque eu conversei com sua ex-namorada. Ele não merecia ser partido ao meio, mas estava pedindo pelo menos um bom chute no saco.

Chase está segurando a cabeça com as mãos, falando consigo mesmo sobre a confusão que é tudo isso, que pesadelo vai ser mentir para a polícia. É mais fácil para ele focar no aspecto não sobrenatural do problema. É mais fácil para a maioria das pessoas. É isso que permite que coisas como Anna permaneçam em segredo por tanto tempo.

Will dá um empurrão no ombro dele.

— O que vamos fazer com ela? — pergunta. Por um instante, acho que ele está falando de Carmel.

— Você *não pode* fazer nada com ela — diz Thomas, entendendo antes de mim e falando pela primeira vez no que parecem décadas. — Ela não é para o seu bico.

— Ela matou o meu melhor amigo! — Will revida. — E o que eu devo fazer? Nada?

— É — responde Thomas, acompanhando o monossílabo de um dar de ombros e um sorrisinho cínico que vão lhe render um soco na cara.

— Mas nós precisamos fazer *alguma coisa*.

Olho para Carmel. Seus olhos estão arregalados e tristes, os cabelos loiros caídos em feixes nas laterais do rosto. Provavelmente. isso é o mais emo que ela já pareceu.

72

— Se ela for real — Carmel continua —, acho que devemos fazer alguma coisa. Não podemos deixar que ela continue matando pessoas.

— Não vamos deixar — Thomas lhe diz, em um tom tranquilizador. Tenho vontade de jogá-lo de cima das arquibancadas. Será que ele não ouviu quando eu falei "agora não é hora"?

— Escutem — digo —, nós não vamos entrar todos em uma van verde e sair atrás dela com a ajuda dos Harlem Globetrotters, como num filme do Scooby-Doo. Qualquer um que voltar para aquela casa está morto. E, a menos que vocês queiram acabar cortados ao meio e olhando para uma pilha das suas próprias tripas no chão, é melhor ficarem longe. — Não quero ser tão duro com eles, mas isso é um desastre. Alguém que eu envolvi na história está morto, e agora todos esses outros amadores querem se juntar a ele. Não acredito na merda que eu fiz. Consegui complicar tudo em um piscar de olhos.

— Eu vou voltar lá — diz Will. — Preciso fazer alguma coisa.

— Eu vou com você — Carmel responde e me lança um olhar que parece estar me desafiando a tentar detê-la. Ela obviamente esqueceu que, há menos de vinte e quatro horas, eu estava olhando para um rosto morto entrecortado de veias escuras. Não vou me impressionar com sua cara de brava.

— Nenhum de vocês vai a lugar nenhum — digo, mas surpreendo a mim mesmo em seguida. — Não sem estarem preparados. — Dou uma olhada para Thomas, que está ligeiramente boquiaberto. — O Thomas tem um avô. É um cara espiritual. Morfran Starling. Ele sabe sobre Anna. Precisamos falar com ele primeiro, se quisermos tomar alguma atitude. — Dou um soquinho no ombro de Thomas, e ele tenta compor de novo uma expressão normal no rosto.

— E como se mata algo assim? — pergunta Chase. — Enfiando uma estaca no coração?

Gostaria de mencionar mais uma vez que Anna não é um vampiro, mas vou esperar até que ele sugira balas de prata para jogá-lo de cima das arquibancadas.

— Não seja burro — Thomas zomba. — Ela já está morta. Não tem como matar um morto. Dá para expulsar ou algo assim. Meu avô já fez isso uma ou duas vezes. Ele conhece um grande feitiço, com velas, ervas, essas coisas. — Thomas e eu nos entreolhamos. O garoto realmente sabe ser útil de vez em quando. — Vou levar vocês até ele. Hoje à noite, se quiserem.

Will olha para Thomas, depois para mim, depois para Thomas outra vez. A cara de Chase deixa claro que ele gostaria de não ter de fingir ser um valentão boçal o tempo todo, mas, paciência, essa foi a cama que ele fez para si mesmo. Carmel só me observa.

— Está bem — Will diz finalmente. — Encontre a gente depois da escola.

— Eu não posso — digo depressa. — Compromisso com a minha mãe. Mas posso ir até a loja mais tarde.

Todos descem as arquibancadas desajeitadamente — que é o único jeito de descer arquibancadas. Thomas sorri enquanto eles se afastam.

— Bom, hein? Quem disse que eu não tenho poderes telepáticos?

— Provavelmente é só intuição feminina — respondo. — Só garanta que você e o velho Morfran sejam bem convincentes na enrolação.

— Onde você vai estar? — ele pergunta, mas eu não respondo. Ele sabe para onde vou. Vou estar com Anna.

# 10

Estou olhando para a casa de Anna outra vez. A parte lógica de meu cérebro me diz que é apenas uma casa. É o que está do lado de dentro que a torna tão arrepiante, tão perigosa; a casa não pode estar se inclinando em minha direção como se estivesse me caçando pelo mato crescido. Não pode estar tentando se soltar de suas fundações e me engolir inteiro. Mas é isso que parece estar fazendo.

Atrás de mim, ouço um pequeno rosnado. Eu me viro. Tybalt está em pé, com as patas da frente na porta do motorista do carro de minha mãe, olhando pela janela.

— Isso não é de mentira, gato — digo. Não sei por que minha mãe me fez trazê-lo comigo. Ele não vai poder ajudar. Em termos de utilidade, é mais como um detector de fumaça do que um cão de caça. Mas, quando cheguei em casa depois da escola, contei a ela para onde ia e o que havia acontecido — deixando de fora a parte em que quase fui morto e um dos meus colegas de classe foi partido ao meio —, e ela deve ter adivinhado que a história não estava bem contada, porque estou usando uma camada nova de óleo de alecrim em um triângulo na testa, e ela me fez trazer o gato. Às vezes, acho que minha mãe não tem muita ideia do que eu faço aqui fora.

Ela não falou muito. Está sempre ali, na ponta de sua língua, a vontade de me mandar parar. De me dizer que é perigoso e que pessoas são mortas. Mas mais pessoas seriam mortas se eu não fizesse meu trabalho. É o trabalho que meu pai começou. É o que eu nasci para fazer, o legado dele para mim, e essa é a verdadeira razão que a faz ficar em silêncio. Ela acreditava nele. Sabia como funcionava, até o dia em que ele foi morto — assassinado pelo que ele achava que era apenas mais um em uma longa fila de fantasmas.

Puxo o punhal da mochila e o tiro da bainha. Meu pai saiu de casa uma tarde carregando essa faca, como sempre fazia desde antes de eu nascer. E nunca mais voltou. Algo levou a melhor sobre ele. A polícia veio no dia seguinte, depois que minha mãe deu queixa do desaparecimento. Disseram que meu pai estava morto. Fiquei escondido no escuro enquanto eles interrogavam minha mãe; por fim, o detetive sussurrou seu segredo: o corpo de meu pai estava coberto de mordidas, partes dele estavam faltando.

Durante meses, a morte horrenda de meu pai assombrou meus pensamentos. Eu a imaginava de todas as formas possíveis. Sonhava com ela. Desenhava-a no papel, com caneta preta e lápis de cor vermelho, bonecos de palito e sangue de cera. Minha mãe tentou me curar; cantava constantemente e deixava as luzes acesas, procurando me manter fora do escuro. Mas as visões e os pesadelos não pararam, até o dia em que peguei o punhal.

Nunca pegaram o assassino de meu pai, claro. Porque o assassino de meu pai já estava morto. Então eu sei qual é a tarefa que me cabe. Olhando para a casa de Anna agora, não sinto medo, porque Anna Korlov não é o meu fim. Algum dia, vou voltar ao lugar onde meu pai morreu e enfiar essa faca na boca da coisa que o comeu.

Respiro fundo duas vezes. Não volto a guardar o punhal; não há necessidade de disfarçar. Eu sei que ela está lá dentro, e ela sabe que estou vindo. Posso senti-la observando. O gato olha para mim de dentro do carro, com olhos de refletor, e sinto esses olhos em mim também enquanto subo pelo mato crescido da entrada em direção à porta da frente.

Acho que nunca houve uma noite mais quieta. Sem vento, sem insetos, sem nada. O som dos cascalhos sob meus sapatos é dolorosamente alto. É inútil tentar ser furtivo. É como ser o primeiro a acordar de manhã, quando cada movimento faz tanto barulho quanto uma buzina de nevoeiro, por mais que se tente ser silencioso. Quero subir esses degraus da varanda batendo os pés. Quero quebrar um deles, arrancá-lo e usá-lo para derrubar a porta. Mas isso seria rude e, além disso, não há necessidade. A porta já está aberta.

Uma claridade cinza fantasmagórica passa pela fresta sem lançar um feixe de luz. É como se ela se fundisse com o ar escuro, como uma névoa iluminada. Meus ouvidos se esforçam para escutar alguma coisa; à distância, acho que ouço o ronco baixo de um trem, e há um rangido de couro quando aperto com mais força o punho de meu athame. Entro e fecho a porta. Não quero dar a nenhum fantasma a oportunidade de me pregar um susto de filme B batendo a porta atrás de mim.

O saguão está vazio, e a escada deserta. O esqueleto do candelabro arruinado pende do teto sem cintilar, e há uma mesa coberta com um lençol empoeirado que eu poderia jurar que não estava ali na noite passada. Há algo diferente nesta casa. Algo além da presença que obviamente a assombra.

— Anna — digo, e minha voz ressoa no ar. A casa a engole sem eco.

Olho para a esquerda. O lugar onde Mike Andover morreu está limpo, com exceção de uma mancha escura oleosa. Não tenho ideia do que Anna fez com o corpo e, sinceramente, prefiro nem pensar nisso.

Nada se move, e não estou com disposição para esperar. Mas também não quero dar de cara com ela na escada. A vantagem de Anna é muito grande, sendo forte como uma deusa viking e morta-viva e tudo o mais. Avanço pela casa, contornando cautelosamente a mobília espalhada e coberta por lençóis. Passa pela minha cabeça a ideia de que ela pode estar à espreita, de que o sofá deformado talvez não seja um sofá, afinal, mas uma garota morta coberta de veias. Estou prestes a enfiar meu athame nele só por precaução quando ouço algo se arrastar atrás de mim. Eu me viro.

— Jesus — exclamo.

— Já faz três dias? — o fantasma de Mike Andover me pergunta. Ele está parado perto da janela por onde foi puxado. Está inteiro. Dou um sorriso hesitante. A morte, parece, o deixou mais espirituoso. Mas parte de mim desconfia de que o que estou vendo não é de fato Mike Andover. É apenas a mancha no chão, que Anna fez levantar, andar e falar. Em todo caso...

— Eu sinto muito. Pelo que aconteceu com você. Não era para acontecer.

Mike inclina a cabeça.

— Nunca é para acontecer. Ou sempre é para acontecer. Tanto faz. — Ele sorri. Não sei se a intenção é ser amistoso ou irônico, mas é definitivamente sinistro. Ainda mais quando ele para de repente. — Esta casa é errada. Quando se entra aqui, nunca mais se sai. Você não devia ter voltado.

— Tenho um trabalho a fazer aqui — digo. Tento ignorar a ideia de que ele nunca mais vai poder sair. É muito terrível e muito injusto.

— O mesmo trabalho que eu tinha? — ele pergunta, em um grunhido baixo. Antes que eu possa responder, ele é rasgado ao meio por mãos invisíveis, em uma repetição exata de sua morte. Recuo de susto, e meus joelhos batem em uma mesa ou algo assim, não sei o que e não me importa. O choque de vê-lo desmoronar de novo em duas poças vermelhas e macabras me faz desconsiderar a mobília. Digo a mim mesmo que isso foi um truque barato e que eu já vi coisas piores. Tento controlar a respiração. Então, do chão, ouço a voz de Mike outra vez.

— Ei, Cas.

Meus olhos viajam sobre aquele horror espalhado até encontrar seu rosto, virado de lado, ainda preso à metade direita do corpo. Esse é o lado que manteve a coluna vertebral. Engulo em seco e tento não olhar para as vértebras expostas. Os olhos de Mike se voltam para mim.

— Dói só por um minuto — diz ele e então afunda na terra, lentamente, como óleo em uma toalha. Seu olho não fecha quando desaparece. Continua me encarando. Eu realmente poderia ter passado sem essa pequena conversa. Enquanto observo a mancha preta no chão, percebo que estou prendendo a respiração. Imagino quantas pessoas Anna de fato matou nesta casa. Imagino se ainda estão todas aqui, carcaças delas, e se ela pode levantá-las como marionetes, fazendo-as se arrastar em direção a mim em vários estágios de decomposição.

*Controle-se.* Agora não é o momento para entrar em pânico. Agora é hora de apertar o punhal e perceber tarde demais que algo está vindo atrás de mim.

Há uma leve agitação de cabelos negros perto de meu ombro, dois ou três cachos escuros esticando-se para me chamar para mais perto. Eu me viro e giro a faca no ar, meio esperando que ela não esteja ali, que tenha desaparecido naquele exato instante. Mas ela não desapareceu. Está pairando à minha frente, a quinze centímetros do chão.

Hesitamos por um segundo e ficamos nos observando, meus olhos castanhos fixos diretamente em seus olhos de óleo. Ela teria cerca de um metro e setenta se estivesse no chão, mas, como está flutuando acima dele, quase tenho de olhar para cima. Minha respiração parece ruidosa dentro da cabeça. O som de seu vestido gotejante é suave enquanto sangra no chão. O que ela se tornou desde que morreu? Que poder encontrou, que raiva acumulou, que lhe permitiu ser mais que apenas um espectro e se tornar um demônio de vingança?

A trajetória de minha lâmina cortou a ponta de seus cabelos. Os fios caem lentamente, e ela os observa afundar nas tábuas do piso, como Mike momentos atrás. Algo passa por sua expressão, uma tensão, uma tristeza, e então ela olha para mim e arreganha os dentes.

— Por que você voltou? — pergunta.

Eu engulo. Não sei o que dizer. Posso me sentir recuando, embora diga a mim mesmo para não fazer isso.

— Eu lhe dei sua vida, embrulhada para presente. — A voz que sai da boca cavernosa é profunda e terrível. É o som de uma voz sem respiração. Ela ainda mantém um levíssimo sotaque finlandês. — Você acha que foi fácil? Quer estar morto?

Há algo esperançoso no modo como ela faz essa última pergunta, algo que torna seu olhar mais intenso. Ela baixa os olhos para meu punhal com uma contorção antinatural da cabeça. Uma careta se forma em seu rosto; expressões se alternam loucamente, como ondulações em um lago.

Então o ar em torno dela oscila, e a deusa diante de mim desaparece. Em seu lugar, está uma menina pálida de cabelos longos e escuros. Os pés se apoiam firmemente no chão. Baixo os olhos para ela.

— Como é o seu nome? — ela pergunta. Eu não respondo e ela continua: — Você sabe o meu. Eu salvei a sua vida. Não é justo?

— Meu nome é Theseus Cassio — ouço-me dizer, embora esteja pensando que esse foi um truque barato e pouco esperto. Se ela espera que eu não a mate por estar sob essa forma, vai morrer esperando, com o perdão do trocadilho. Mas é um bom disfarce, tenho de reconhecer. A máscara que ela vestiu tem um rosto atencioso e suaves olhos cor de violeta. Ela está usando um vestido branco fora de moda.

— Theseus Cassio — repete.

— Theseus Cassio Lowood — digo, sem saber por que estou lhe contando isso. — Todos me chamam de Cas.

— Você veio aqui para me matar. — Ela caminha traçando um amplo círculo a minha volta. Assim que passa por meus ombros, eu me viro também. De jeito nenhum vou lhe dar as costas. Ela pode estar toda doce e inocente agora, mas eu conheço a criatura que irromperia com fúria se eu desse uma chance.

— Alguém já fez isso — digo. Não vou lhe contar histórias bonitas sobre como estou aqui para libertá-la. Seria trapaça querer deixá-la à vontade para tentar facilitar meu trabalho. E, além disso, é mentira. Não tenho a menor ideia de para onde vou mandá-la, e não me importa. Só sei que é fora daqui, onde ela não poderá mais matar pessoas e afundá-las nesta casa amaldiçoada.

— Sim, alguém já fez — ela responde, e sua cabeça gira e se move depressa para a frente e para trás. Por um segundo, os cabelos começam a se contorcer outra vez, como serpentes. — Mas você não pode.

Ela sabe que está morta. Isso é interessante. A maioria deles não sabe. A maioria só está furiosa e assustada. Na verdade, são mais a impressão gravada de uma emoção, de um momento horrível, do que realmente um "ser". Pode-se falar com alguns deles, mas eles geralmente pensam que você é outra pessoa, alguém de seu passado. A consciência de Anna me desnorteia um pouco; uso a língua para ganhar algum tempo.

— Meu bem, meu pai e eu já acabamos com mais fantasmas do que você pode contar.

— Nunca um como eu.

Há um tom em sua voz, quando ela diz isso, que não é bem de orgulho, mas algo perto disso. Orgulho tingido de amargura. Fico em silêncio, porque prefiro que ela não saiba que está certa. Anna é diferente de tudo que já vi antes. Sua força parece ilimitada, assim como seu arsenal de truques. Ela não é um fantasma de andar arrastado, muito puto por ter sido assassinado. Ela é a própria morte, pavorosa e absurda, e, mesmo quando está vestida de sangue e veias, não consigo parar de olhar para ela.

Mas não estou com medo. Forte ou não, tudo de que preciso é um único bom golpe. Ela não está além do alcance de meu athame. Se eu conseguir atingi-la, ela vai sangrar no éter, como todos os outros.

— Talvez você deva ir buscar seu pai para ajudá-lo — ela diz. Eu aperto a faca.

— Meu pai está morto.

Algo passa pelos olhos dela. Não posso acreditar que seja lamento ou constrangimento, mas é o que parece.

— Meu pai também morreu, quando eu era pequena — ela fala com suavidade. — Uma tempestade no lago.

Não posso deixar que ela continue fazendo isso. Sinto que algo em meu peito está amolecendo, parando de rosnar, completamente fora de meu controle. Sua força torna sua vulnerabilidade mais tocante. Mas isso não deveria me influenciar.

— Anna — digo, e seus olhos se fixam nos meus. Levanto a lâmina, e o brilho se reflete nos olhos dela.

— Vá — ela ordena, a rainha de seu castelo de mortos. — Eu não quero te matar. E parece que não preciso, por alguma razão. Então vá.

Dúvidas pipocam em minha cabeça ao ouvir isso, mas me mantenho teimosamente parado.

— Não vou sair daqui até que você esteja fora desta casa e de volta para dentro da terra.

— Eu nunca estive dentro da terra — ela sibila entredentes. Suas pupilas estão ficando mais escuras, o negrume turbilhonando para fora, até que todo o branco desaparece. As veias voltam a suas faces e se instalam nas têmporas e na garganta. O sangue borbulha de sua pele e escorre por todo o corpo, gotejando da saia rodada para o chão.

Desfiro um golpe do punhal e sinto algo pesado se conectar com meu braço antes de me arremessar contra a parede. Merda. Nem a vi se mover. Ela ainda está pairando no meio da sala, no lugar em que eu estava antes. Meu ombro dói muito da batida na parede. Meu braço dói muito do contato com Anna. Mas sou teimoso, então me levanto e vou para cima dela outra vez, mirando mais baixo agora, nem sequer tentando dar um golpe fatal, apenas conseguir cortar alguma coisa. A esta altura, eu me satisfaria com os cabelos.

Antes que eu dê por mim, estou do outro lado da sala outra vez. Deslizei de costas pelo chão. Acho que tenho lascas de madeira na calça. Anna continua a pairar, olhando para mim com crescente ressentimento. O som de seu vestido gotejando nas tábuas me faz lembrar de um professor que batia lentamente os dedos na têmpora quando estava muito irritado por eu não estudar.

Eu me levanto de novo, dessa vez mais devagar. Espero que pareça mais que estou planejando com cuidado meu próximo movimento e menos que estou com muita dor, que é a razão de fato. Ela não está tentando me matar, e isso começa a me deixar incomodado. Estou sendo jogado de um lado para outro como um brinquedo de gato. Tybalt acharia muito engraçado. Imagino se ele pode me ver do carro.

— Pare com isso — ela diz, em sua voz cavernosa.

Corro para ela, e Anna me agarra pelos pulsos. Eu me contorço, mas é como tentar brigar com concreto.

— Só deixe eu te matar — murmuro em frustração. Os olhos dela se iluminam de raiva. Por um segundo, penso no erro que cometi, que esqueci o que ela realmente é e que vou acabar como Mike Andover. Meu corpo se encolhe, tentando se proteger de ser rasgado ao meio.

— Eu nunca vou deixar você me matar — ela diz com desprezo e me lança em direção à porta.

— Por quê? Você não acha que te daria paz? — E eu me pergunto pela milionésima vez por que não consigo segurar a língua.

Ela aperta os olhos para mim como se eu fosse um idiota.

— Paz? Depois do que eu fiz? Paz, em uma casa de garotos despedaçados e estranhos estripados? — Ela segura meu rosto bem perto do dela. Seus olhos pretos estão muito abertos. — Não posso deixar você me matar — diz Anna e então grita, grita tão alto que meus tímpanos latejam enquanto ela me joga para fora pela porta da frente e eu despenco pelos degraus quebrados até o cascalho com mato crescido da entrada. — Eu nunca quis estar morta!

Caio rolando e levanto os olhos bem a tempo de ver a porta bater. A casa parece silenciosa e vazia, como se nada tivesse acontecido ali em um milhão de anos. Testo meus braços e pernas com cuidado e vejo que estão funcionando bem. Então me ergo sobre os joelhos.

Nenhum deles nunca quis estar morto. Não de fato. Nem mesmo os suicidas; eles mudaram de ideia no último instante. Gostaria de poder dizer isso a ela, e de lhe dizer de uma maneira inteligente, para que ela não se sentisse tão sozinha. E isso também faria com que eu me sentisse menos idiota, depois de ter sido jogado de um lado para outro como um capanga anônimo em um filme de James Bond. Belo matador de fantasmas profissional eu sou.

Enquanto caminho de volta para o carro de minha mãe, tento recuperar o controle da situação. Vou pegar Anna, não importa o que ela pense. Porque eu nunca falhei antes, e também porque, no momento em que ela me disse que não podia me deixar matá-la, foi quase como se desejasse poder deixar. Sua consciência a torna especial em muitos sentidos. Ao contrário dos outros, Anna lamenta o que faz. Esfrego o braço esquerdo dolorido e sei que estarei coberto de hematomas. Força não vai adiantar aqui. Preciso de um plano B.

# 11

Minha mãe me deixa dormir até bem tarde e, quando finalmente me acorda, é para dizer que preparou um banho com folhas de chá, alfazema e beladona. A beladona está lá para moderar meu comportamento imprudente, mas não me oponho. Todo o meu corpo dói. Isso é o que ser jogado de um lado para outro pela deusa da morte, dentro de uma casa, durante a noite inteira, faz com você.

Enquanto afundo na banheira, muito devagar, com uma careta, começo a pensar em meu próximo movimento. O fato é: estou em desvantagem. Isso não aconteceu muitas vezes, e nunca neste grau. Mas, ocasionalmente, preciso pedir ajuda. Pego meu celular na bancada do banheiro e ligo para um velho amigo. Um amigo há gerações, na verdade. Ele conhecia meu pai.

— Theseus Cassio — diz ele quando atende, e eu dou um sorriso afetado. Ele nunca vai me chamar de Cas. Acha meu nome completo muito mais divertido.

— Gideon Palmer — digo em resposta e o imagino do outro lado da linha, do outro lado do mundo, sentado em uma casa muito inglesa com vista para Hampstead Heath, no norte de Londres.

— Faz muito tempo — ele comenta, e posso imaginá-lo cruzando ou descruzando as pernas. Quase posso ouvir o roçar do tweed ao telefone. Gideon é um clássico cavalheiro inglês, sessenta e cinco anos pelo menos, cabelos brancos e óculos. É o tipo de homem com um relógio de bolso e longas prateleiras de livros meticulosamente espanados, que vão do piso ao teto. Costumava me empurrar na escada de rodinhas quando eu era criança e ele queria que eu pegasse algum livro estranho sobre poltergeists, ou feitiços de impedimento, ou o que fosse. Minha família e eu passamos um verão com ele enquanto meu pai caçava um fantasma que estava assombrando Whitechapel, uma espécie de aspirante a Jack, o Estripador. — Diga-me, Theseus. Quando você pretende retornar a Londres? Muitas coisas estranhas pela noite para mantê-lo ocupado por aqui. Várias universidades excelentes, todas assombradas até o pescoço.

— Você anda conversando com a minha mãe?

Ele ri, mas é claro que anda. Eles permaneceram próximos depois que meu pai morreu. Ele era... acho que "mentor" do meu pai seria a melhor palavra. Mas era mais que isso. Quando meu pai foi morto, ele pegou um avião no mesmo dia. Ajudou minha mãe e eu a enfrentarmos a barra. E, agora, vem com a cantilena de como é preciso enviar as inscrições para as faculdades no próximo ano, e como eu tenho sorte de meu pai ter deixado recursos para minha educação e eu não precisar ficar me preocupando com empréstimos estudantis e todas essas coisas. E é mesmo uma sorte, porque uma bolsa de estudos para uma pessoa que não para no lugar realmente não rola, mas eu o interrompo. Tenho questões mais importantes e urgentes.

— Preciso de ajuda. Eu me meti em um grande enrosco.

— Que tipo de enrosco?

— O tipo com mortos.

— Claro.

Ele escuta enquanto lhe conto sobre Anna. Então ouço o som conhecido da escada de rodinhas e seus grunhidos abafados enquanto ele sobe para alcançar um livro.

— Ela não é um fantasma comum, isso parece certo — diz ele.

— Eu sei. Algo a fez mais forte.

— O modo como ela morreu?

— Não sei. Ao que consta, ela foi assassinada como tantos outros. Garganta cortada. Mas agora está assombrando sua velha casa, matando todos que entram lá, como uma aranha de merda na teia.

— Olhe a língua — ele me repreende.

— Desculpe.

— Ela certamente não é apenas um espectro mutante — ele murmura, mais para si mesmo. — E seu comportamento é muito controlado e deliberado para ser um poltergeist. — Faz uma pausa, e ouço páginas sendo viradas. — Você está em Ontário, é isso? A casa não foi construída sobre algum cemitério nativo antigo?

— Acho que não.

— Humm.

Há mais alguns *humms* antes que eu sugira simplesmente queimar a casa e ver o que acontece.

— Eu não recomendaria isso — ele diz com firmeza. — A casa pode ser a única coisa que a restringe.

— Ou pode ser a fonte de sua força.

— Sim, de fato. Mas isso merece uma investigação.

— Que tipo de investigação? — Eu sei o que ele vai dizer. Vai me falar para deixar de ser preguiçoso e ir à luta atrás de informações. Vai me dizer que meu pai nunca se esquivou de fazer trabalho de campo. Vai resmungar sobre os jovens de hoje. Ah, se ele soubesse...

— Você vai ter que encontrar um fornecedor de artes ocultas.

— Hã?

— É preciso fazer essa menina revelar seus segredos. Alguma coisa... aconteceu com ela, algo que a afetou. Antes de poder exorcizar seu espírito da casa, você vai ter que descobrir o que é.

Isso não é o que eu esperava. Ele quer que eu faça um feitiço. Eu não faço feitiços. Não sou bruxo.

— Para que eu preciso de um fornecedor de artes ocultas? Minha mãe é uma. — Baixo os olhos para meus braços imersos na água. Minha pele está começando a formigar, mas os músculos se sentem renovados e posso ver, mesmo através da água escurecida, que os hematomas estão clareando. Minha mãe é ótima em herbologia.

Gideon ri.

— Abençoada seja sua querida mãe, mas ela não é fornecedora de artes ocultas. É uma bruxa talentosa, mas de magia branca, não se interessa pelo que tem de ser feito aqui. Você não precisa de um círculo de flores e óleo de crisântemo. Precisa de pés de galinha, um pentagrama de banimento, algum tipo de adivinhação em água ou espelho e um círculo de pedras consagradas.

— Também preciso de uma bruxa.

— Depois de todos esses anos, imagino que você já tenha recursos para encontrar pelo menos isso.

Faço uma careta, mas duas pessoas me vêm à mente. Thomas e Morfran Starling.

— Vou terminar de pesquisar isso, Theseus, e envio um e-mail a você em um ou dois dias com o ritual completo.

— Está certo, Gideon. Obrigado.

— Não há de quê. E, Theseus?

— Sim?

— Enquanto isso, vá à biblioteca e tente descobrir o que puder sobre o modo como essa menina morreu. Saber é poder.

Eu sorrio.

— Trabalho de campo. Certo. — Desligo o telefone. Ele acha que sou um instrumento tosco, nada além de mãos, lâmina e agilidade, mas a verdade é que estive fazendo estudos e pesquisas desde antes de começar a usar o athame.

Depois que meu pai foi assassinado, surgiram muitas perguntas. O problema é que ninguém parecia ter respostas. Ou, como eu desconfiava, ninguém queria me dar respostas. Então saí procurando sozinho. Gideon e minha mãe fizeram nossas malas e nos tiraram muito rápido da casa em que estávamos ficando, em Baton Rouge, mas não antes de eu conseguir fazer uma visita ao sítio dilapidado onde meu pai encontrara seu fim.

Era uma casa pavorosa. Por mais furioso que eu estivesse, não queria entrar nela. Se é possível um objeto inanimado olhar com raiva e rosnar, era exatamente isso o que a casa fazia. Em minha cabeça de sete anos, eu a vi empurrar as trepadeiras para os lados. Eu a vi afastar o musgo e mostrar os dentes. Imaginação é uma coisa maravilhosa, não é?

Minha mãe e Gideon tinham limpado o lugar dias antes, lançando runas e acendendo velas, para ter certeza de que meu pai estava em paz, que os fantasmas tinham ido embora. Mesmo assim, quando subi naquela varanda, comecei a chorar. Meu coração me dizia que meu pai *estava* lá, que tinha se escondido deles para me esperar e que, a qualquer minuto, abriria a porta com um grande sorriso morto. Seus olhos não existiriam mais, e haveria enormes feridas em forma de luas crescentes nas laterais do corpo e nos braços. Sei que parece bobo, mas acho que comecei a chorar ainda mais quando abri a porta e ele *não* estava lá.

Respiro fundo e sinto cheiro de chá e alfazema. Isso me traz de volta ao meu corpo. Lembrar aquele dia, de explorar aquela casa, faz o coração pulsar forte em meus ouvidos. Do lado de dentro, encontrei sinais de luta e desviei o rosto. Eu queria respostas, mas não queria imaginar meu pai sendo trucidado. Não queria pensar nele com medo. Passei pelo corrimão quebrado e me encaminhei instintivamente para a lareira. Os aposentos tinham cheiro de madeira velha, apodrecida. Havia também o cheiro mais fresco de sangue. Não sei como eu sabia qual era o cheiro de sangue nem por que fui diretamente para a lareira.

Não havia nada nela além de carvão e cinzas de décadas. E então eu vi. Só uma ponta, preta como carvão, mas um pouco diferente. Mais lisa. Era bem perceptível e sinistra. Estendi a mão e a tirei das cinzas: uma fina cruz preta, de uns dez centímetros de altura. Havia uma serpente preta enrolada nela, cuidadosamente tecida do que eu soube na hora que era cabelo humano.

A certeza que senti quando segurei aquela cruz foi a mesma que me invadiu quando peguei o punhal de meu pai, sete anos depois. Aquele foi o momento em que eu soube, sem nenhuma dúvida. Foi quando tive consciência de que aquilo que fluía no sangue de meu pai — qualquer que fosse a coisa mágica que lhe permitia rasgar carne morta e enviá-la para fora de nosso mundo — corria em minhas veias também.

Quando mostrei a cruz a Gideon e a minha mãe e lhes contei o que eu havia feito, eles ficaram em pânico. Eu esperava que me tranquilizassem, que me embalassem como um bebê e me perguntassem se eu estava bem. Em vez disso, Gideon me agarrou pelos ombros.

— Nunca mais volte lá! — gritou, me sacudindo com tanta força que meus dentes bateram uns nos outros. Ele confiscou a cruz preta, e eu nunca mais a vi. Minha mãe ficou parada, de longe, chorando.

Eu me sentia apavorado; Gideon nunca tinha feito nada assim comigo. Ele sempre fora como um avô, piscando enquanto me passava doces escondido, coisas do gênero. Mas meu pai tinha acabado de ser morto, e eu estava furioso. Perguntei a Gideon o que era aquela cruz.

Ele me fitou com um olhar frio, depois levantou a mão e me deu um tapa tão forte no rosto que eu caí. Ouvi minha mãe gemer, mas ela não interferiu. Os dois saíram da sala e me deixaram ali. Quando me chamaram para jantar, estavam sorridentes e normais, como se nada tivesse acontecido.

Foi o suficiente para me deixar com medo de romper o silêncio. Nunca mais toquei no assunto. O que não significa que o esqueci e, nos últimos dez anos, tratei de ler e aprender onde quer que encontrasse oportunidade. A cruz preta era um talismã vodu. Não descobri seu significado, ou por que era adornada com uma cobra feita de cabelo humano. De acordo com a tradição, a cobra sagrada se alimenta de suas vítimas comendo-as inteiras. Meu pai foi mordido em pedaços.

O problema dessa pesquisa é que não posso perguntar às fontes mais confiáveis que tenho. Sou forçado a me esgueirar e falar em código, para que minha mãe e Gideon não saibam de nada. Para dificultar ainda mais, o vodu é um lance muito desorganizado. Parece que cada um o pratica de um modo diferente, por isso fazer uma análise é quase impossível.

Penso em perguntar a Gideon de novo, depois que o trabalho com Anna tiver terminado. Sou mais velho agora, experiente. Não seria a mesma coisa dessa vez. E, mesmo enquanto penso nisso, mergulho mais fundo em meu banho de chá. Porque ainda me lembro da sensação da mão dele em meu rosto e da fúria cega em seus olhos, e isso ainda me faz sentir como se tivesse sete anos.

Depois de me vestir, ligo para Thomas e peço que me pegue e leve à loja. Ele fica curioso, mas consigo mantê-lo sob controle. São coisas que preciso dizer a Morfran também, e não quero ter que falar duas vezes.

Estou me preparando para um sermão de minha mãe sobre perder aulas e perguntas sobre por que precisei ligar para Gideon, o que ela sem dúvida escutou, mas, quando desço as escadas, ouço vozes. Duas vozes femininas. Uma é a de minha mãe. A outra é de Carmel. Continuo descendo, e elas surgem à vista, conversando como velhas amigas. Estão sentadas na sala, em cadeiras contíguas, inclinadas uma para a outra no maior papo, com uma bandeja de cookies à frente. Assim que meus pés tocam o andar térreo, elas param de falar e sorriem para mim.

— Oi, Cas — Carmel cumprimenta.

— Oi, Carmel. O que está fazendo aqui?

Ela se vira e tira algo da mochila da escola.

— Trouxe sua lição de biologia. É para fazer em duplas. Pensei em fazermos juntos.

— Foi muita gentileza dela, não foi, Cas? — minha mãe diz. — Você não quer ficar para trás já no terceiro dia de aula.

— A gente podia começar agora — Carmel sugere, me mostrando o papel.

Eu me aproximo, pego o papel da mão dela e dou uma olhada. Não sei por que esta é uma tarefa em dupla. É só encontrar um punhado de respostas no livro. Mas ela tem razão. Não é bom eu ficar atrasado na escola. Não importa em que outras atividades importantes e salvadoras de vidas eu esteja envolvido.

— Foi muito legal da sua parte — eu digo e falo sério, embora saiba que há outros motivos em jogo aqui. Carmel não liga a mínima para biologia. Eu ficaria surpreso se soubesse que ela mesma foi à aula. Carmel trouxe a lição porque queria uma desculpa para falar comigo. Ela quer respostas.

Dou uma olhada para minha mãe, que está fazendo aquela incômoda inspeção básica em mim. Está tentando ver como ficaram os hematomas. Deve estar aliviada por eu ter ligado para Gideon. Quando cheguei em casa ontem à noite, parecia semimorto. Por um segundo, achei que ela fosse me trancar no quarto e me ensopar de óleo de alecrim. Mas minha mãe confia em mim. Ela compreende o que eu preciso fazer. E lhe sou grato por ambas as coisas.

Enrolo a folha da lição de biologia e bato-a na palma da mão.

— Que tal se a gente fizesse isso na biblioteca? — pergunto para Carmel, e ela pega a mochila e sorri.

— Leve mais um cookie, querida — minha mãe oferece. Nós dois pegamos biscoitos, Carmel um pouco hesitante, e saímos.

— Você não precisa comer — digo quando chegamos à varanda.

— Os cookies de anis da minha mãe são um gosto que a gente adquire com o tempo.

Ela ri.

— Eu peguei um lá dentro e quase não consegui comer. Parece jujuba preta farelenta.

Eu sorrio.

— Não diga isso para a minha mãe. Ela mesma inventou a receita e tem o maior orgulho desses cookies. São para dar sorte.

— Então talvez seja melhor eu comer. — Ela olha para o biscoito por um longo instante, depois levanta a cabeça e fixa o olhar em meu rosto. Sei que há um hematoma preto e comprido ali. — Você voltou até a casa sem a gente.

— Carmel...

— Você é louco? Podia ter morrido!

— E se todos nós tivéssemos ido, teríamos todos morrido. Escuta, fique por perto do Thomas e do avô dele. Eles vão pensar em alguma coisa. Tenha calma.

Há uma definitiva sensação de frio no vento, um clima de começo de outono, mexendo em meus cabelos com dedos de água gelada. Quando olho para a rua, vejo o Ford Tempo de Thomas se aproximando devagar, com portas novas e um adesivo do Willy Wonka no para-choque. O garoto dirige com estilo, e isso me faz sorrir.

— Posso encontrar você na biblioteca daqui a mais ou menos uma hora? — pergunto a Carmel.

Ela segue meu olhar e vê Thomas chegando.

— De jeito nenhum. Eu quero saber o que está acontecendo. Se você acha por um minuto que eu acreditei naquelas bobagens que o Morfran e o Thomas tentaram nos dizer ontem à noite... Eu não sou burra, Cas. Sei quando estão tentando me enrolar.

— Eu sei que você não é burra, Carmel. E, se é tão inteligente quanto eu acho que é, vai ficar fora disso e me encontrar na biblioteca daqui a uma hora. — Desço os degraus da varanda e caminho até a calçada, fazendo pequenos gestos circulares com os dedos para Thomas não estacionar. Ele entende e reduz a velocidade apenas o suficiente para eu abrir a porta e pular para dentro. Então nos afastamos, deixando Carmel no vácuo enquanto o carro se afasta.

— O que a Carmel estava fazendo na sua casa? — ele pergunta. Há mais do que um pouquinho de ciúme ali.

— Eu queria uma massagem nas costas, depois ficamos dando uns amassos por mais ou menos uma hora — digo, então lhe dou um soquinho no ombro. — Thomas, deixa disso. Ela veio trazer minha lição de biologia. Nós vamos encontrar com ela na biblioteca depois que falarmos com o seu avô. Agora me conte o que aconteceu com o pessoal ontem à noite.

— Ela gosta mesmo de você.

— É, tá bom, mas você gosta mais dela. E aí, o que aconteceu? — Ele está tentando acreditar em mim, que não estou interessado em Carmel e sou amigo dele o bastante para respeitar seus sentimentos por ela. Por mais estranho que pareça, ambas as coisas são verdade.

Por fim, ele suspira.

— Armamos uma enrolação de mestre para cima deles, como você disse. Foi demais. Para você ter uma ideia, eles ficaram convencidos de que, se pendurarem sacos de enxofre sobre a cama, vão estar protegidos de ser atacados por ela durante o sono.

— Cara, não façam ficar irrealista demais. Precisamos garantir que eles se mantenham ocupados.

— Não se preocupe. O Morfran fez um show e tanto. Conjurou chamas azuis, fingiu um transe e tudo o mais. Disse a eles que ia trabalhar em um feitiço de banimento, mas que precisaria da luz da próxima lua cheia para completar o trabalho. Você acha que isso é tempo suficiente?

Normalmente eu diria que sim. Afinal, não preciso localizar Anna. Sei exatamente onde ela está.

— Não tenho certeza — respondo. — Voltei lá ontem à noite, e ela me deu uma surra.

— E o que você vai fazer?

— Falei com um amigo do meu pai. Ele disse que precisamos descobrir por que ela tem essa força anormal. Você conhece alguma bruxa?

Ele me olha de lado.

— Sua mãe não é uma?

— Conhece alguma bruxa de magia *negra*?

Ele se remexe um pouco, depois encolhe os ombros.

— Bom, eu. Não sou tão bom assim, mas sei erguer barreiras, fazer os elementos trabalharem para mim, essas coisas. O Morfran também é bruxo, mas já não pratica muito. — Ele faz uma curva para a esquerda e estaciona diante da loja de antiguidades. Pela janela, vejo o cachorro preto grisalho com o focinho encostado no vidro e a cauda batendo no chão.

Entramos na loja e encontramos Morfran atrás do balcão, avaliando um novo anel, uma peça bonita e antiga com uma grande pedra preta.

— Você sabe alguma coisa sobre feitiçaria e exorcismo? — pergunto.

— Com certeza — ele diz, sem levantar os olhos do trabalho. Seu cachorro preto terminou de dar as boas-vindas a Thomas e vem se apoiar pesadamente na coxa dele. — Este lugar era assombrado pra cacete quando o comprei. Às vezes ainda é. As coisas vêm com os donos ainda ligados a elas, se é que você me entende.

Olho ao redor. Claro. Lojas de antiguidades devem quase sempre ter um ou dois fantasmas pairando em volta. Meu olhar se detém sobre um longo espelho oval em uma cômoda de carvalho. Quantos rostos olharam para ele? Quantos reflexos mortos esperam ali e sussurram uns para os outros no escuro?

— Você pode me conseguir alguns materiais? — pergunto.

— De que tipo?

— Preciso de pés de galinha, um círculo de pedras consagradas, um pentagrama de banimento e um troço de adivinhação.

Ele me lança um olhar irônico.

— Troço de adivinhação? Parece bem técnico.

— Eu ainda não tenho os detalhes, tá bom? Você tem como conseguir ou não?

Morfran encolhe os ombros.

— Posso mandar o Thomas até o lago Superior com um saco para pegar treze pedras. Impossível ser mais consagradas do que isso. Os pés de galinha preciso encomendar, e o troço de adivinhação, bom, aposto que você quer algum tipo de espelho, ou talvez uma bacia de vidência.

— Uma bacia de vidência vê o futuro — diz Thomas. — Por que ele ia querer isso?

— Uma bacia de vidência vê o que você quiser que ela veja — Morfran o corrige. — Quanto ao pentagrama de banimento, acho que pode ser exagero. Queime algum incenso protetor, ou algumas ervas. Isso deve bastar.

— Você sabe com o que estamos lidando aqui, não sabe? — pergunto. — Ela não é só um fantasma. É um furacão. Exagero está bem para mim.

— Ouça, filho, isso de que você está falando não é nada mais que uma sessão espírita incrementada. Invocar o fantasma e prendê-lo em um círculo de pedras. Usar a bacia de vidência para obter suas respostas. Estou certo?

Concordo com um gesto de cabeça. Ele faz tudo parecer tão fácil. Mas, para alguém que não faz feitiços e passou a noite sendo jogado para todo lado como uma bola de borracha, vai ser quase impossível.

— Tenho um amigo em Londres que está cuidando dos detalhes. Vou ter o feitiço em alguns dias. Posso precisar de mais algum material, dependendo...

Morfran dá de ombros.

— De qualquer modo, o melhor momento para fazer um feitiço de impedimento é durante a lua minguante — diz ele. — Isso lhe dá uma semana e meia. Tempo de sobra. — Ele olha de lado para mim e fica muito parecido com o neto. — Ela está levando a melhor, não é?

— Não por muito tempo.

—⦵—

Não achei a biblioteca pública muito impressionante, embora imagino que tenha me acostumado mal por ter crescido com o acervo de livros empoeirados de meu pai e seus amigos. Mas ela tem uma coleção bastante decente de história local, que é o que de fato importa. Como preciso encontrar Carmel e resolver a questão da lição de biologia, ponho Thomas no computador, pesquisando o banco de dados online, em busca de registros de Anna e seu assassinato.

Encontro Carmel esperando em uma mesa no fundo, atrás das estantes.

— O que o Thomas está fazendo aqui? — ela pergunta quando eu me sento.

— Pesquisando para um trabalho da escola — respondo, dando de ombros. — Sobre o que é a lição de biologia?

Ela sorri para mim.

— Classificação taxonômica.

— Péssimo. E chato.

— Precisamos fazer uma tabela indo do filo até a espécie. Pegamos polvo e caranguejo-ermitão. — Ela franze a testa. — Qual é o plural de caranguejo-ermitão? Caranguejos-ermitão?

— Acho que é caranguejos-ermitões. — Viro o livro aberto em minha direção. É melhor começarmos de uma vez, embora esta seja a última coisa que eu gostaria de estar fazendo. Quero ficar com tinta de jornal nos dedos com Thomas, investigando nossa garota assassinada. Posso vê-lo no computador daqui onde estou, curvado para a tela, clicando febrilmente com o mouse. Então ele anota algo em um pedaço de papel e se levanta.

— Cas — ouço Carmel dizer e, pelo tom de sua voz, sei que ela já estava falando antes. Eu lhe dirijo o meu sorriso mais charmoso.

— Hã?

— Eu perguntei se você quer fazer o polvo ou o caranguejo-ermitão.

— Polvo — respondo. — É uma delícia com um pouco de azeite e limão. Levemente frito.

Carmel faz uma careta.

— Que nojo.

— Que nojo nada. Eu comia com o meu pai o tempo todo na Grécia.

— Você já foi para a Grécia?

— Já — digo, falando distraidamente enquanto viro as páginas de invertebrados. — Moramos lá por alguns meses quando eu tinha uns quatro anos. Não lembro muita coisa.

— Seu pai viaja muito? A trabalho?

— É. Ou pelo menos viajava.

— Não viaja mais?

— Meu pai morreu — digo. Detesto contar isso às pessoas. Nunca sei exatamente como minha voz vai soar e odeio a cara aflita que elas fazem quando não sabem o que responder. Não olho para Carmel. Só continuo lendo sobre os diferentes gêneros. Ela diz que lamenta muito e pergunta como aconteceu. Eu lhe digo que ele foi assassinado, e ela emite um som de choque.

Essas são as reações certas. Eu deveria estar comovido pela tentativa dela de ser solidária. Não é sua culpa que eu não esteja. É só que eu já vi essas expressões e ouvi esses sons chocados por muito tempo. Não há nada em relação ao assassinato de meu pai que não me deixe com raiva.

Eu me dou conta, de repente, de que Anna é meu último trabalho de treinamento. Ela é incrivelmente forte. É a coisa mais difícil que posso me imaginar enfrentando. Se eu a vencer, estarei pronto. Estarei pronto para vingar meu pai.

Esse pensamento me faz parar. A ideia de voltar para Baton Rouge, voltar para aquela casa, sempre foi, em grande medida, abstrata. Só uma ideia, um plano de longo prazo. Imagino que, apesar de toda a minha pesquisa sobre vodu, parte de mim esteve procrastinando. Afinal, não fui particularmente eficiente. Ainda não sei quem matou meu pai. Não sei se conseguiria invocá-lo, e estaria totalmente sozinho. Levar minha mãe junto está fora de questão. Não depois de todos esses anos escondendo livros e fechando discretamente sites quando ela entrava no quarto. Ela me deixaria de castigo pela vida inteira se soubesse das minhas ideias.

Uma batidinha no ombro me tira do devaneio. Thomas coloca um jornal na mesa à minha frente: um papel amarelo e quebradiço que eu me admiro de terem deixado sair da proteção de vidro.

— Isso foi o que eu encontrei — diz ele, e lá está ela, na primeira página, sob o título: "Garota encontrada morta".

Carmel se levanta para enxergar melhor.

— Essa é...?

— É ela — Thomas responde depressa em seu entusiasmo. — Não tem muitos outros artigos. A polícia ficou totalmente perdida. Não interrogaram quase ninguém. — Ele tem outro jornal nas mãos e está procurando pelas páginas. — O último é simplesmente o obituário: "Anna Korlov, amada filha de Malvina, encontrou o descanso eterno na quinta-feira, no Cemitério Kivikoski".

— Pensei que você estava fazendo uma pesquisa para um trabalho de escola, Thomas — Carmel diz, e ele começa a gaguejar e a explicar.

Não dou a mínima para o que eles estão dizendo. Fico olhando para a foto dela, a foto de uma garota viva, com pele clara e longos cabelos escuros. Ela não chega a sorrir, mas seus olhos são brilhantes, curiosos, animados.

— É uma pena — Carmel suspira. — Ela era tão bonita. — Estende o braço para tocar o rosto de Anna, e eu afasto sua mão. Algo está acontecendo comigo e não sei o que é. Essa menina para quem estou olhando é um monstro, uma assassina. Essa menina, por alguma razão, poupou minha vida. Deslizo lentamente os dedos pelos cabelos dela, que estão presos por uma fita. Há uma sensação morna em meu peito, mas minha cabeça está gelada. Acho que vou desmaiar.

— Ei, cara — Thomas diz e dá uma sacudida em meu ombro. — O que foi?

— Ah — eu meio que engasgo, sem saber o que dizer para ele ou para mim mesmo. Desvio o olhar, para ganhar tempo, e vejo algo que faz minha boca se contrair. Há dois policiais junto ao balcão da biblioteca.

Dizer qualquer coisa para Carmel e Thomas seria estupidez. Eles virariam para olhar instintivamente, e isso seria muito suspeito. Então só espero, rasgando discretamente o obituário de Anna do jornal ressecado. Ignoro o sussurro furioso de Carmel de "Você não pode fazer isso!" e enfio o recorte no bolso. Então cubro disfarçadamente o jornal com livros e mochilas e aponto para a imagem de uma lula.

— Alguma ideia de onde isso se encaixa? — pergunto. Os dois me olham como se eu não estivesse batendo bem da cabeça. O que é bom, porque a bibliotecária se virou e apontou para nós. Os policiais estão vindo em direção a nossa mesa, como eu sabia que fariam.

— Do que você está falando? — Carmel pergunta.

— Estou falando da lula — respondo com voz calma. — E estou falando para vocês parecerem surpresos, mas não surpresos demais.

Antes que ela possa perguntar, o barulho dos passos de dois homens carregados de algemas, lanternas e revólveres no cinto é alto o bastante para fazer com que eles se virem. Não vejo o rosto dela, mas espero que não pareça tão constrangedoramente culpado quanto o de Thomas. Eu me inclino para ele, que engole em seco e se recompõe.

— E aí, pessoal — o primeiro policial diz com um sorriso. É um sujeito corpulento e de aparência amigável, uns oito centímetros mais baixo que eu e Carmel. Ele lida com isso olhando diretamente para Thomas. — Estão estudando?

— E-estamos — Thomas gagueja. — Aconteceu alguma coisa?

O outro policial está espiando em volta de nossa mesa, olhando para os livros abertos. É mais alto que o parceiro, mais magro, com um nariz de gavião cheio de poros e queixo pequeno. É muito feio, mas espero que não seja mau.

— Sou o policial Roebuck — o amistoso se apresenta. — Este é o policial Davis. Vocês se importam se fizermos algumas perguntas?

Respondemos com um encolher de ombros em grupo.

— Vocês todos conhecem um garoto chamado Mike Andover?

— Sim — Carmel diz.

— Sim — Thomas confirma.

— Mais ou menos — digo. — Eu o conheci há poucos dias. — Droga. Isso é desagradável. Sinto o suor na testa e não posso fazer nada a respeito. Nunca precisei fazer isso antes. Nunca tive ninguém morto em meu trabalho.

— Vocês sabiam que ele desapareceu? — Roebuck nos observa atentamente. Thomas só confirma com a cabeça; eu também.

— Já o encontraram? — Carmel pergunta. — Ele está bem?

— Não, não encontramos. Mas testemunhas disseram que vocês dois estão entre as últimas pessoas vistas com ele. Podem nos contar o que aconteceu?

— O Mike não queria ficar na festa — Carmel diz com facilidade. — Nós saímos para ir para outro lugar, sem saber exatamente onde. Will Rosenberg estava dirigindo. Fomos pelas estradas secundárias perto de Dawson. Um tempo depois, o Will parou o carro e o Mike saiu.

— Ele simplesmente saiu?

— Ele ficou bravo por eu estar com a Carmel — interrompo. — O Will e o Chase tentaram amenizar o clima, acalmar o Mike, mas não adiantou. Ele disse que ia voltar para casa a pé. Que queria ficar sozinho.

— Você sabia que Mike Andover morava a pelo menos quinze quilômetros da área de que vocês estão falando? — o policial Roebuck pergunta.

— Não, eu não sabia — respondo.

— Nós tentamos impedir que ele saísse — Carmel intervém —, mas ele não quis saber. Então nós fomos embora. Achei que ele ia ligar mais tarde para a gente voltar. Mas ele não ligou. — A facilidade da mentira é perturbadora, mas ela pelo menos explica a culpa estampada com clareza em nosso rosto. — Ele está mesmo desaparecido? — Carmel pergunta com uma voz aguda. — Eu achei... eu esperava que fosse só um boato.

Ela cuida do assunto por todos nós. Os policiais amolecem visivelmente diante da preocupação dela. Roebuck nos conta que Will e Chase os levaram até o lugar onde Mike desceu do carro e que uma equipe de buscas já está trabalhando. Perguntamos se podemos ajudar, mas ele faz um sinal nos dispensando, como se dissesse que é melhor deixar o assunto para os profissionais. Em poucas horas, o rosto de Mike deveria estar estampado em todos os noticiários. Toda a cidade deveria se mobilizar para dentro do mato, com lanternas e capas de chuva, em busca de pistas dele. Mas, de alguma maneira, sei que isso não vai acontecer. Aquilo é tudo que Mike Andover vai ter. Uma equipe de buscas meia-boca e alguns policiais fazendo perguntas. Não sei como eu sei. Algo nos olhos deles, como se estivessem se movendo sonolentos. Como se mal pudessem esperar para acabar com aquilo, para ter comida quente na barriga e os pés sobre o sofá.

Eu me pergunto se conseguem sentir que há mais coisas acontecendo aqui do que eles têm condições de solucionar, se a morte de Mike está reverberando na baixa frequência do estranho e inexplicável, dizendo-lhes em um murmúrio suave para simplesmente deixar tudo como está.

Depois de mais alguns minutos, os policiais se despedem e tornamos a nos sentar.

— Isso foi... — Thomas começa e não termina.

O celular de Carmel toca, e ela o pega. Quando se vira de costas para falar, ouço-a sussurrar coisas como "Eu não sei" e "Tenho certeza que ele vai ser encontrado". Depois que desliga, seus olhos estão tensos.

— Tudo bem? — pergunto.

Ela levanta o telefone com um movimento meio sem energia.

— Era a Nat — diz. — Ela está tentando me consolar, acho. Mas não estou no clima para uma noite de cinema com as meninas, sabem?

— Tem alguma coisa que a gente possa fazer? — Thomas pergunta com gentileza, e Carmel começa a mexer em seus papéis.

— Eu só queria fazer essa lição de biologia, sinceramente.

Concordo num gesto de cabeça. Devemos dedicar algum tempo à normalidade agora. Devemos nos empenhar, estudar e nos preparar para arrasar na prova de sexta-feira. Porque eu sinto o recorte de jornal em meu bolso como se pesasse mil quilos. Sinto a foto de Anna, olhando de quase sessenta anos atrás, e não consigo evitar o desejo de protegê-la, de salvá-la de se tornar o que ela já é.

Não acho que haverá muito tempo para normalidade mais tarde.

# 12

Acordo molhado de suor. Eu estava sonhando, sonhando com algo que se inclinava sobre mim. Algo com dentes tortos e dedos em gancho. Algo com um hálito que cheirava como se estivesse comendo pessoas havia décadas sem escovar os dentes nos intervalos. Meu coração está pulando no peito. Procuro sob o travesseiro o athame de meu pai e, por um segundo, poderia jurar que meus dedos se fecham em uma cruz, uma cruz com uma cobra áspera enrolada. E então o punho de minha faca está lá, firme e forte em sua bainha de couro. Pesadelos de merda.

Meu coração começa a desacelerar. Olho para o chão e vejo Tybalt, que me encara com um olhar zangado e a cauda eriçada. Talvez ele estivesse dormindo sobre meu peito e tenha sido catapultado para fora quando acordei. Não lembro, mas gostaria de ter feito isso, porque seria hilário.

Penso em me deitar de novo, mas desisto. Há uma sensação tensa e incômoda em todos os meus músculos e, embora eu esteja cansado, o que realmente tenho vontade de fazer é me exercitar um pouco: algum levantamento de pesos e uma pequena corrida com barreiras. Lá fora, o vento deve estar soprando, porque esta casa velha range e geme sobre as fundações, e as tábuas do assoalho se movem como dominós, produzindo o som de passos rápidos.

O relógio ao lado de minha cama marca 3h47. Por um segundo, não consigo lembrar que dia é hoje. Mas é a noite de sábado para domingo. Então, pelo menos, não tenho aula amanhã. As noites estão começando a se juntar. Desde que chegamos aqui, talvez eu tenha tido três boas noites de sono.

Saio da cama sem pensar e visto jeans e camiseta, depois coloco o athame no bolso de trás da calça e desço as escadas. Paro apenas para calçar os sapatos e pegar as chaves do carro de minha mãe na mesinha de centro. Em seguida estou dirigindo pelas ruas escuras sob a luz da lua crescente. Sei para onde estou indo, embora não me lembre de ter tomado essa decisão.

—∞—

Estaciono no fim da entrada cheia de mato da casa de Anna e saio do carro, ainda me sentindo praticamente sonâmbulo. A tensão do pesadelo está inteira em meus músculos. Nem sequer escuto o som de meus próprios pés nos degraus oscilantes da varanda ou sinto os dedos em torno da maçaneta. Então dou um passo para dentro e caio.

O saguão desapareceu. Em vez disso, desabo uns dois metros e meio e aterrisso de cara na terra fria e poeirenta. Algumas respirações profundas trazem o ar de volta a meus pulmões e, num reflexo, encolho as pernas de encontro ao corpo, sem pensar em nada a não ser *Que porra é essa?* Quando meu cérebro se liga outra vez, espero em uma posição semiagachada e testo as pernas. Por sorte, as duas estão funcionando bem, mas que lugar é este? Meu corpo parece a ponto de ficar sem adrenalina. Onde quer que eu esteja, é escuro e tem um cheiro ruim. Tento manter a respiração rasa para não entrar em pânico e também para não aspirar muito daquele ar. Ele fede a umidade e podridão. Muitas coisas morreram aqui, ou morreram em outro lugar e foram jogadas aqui.

Esse pensamento me faz pegar o punhal no bolso de trás, meu afiado porto seguro rasgador de gargantas, enquanto olho em volta. Reconheço a luz cinza etérea da casa; está vindo de cima, através do que imagino que sejam tábuas de assoalho. Agora que meus olhos se ajustaram, vejo que as paredes e o piso são parte terra e parte pedras ásperas. Mentalmente, revejo a mim mesmo subindo os degraus da varanda e entrando pela porta. Como fui parar no porão?

— Anna? — chamo baixinho, e o chão sacode sob meus pés. Eu me equilibro segurando na parede, mas a superfície sob minha mão não é terra. É mole. E úmida. E respira.

O corpo de Mike Andover está semimergulhado na parede. Estou apoiando a mão em sua barriga. Seus olhos estão fechados, como se estivesse dormindo. Sua pele parece mais escura e mais flácida do que antes. Ele está apodrecendo e, pela maneira como está enfiado nas pedras, tenho a impressão de que a casa o está absorvendo lentamente. Ela o está digerindo.

Eu me afasto alguns passos. Prefiro realmente que ele não me conte sobre isso.

Um som leve de pés se arrastando chama minha atenção. Eu me viro e vejo uma figura coxeando em minha direção, como se estivesse bêbada, oscilando e cambaleante. O choque de não estar sozinho é momentaneamente eclipsado pelo revirar de meu estômago. É um homem, e ele fede a urina e bebida. Está vestido em roupas sujas, um velho casaco longo em farrapos e calças com buracos nos joelhos. Antes que eu possa sair do caminho, uma expressão de medo altera seu rosto. Seu pescoço gira sobre os ombros como se fosse uma tampa de garrafa. Escuto o longo ruído de esmigalhamento da coluna vertebral, e ele desaba no chão a meus pés.

Começo a me perguntar se estou mesmo acordado, afinal. Então, por alguma razão, a voz de meu pai borbulha entre minhas orelhas.

*Não tenha medo do escuro, Cas. Mas não deixe que lhe digam que tudo o que está ali no escuro também está no claro. Não é assim.*

Obrigado, pai. Mais uma das pérolas de sabedoria arrepiantes que você compartilhou comigo.

Mas ele estava certo. Bem, sobre a última parte, pelo menos. Meu sangue está pulsando forte e posso sentir a veia jugular no pescoço. E então escuto Anna falar.

— Está vendo o que eu faço? — ela pergunta, mas, antes que eu tenha tempo de responder, me cerca de corpos, mais do que posso contar, espalhados pelo chão como lixo e empilhados até o teto, braços e pernas enlaçados em uma trança grotesca. O fedor é horrível. Pelo canto do olho, vejo um deles se mover, mas, quando olho melhor, percebo que é o movimento de insetos se alimentando do corpo, se mexendo sob a pele e a erguendo em pequenas tremulações impossíveis. Apenas uma coisa nos corpos se move por si própria: os olhos deslizam lentamente para a frente e para trás, cheios de muco e leitosos, como se estivessem tentando ver o que está acontecendo, mas não tivessem mais energia.

— Anna — digo baixinho.

— Estes não são os piores — ela rosna entredentes. Só pode estar brincando. Alguns destes corpos sofreram coisas terríveis. Faltam-lhes membros, ou todos os dentes. Estão cobertos de sangue seco, de uma centena de cortes com crostas. E muitíssimos deles são jovens. Rostos como o meu, ou mais novos que o meu, com as faces arrancadas e bolor nos dentes. Quando olho para trás e percebo que os olhos de Mike se abriram, sei que tenho de sair daqui. Dane-se a caça a fantasmas, para o inferno com a herança familiar, eu não vou ficar nem mais um minuto em uma sala que vai se enchendo de corpos.

Não sou claustrofóbico, mas, neste exato momento, sinto que preciso dizer isso a mim mesmo, e muito alto. Então vejo o que não tive tempo de ver antes. Há uma escada que sobe para o nível principal. Não sei como ela me fez descer direto ao porão e não me importo. Só quero voltar para o saguão de entrada. E, quando estiver lá, quero esquecer o que está morando sob meus pés.

Corro para as escadas, e é quando ela envia a água, jorrando e subindo de todas as partes, pelas fendas nas paredes, pelas frestas do piso. É suja, cheia de lodo e, em questão de segundos, está chegando a minha cintura. Começo a entrar em pânico quando o corpo do mendigo de pescoço quebrado passa flutuando por mim. Eu *não* quero nadar com eles. Não quero pensar em tudo que está sob a água, e os olhos de minha mente criam algo realmente estúpido, como os corpos na base das pilhas abrindo suas mandíbulas de repente e se atropelando pelo chão, na pressa de agarrar minhas pernas, como crocodilos. Passo pelo mendigo, que balança na água como uma maçã bichada, e me surpreendo ao ouvir um pequeno gemido escapar de meus lábios. Vou vomitar.

Chego à escada no momento em que uma coluna de corpos se desloca e desaba com um estrondo doentio.

— Anna, pare! — Eu tusso, tentando evitar que a água verde entre em minha boca. Acho que não vou conseguir. Minhas roupas estão pesadas como em um pesadelo, e estou me arrastando pelos degraus em câmera lenta. Finalmente, bato a mão em chão seco e me ergo até o andar principal.

O alívio não dura mais que meio segundo. Então solto um cacarejo agudo como o de uma galinha e me afasto depressa da entrada do porão, com medo de que a água e mãos mortas venham me arrastar para baixo. Mas o porão está seco. A luz acinzentada se espalha, e vejo o fundo da escada e alguns centímetros do piso. Está tudo seco. Não há nada lá. Parece um porão qualquer, onde as pessoas poderiam armazenar artigos enlatados. Para eu me sentir ainda mais idiota, minhas roupas não estão molhadas.

Maldita Anna. Odeio essas manipulações do tempo-espaço, alucinações, o que for. A gente nunca se acostuma com isso.

Eu me levanto e passo a mão na blusa para limpá-la, embora não haja nada lá para limpar, e olho em volta. Estou na cozinha. Há um fogão preto empoeirado e uma mesa com três cadeiras. Gostaria muito de me sentar em uma, mas os armários começam a abrir e fechar sozinhos, as gavetas a bater e as paredes a sangrar. Bater portas e quebrar pratos. Anna está agindo como um poltergeist comum. Que constrangedor.

Uma sensação de segurança desce sobre mim. Com poltergeists eu posso lidar. Dou de ombros e saio da cozinha para a sala de estar, onde o sofá coberto com um lençol parece reconfortantemente familiar. Eu me acomodo nele, esperando transmitir uma impressão bastante decente de desafio. Não importa que minhas mãos ainda estejam tremendo.

— Vá embora! — Anna grita diretamente sobre meu ombro. Espio sobre o encosto do sofá e lá está ela, minha deusa da morte, com os cabelos serpenteando no ar como uma grande nuvem preta, os dentes tão apertados que fariam gengivas vivas sangrarem. O impulso de pular dali com o athame em posição de ataque faz meu coração bater apressado. Mas respiro fundo. Anna não me matou antes. E meu instinto me diz que não quer me matar agora. Por que outro motivo ela perderia tempo com um show de corpos amontoados lá embaixo? Eu lhe dirijo meu sorriso mais atrevido.

— E se eu não for? — pergunto.

— Você veio para me matar — ela rosna, obviamente decidindo ignorar minha pergunta. — Mas não pode.

— Que parte disso deixa você mais irritada? — O sangue escuro se move por seus olhos e sua pele. Ela é terrível, repugnante, uma assassina. E desconfio de que estou completamente seguro com ela.

— Eu vou encontrar um jeito, Anna — prometo. — Uma maneira de matar você, de mandar você embora.

— Eu não quero ir embora — ela responde. Toda a sua forma se contrai, o escuro se dissolve para dentro, e em pé diante de mim está Anna Korlov, a menina da foto no jornal. — Mas eu mereço ser morta.

— Você não merecia antes — digo, sem discordar exatamente. Porque eu não acho que aqueles corpos lá embaixo eram apenas criações de sua imaginação. Acho que, em algum lugar, Mike Andover provavelmente está sendo comido aos poucos pelas paredes desta casa, ainda que eu não possa ver.

Ela movimenta o braço, na altura do pulso, onde ainda há veias pretas. Sacode com mais força e fecha os olhos, e elas desaparecem. Ocorre-me de repente que não estou olhando apenas para um fantasma. Estou olhando para um fantasma e para algo que foi feito a esse fantasma. São duas coisas diferentes.

— Você tem que lutar contra isso, não é? — pergunto com delicadeza.

Ela me lança um olhar surpreso.

— No começo, eu não tinha como lutar. Não era eu. Eu ficava louca, presa do lado de dentro, e era um terror fazer aquelas coisas horríveis enquanto eu assistia, encolhida em um canto da nossa mente. — Ela inclina a cabeça, e os cabelos caem com suavidade sobre o ombro. É impossível pensar em ambas como a mesma pessoa. A deusa e esta menina. Posso imaginá-la espiando através dos próprios olhos, como se fossem apenas janelas, silenciosa e com medo em seu vestido branco.

— Agora nossas peles se uniram — ela continua. — Eu sou ela. Eu sou isso.

— Não — digo e, no mesmo instante, sei que é verdade. — Ela é como uma máscara. Você pode tirar. Você fez isso para me poupar. — Eu me levanto e dou a volta no sofá. Ela parece tão frágil comparada ao que era, mas não recua e não rompe o contato visual. Não está com medo. É triste e curiosa, como a menina na fotografia. Eu me pergunto como ela era quando estava viva, se ria com facilidade, se era inteligente. É impossível pensar que muito dessa garota ainda se mantenha agora, quase sessenta anos e sabe-se lá quantos assassinatos depois.

Então lembro como estou furioso. Faço um gesto com a mão na direção da cozinha e da entrada do porão.

— Que raios foi aquilo?

— Achei que você devia saber com o que está lidando.

— Com o quê? Uma menina malcriada que tem um ataque de birra na cozinha? — Aperto os olhos. — Você estava tentando me assustar para eu ir embora. Aquele showzinho patético tinha a intenção de me fazer correr para as colinas.

— Showzinho patético? — ela ironiza. — Aposto que você quase molhou as calças.

Abro a boca, mas torno a fechar depressa. Ela quase me fez rir, e eu ainda quero continuar bravo. Droga, estou rindo.

Anna pisca e sorri, só por um instante. Ela também está tentando não rir.

— Eu estava... — Ela faz uma pausa. — Eu estava brava com você.

— Por quê?

— Por tentar me matar — ela responde, e então nós dois rimos.

— E justo depois que você tentou com tanto empenho *não* me matar. — Eu sorrio. — Acho que isso deve ter parecido bem indelicado da minha parte. — Estou rindo com ela. Estamos conversando. O que é isso, algum tipo deturpado de síndrome de Estocolmo?

— Por que você está aqui? Veio para tentar me matar outra vez?

— Por estranho que pareça, não. Eu... eu tive um pesadelo. Precisava falar com alguém. — Passo a mão pelos cabelos. Faz séculos que não me sinto tão desajeitado. Talvez nunca na vida tenha me sentido assim. — E aí acho que pensei: *Bom, a Anna deve estar acordada.* Então, aqui estou.

Ela bufa, depois franze a testa.

— O que eu poderia dizer para você? Sobre o que a gente poderia conversar? Estou fora do mundo há tanto tempo.

Dou de ombros. As palavras seguintes saem de minha boca antes que eu saiba o que está acontecendo.

— Bom, eu mesmo nunca estive no mundo de fato, então... — Aperto os lábios e olho para o chão. Não posso acreditar que estou sendo tão emo. Estou reclamando da vida para uma menina que foi brutalmente assassinada aos dezesseis anos. Ela está presa nesta casa de corpos, enquanto eu posso ir à escola e ser um troiano, comer os sanduíches grelhados de pasta de amendoim e queijo que minha mãe faz e...

— Você anda com os mortos — ela diz suavemente. Seus olhos estão luminosos e, mal posso acreditar, solidários. — Você anda conosco desde...

— Desde que o meu pai morreu — respondo. — E, antes disso, ele andava com vocês e eu acompanhava. A morte é o meu mundo. Todo o resto, escola e amigos, são apenas as coisas que ficam no caminho do meu próximo fantasma. — Eu nunca disse isso antes. Nunca me permiti pensar nisso por mais que um segundo. Sempre me mantive focado e, desse modo, consegui não pensar muito sobre a vida, sobre os *vivos*, por mais que minha mãe me pressionasse para me divertir, sair, procurar vagas em faculdades.

— Você nunca ficou triste? — ela pergunta.

— Não muito. Eu tinha uma energia, entende? Um propósito. — Ponho a mão no bolso de trás da calça, pego meu athame e o tiro da bainha de couro. A lâmina brilha na luz acinzentada. Algo em meu sangue, no sangue de meu pai, e de seu pai antes dele, faz com que ela seja mais que apenas uma faca. — Eu sou a única pessoa no mundo que pode fazer isso. O que significa que é o que eu devo fazer, certo? — Assim que as palavras me escapam pela boca, eu me arrependo. Elas eliminam todo o meu poder de escolha. Anna cruza os braços pálidos. A inclinação de sua cabeça faz os cabelos caírem sobre o ombro, e é estranho vê-los ali, apenas fios escuros normais. Fico esperando que eles se contorçam e se movam pelo ar naquela corrente invisível.

— Não ter escolha não parece justo — diz ela, como se lesse minha mente. — Mas ter todas as escolhas não é muito mais fácil. Quando estava viva, eu não conseguia decidir o que queria fazer, o que queria ser. Adorava tirar fotos; queria fotografar para um jornal. Adorava cozinhar; queria me mudar para Vancouver e abrir um restaurante. Tinha um milhão de sonhos diferentes, mas nenhum era mais forte que os outros. No fim, acho que eles teriam me paralisado. Eu teria acabado aqui mesmo, administrando a pensão.

— Não acredito nisso. — Ela parece ter uma força tão grande, essa garota sensata que mata com um movimento dos dedos. Ela teria deixado tudo isto para trás, se tivesse tido a chance.

— Sinceramente, eu não lembro — ela suspira. — Acho que eu não era forte em vida. Agora, tenho a sensação de que amava cada momento, que cada respiração era mágica e cheia de energia. — Ela aperta as mãos comicamente junto ao peito e respira fundo pelo nariz, depois solta o ar de uma vez. — Mas provavelmente eu não sentia nada disso. Apesar de todos os meus sonhos e fantasias, não me lembro de ser... sei lá, entusiasmada.

Eu sorrio e ela também, depois ajeita o cabelo atrás da orelha em um gesto tão vivo e humano que me faz esquecer o que eu ia dizer.

— O que nós estamos fazendo? — pergunto. — Você está tentando me convencer a não te matar, é isso?

Anna cruza os braços.

— Considerando que você *não pode* me matar, acho que isso seria um esforço desnecessário.

Eu rio.

— Você está autoconfiante demais.

— Estou? Eu sei que você não me mostrou o melhor que pode fazer, Cas. Sinto a tensão na sua lâmina por ficar se contendo. Quantas vezes você fez isso? Quantas vezes lutou e venceu?

— Vinte e duas, nos últimos três anos — respondo com orgulho. É mais do que meu pai fez no mesmo intervalo de tempo. Sou o que se poderia chamar de super-realizador. Eu queria ser melhor do que ele. Mais rápido. Mais preciso. Porque eu não queria acabar como ele acabou.

Sem minha faca, não sou nada especial, só um garoto comum de dezessete anos, de constituição física média, talvez um pouco magro. Mas, com o athame na mão, é como se eu fosse um triplo faixa preta, ou algo assim. Meus movimentos são seguros, fortes e rápidos. Ela tem razão quando diz que ainda não mostrei o melhor que posso fazer, e eu não sei por quê.

— Eu não quero te machucar, Anna. Você sabe disso, não sabe? Não é nada pessoal.

— Como eu também não queria matar todas aquelas pessoas que estão apodrecendo no porão. — Ela sorri com tristeza.

Então eles eram reais.

— O que aconteceu com você? — pergunto. — Por que você faz isso?

— Não é da sua conta — ela responde.

— Se você me contar... — começo, mas não termino. Se ela me contar, eu vou conseguir entendê-la. E, quando a entender, vou poder matá-la.

Tudo está ficando mais complicado. Esta garota questionadora e aquele monstro sombrio e sem fala são o mesmo. Isso não é justo. Quando eu passar meu punhal através dela, quem estarei cortando? Será que Anna vai para um lugar e aquilo vai para outro? Ou Anna será sugada para sabe-se lá que vazio, assim como o resto?

Achei que tinha expulsado esses pensamentos da mente muito tempo atrás. Meu pai sempre me dizia que não cabia a nós julgar, que éramos apenas o instrumento. Nossa tarefa era expulsá-los do mundo dos vivos. Havia tanta segurança nos olhos dele quando dizia isso. Por que eu não tenho essa mesma certeza?

Levanto a mão lentamente, a fim de tocar aquele rosto frio, de passar os dedos por sua face, e me surpreendo ao descobrir que ela é macia e não feita de mármore. Anna fica paralisada; depois, hesitante, ergue a mão e a coloca sobre a minha.

O encantamento é tão forte que, quando a porta se abre e Carmel entra, nenhum de nós se move até ela dizer meu nome.

— Cas? O que você está fazendo?

— Carmel — digo depressa, e lá está ela, sua figura emoldurada pela porta aberta. Está com a mão na maçaneta e parece trêmula.

Dá mais um passo hesitante para dentro da casa. — Carmel, não se mova — alerto, mas ela está com os olhos fixos em Anna, que recua de perto de mim, fazendo uma careta e segurando a cabeça.

— É ela? Foi isso que matou o Mike?

Garota burra, está entrando na casa. Anna está recuando o mais rápido que pode com seus pés oscilantes, mas vejo que seus olhos já ficaram pretos.

— Anna, não, ela não sabe — digo, tarde demais. É evidente que seja o que for que permite a Anna me poupar não vale para os outros. Ela se foi em um turbilhão de cabelos pretos e sangue vermelho, pele pálida e dentes. Há um momento de silêncio e ouvimos o pingar incessante de seu vestido.

E então ela dá o bote, pronta para enfiar as mãos nas entranhas de Carmel.

Eu pulo e a enfrento, pensando, no minuto em que colido com aquela força de granito, que sou um idiota. Mas consigo alterar sua trajetória, e Carmel salta para o lado. Para o lado errado. Ela está mais longe da porta agora. Passa por minha cabeça que algumas pessoas só têm inteligência conceitual. Carmel é um gatinho manso, e Anna vai devorá-la de almoço se eu não fizer alguma coisa. Enquanto Anna se agacha, com o vermelho de seu vestido se espalhando repugnantemente pelo chão, os cabelos e os olhos em desvario, eu me lanço para Carmel e me ponho entre elas.

— Cas, o que você estava fazendo? — Carmel pergunta, aterrorizada.

— Cale a boca e vá para a porta! — grito.

Seguro meu athame na nossa frente, mas Anna não está com medo. Dessa vez, quando ela avança, é em minha direção, e eu a agarro pelo pulso com a mão livre, usando a outra para tentar mantê-la afastada com a faca.

— Anna, para com isso! — digo, e o branco volta a seus olhos. Seus dentes estão rangendo quando ela cospe as palavras por entre eles.

— Tire ela daqui! — geme. Eu a empurro com força para afastá-la mais uma vez. Depois agarro Carmel, e nós mergulhamos porta afora. Não nos viramos até termos descido os degraus da varanda e estarmos de novo na terra e no mato. A porta se fechou, e ouço Anna enraivecida lá dentro, quebrando e rasgando coisas.

— Meu Deus, ela é horrível — Carmel sussurra, escondendo o rosto em meu ombro. Eu a aperto de leve por um momento, antes de me soltar e subir de novo os degraus. — Cas! Sai daí! — ela grita.

Sei o que ela pensa que viu, mas o que eu vi foi Anna tentando parar. Quando meu pé toca a varanda, o rosto de Anna aparece na janela, com os dentes à mostra e as veias destacadas na pele branca. Ela bate a mão contra o vidro, fazendo-o trepidar. Há um líquido escuro em seus olhos.

— Anna — murmuro. Vou até a janela, mas, antes que eu possa tocar o vidro, ela se afasta flutuando, desliza escada acima e desaparece.

# 13

Carmel não para de falar enquanto andamos rapidamente sobre os cascalhos da entrada descuidada da casa de Anna. Está fazendo um milhão de perguntas em que não estou prestando atenção. Tudo em que posso pensar é que Anna é uma assassina. No entanto, ela não é má. Anna mata, mas não quer matar. Ela é diferente de qualquer outro fantasma que já enfrentei. Claro que já ouvi falar de fantasmas sencientes, aqueles que parecem saber que estão mortos. De acordo com Gideon, eles são fortes, mas raramente hostis. Não sei o que fazer. Carmel me puxa pelo cotovelo e eu me viro.

— O que é? — digo bruscamente.
— Você quer me contar exatamente o que estava fazendo lá dentro?
— Não.

Devo ter dormido mais do que imaginava, ou então fiquei conversando com Anna por mais tempo do que pensei, porque feixes amarelados de luz estão atravessando as nuvens baixas a leste. O sol está fraco, mas o brilho é incômodo em meus olhos. Algo me vem à cabeça, e eu pisco enquanto olho para Carmel, só agora tomando realmente consciência de sua presença.

— Você me seguiu — falo. — O que está fazendo aqui?

Ela oscila de um lado para o outro, constrangida.

— Eu não conseguia dormir. E queria ver se era verdade, então fui até a sua casa e vi você saindo.

— Queria ver se era verdade o quê?

Ela olha para mim sem levantar a cabeça, como se quisesse que eu descobrisse por conta própria para que ela não precisasse dizer, mas detesto esse jogo. Depois de alguns longos segundos de meu silêncio irritado, ela conta:

— Eu conversei com o Thomas. Ele disse que você... — Ela sacode a cabeça como se estivesse se sentindo uma tonta por acreditar nisso. E eu estou me sentindo um tonto por ter confiado em Thomas. — Ele disse que a sua profissão é matar fantasmas. Um caça-fantasmas ou algo assim.

— Eu *não sou* um caça-fantasmas.

— Então o que estava fazendo lá dentro?

— Estava conversando com Anna.

— Conversando com ela? Ela matou o Mike! Poderia ter matado você!

— Não, não poderia. — Olho para a casa. Sinto-me estranho por falar dela tão perto de onde mora. Não parece certo.

— Sobre o que você estava conversando com ela? — Carmel pergunta.

— Você é sempre tão intrometida?

— Por quê? Era algo pessoal? — ela ironiza.

— Talvez fosse — respondo. Quero sair daqui. Quero deixar o carro de minha mãe em casa e pedir a Carmel que me leve para acordar Thomas. Acho que vou arrancar o colchão de debaixo dele. Vai ser engraçado vê-lo quicar, sonolento, sobre as molas do estrado. — Escuta, vamos embora daqui, está bem? Você me segue até a minha casa e depois me leva para a casa do Thomas. Vou explicar tudo, prometo — acrescento, ao ver sua expressão cética.

— Está bem — ela diz.

— E, Carmel...

— Hã?

— Nunca mais me chame de caça-fantasmas, tudo bem? — Ela sorri e eu sorrio de volta. — Só para deixar claro.

Ela passa por mim para entrar no carro, mas eu a puxo pelo braço.

— Você não mencionou essa pequena indiscrição do Thomas sobre mim para ninguém, né?

Ela sacode a cabeça.

— Nem para a Natalie ou a Katie?

— Eu disse para a Nat que ia me encontrar com você e que era para ela me dar cobertura se meus pais ligassem. Falei para eles que ia ficar na casa dela.

— Você disse que a gente ia se encontrar para quê? — pergunto. Ela me lança um olhar ressentido. Imagino que Carmel Jones só se encontra secretamente com caras à noite por razões românticas. Passo a mão pesadamente entre os cabelos. — Quer dizer que eu vou ter que inventar alguma coisa na escola? Que a gente deu uns amassos? — Acho que estou piscando demais. E meus ombros estão muito curvados, fazendo com que me sinta um palmo mais baixo que ela. Carmel fica olhando para mim com ar divertido.

— Você não é muito bom nisso, né?

— Não tenho muita prática, Carmel.

Ela ri. Cara, ela é mesmo bonita. Não admira Thomas ter deixado escapar todos os meus segredos. Uma piscadinha básica e ela provavelmente pôs o cara a nocaute.

— Não se preocupe — diz ela. — Eu invento alguma coisa. Vou dizer a todo mundo que você beija bem.

— Não precisa me fazer favores. Escuta, só me siga até a minha casa, está bem?

Ela concorda num gesto de cabeça e entra no carro. Quando me acomodo no meu, tenho vontade de apertar a cabeça no volante até que a buzina dispare. Assim o som vai abafar meus gritos. Por que este trabalho é tão difícil? Por causa de Anna? Ou é alguma outra coisa? Por que não consigo fazer as pessoas pararem de se meter? Nunca foi tão complicado assim antes. Elas aceitavam qualquer bobagem que eu inventava, porque, bem no fundo, não queriam saber a verdade. Como Chase e Will. Eles engoliram a história da carochinha de Thomas com toda a facilidade.

Mas é tarde demais agora. Thomas e Carmel estão dentro do jogo. E o jogo é muito mais perigoso desta vez.

—⋈—

— O Thomas mora com os pais?

— Não — diz Carmel. — Os pais dele morreram em um acidente de carro. Um motorista bêbado atravessou um cruzamento. Pelo menos é o que dizem na escola. — Ela encolhe os ombros. — Acho que ele mora com o avô. Aquele velho esquisito.

— Ótimo. — Bato com força na porta da casa dele. Não me importo se acordar Morfran. Um pouco de animação vai ser bom para o velho sabichão. Mas, depois de umas treze batidas muito altas e reverberantes, a porta se abre e lá está Thomas, em pé diante de nós, num roupão verde muito pouco atraente.

— Cas? — ele sussurra, como se tivesse um sapo na garganta. Não posso deixar de sorrir. É difícil ficar irritado com Thomas quando ele aparece com aquela cara de menino de quatro anos superdesenvolvido, os cabelos grudados de um lado da cabeça e os óculos tortos. Quando ele vê Carmel atrás de mim, enxuga rapidamente a boca de resíduos de baba e tenta ajeitar o cabelo. Sem sucesso. — Hã... o que vocês estão fazendo aqui?

— A Carmel me seguiu até a casa da Anna — digo, com um sorriso sarcástico. — Você quer me dizer por quê? — Ele está começando a corar. Não sei se é porque se sente culpado, ou porque Carmel o está vendo de pijama. Seja como for, recua diante da porta para nos dar passagem e nos conduz pela casa pouco iluminada até a cozinha.

O lugar inteiro cheira ao cachimbo de ervas de Morfran. Então eu o vejo, uma forma encurvada e desengonçada servindo café. Ele me entrega uma caneca antes mesmo que eu possa pedir. Resmungando a nosso respeito, sai da cozinha.

Thomas, enquanto isso, parou de andar de um lado para outro e está olhando fixamente para Carmel.

— Ela tentou te matar — ele diz de repente, de olhos arregalados. — Você não consegue parar de pensar no jeito que os dedos dela se aproximaram da sua barriga, como ganchos.

Carmel se espanta.

— Como você sabe?

— Você não devia fazer isso — eu o alerto. — Deixa as pessoas pouco à vontade. É invasão de privacidade.

— Eu sei — diz ele. — Não consigo fazer com muita frequência — acrescenta para Carmel. — Geralmente é só quando as pessoas estão tendo pensamentos fortes ou violentos, ou ficam pensando sem parar na mesma coisa. — Ele sorri. — No seu caso, os três.

— Você consegue ler pensamentos? — ela pergunta, incrédula.

— Senta, Carmel — sugiro.

— Não estou a fim de sentar — ela responde. — Estou descobrindo tantas coisas interessantes sobre Thunder Bay nos últimos dias... — Cruza os braços sobre o peito. — Você pode ler pensamentos, tem alguma coisa naquela casa matando ex-namorados meus, e você...

— Mato fantasmas — concluo por ela. — Com isto. — Pego meu athame e o coloco sobre a mesa. — O que mais o Thomas lhe contou?

— Só que o seu pai fazia isso também. Eu adivinhei que foi assim que ele morreu.

Lanço um olhar bravo em direção a Thomas.

— Desculpe — ele diz, com ar desamparado.

— Tudo bem. Você está de quatro. Eu sei como é. — Dou um sorrisinho, e ele me fita, desesperado. Como se Carmel já não soubesse. Ela precisaria ser cega.

Eu suspiro.

— E agora? Posso dizer para você ir para casa e esquecer tudo isso? Tem alguma maneira de evitar que a gente forme um grupinho entusiasmado de... — Antes que eu possa terminar, inclino a cabeça para a frente, cubro o rosto com as mãos e solto um gemido. Carmel é a primeira a entender e ri.

— Um grupinho entusiasmado de caça-fantasmas?

— Eu sou o Peter Venkman — diz Thomas.

— Ninguém vai ser nada — intervenho. — Nós não somos caça-fantasmas. Eu tenho o punhal e mato os fantasmas, e não posso ficar tropeçando em vocês o tempo todo. Além disso, é óbvio que *eu* seria o Peter Venkman. — Olho firmemente para Thomas. — Você seria o Egon.

— Ei, espere aí — diz Carmel. — Não é você que vai dar as ordens. O Mike era meu amigo, ou quase isso.

— O que não significa que você tem que ajudar. Isso aqui não tem a ver com vingança.

— Tem a ver com o quê?

— Com... fazer com que ela pare.

— Então você não fez um trabalho muito bom. E, pelo que vi, nem parecia estar tentando. — Carmel levanta a sobrancelha para mim. O olhar dela me faz sentir um calor subir às faces. Que merda, estou ficando vermelho.

— Isso é ridículo — digo. — Ela é difícil, tá bom? Mas eu tenho um plano.

— É isso aí — Thomas concorda, vindo em minha defesa. — O Cas pensou em tudo. Eu já peguei as pedras no lago. Elas estão se energizando sob o luar até a fase minguante. Os pés de galinha estão fora de estoque, mas já encomendados.

Falar do feitiço me deixa incomodado por alguma razão, como se algo estivesse faltando. Alguma coisa que estou deixando passar.

Alguém entra sem bater. Eu mal noto, porque isso também me dá a sensação de que deixei passar alguma coisa. Depois de alguns segundos sondando meu cérebro, levanto os olhos e vejo Will Rosenberg.

Ele parece não dormir há dias. Sua respiração é pesada, e o queixo pende para o peito. Imagino se ele andou bebendo. Há sujeira e manchas de óleo em seu jeans. Está sendo difícil para o pobre garoto. Ele olha para minha faca sobre a mesa, então eu estendo o braço para pegá-la e a guardo no bolso de trás.

— Eu sabia que tinha algo estranho em você — ele diz. Seu hálito é sessenta por cento cerveja. — De alguma maneira, isso tudo é por sua causa, não é? Algo ficou errado desde que você chegou aqui. O Mike sabia. Era por isso que ele não te queria perto da Carmel.

— O Mike não sabia de nada — rebato com calma. — O que aconteceu com ele foi um acidente.

— Assassinato não é acidente — Will murmura. — Pare de mentir para mim. Não sei o que você anda aprontando, mas não vai me deixar de fora.

Eu gemo. Nada está saindo certo. Morfran volta para a cozinha e ignora todos nós. Só fica olhando para seu café, como se fosse superinteressante.

— O círculo está ficando maior — é tudo o que ele diz, e o problema que eu não conseguia identificar se encaixa de repente.

— Merda — digo. Jogo a cabeça para trás, e agora estou olhando para o teto.

— O quê? — Thomas pergunta. — O que foi?

— O feitiço — respondo. — O círculo. Precisamos estar dentro da casa para lançá-lo.

— Tá, e daí? — ele insiste, mas Carmel já entendeu, e seu rosto está sério.

— E daí que a Carmel entrou na casa esta manhã e Anna quase a devorou. A única pessoa que pode estar lá dentro em segurança sou eu, e eu não sou bruxo o bastante para montar o círculo.

— Você não conseguiria segurar Anna por tempo suficiente para a gente montar o círculo? Quando ele ficar pronto, estaremos protegidos.

— Não — diz Carmel. — Não tem como. Você precisava ter visto hoje cedo, ela tirou o Cas do caminho como se ele fosse uma mosca.

— Obrigado pela parte que me toca.

— É verdade. O Thomas nunca conseguiria. Além disso, ele não precisa se concentrar ou algo assim?

Will avança de um salto e segura o braço de Carmel.

— O que você está dizendo? Você entrou naquela casa? Está louca? O Mike ia me matar se acontecesse alguma coisa com você!

E então ele se lembra de que Mike está morto.

— Precisamos encontrar um jeito de montar o círculo e fazer o feitiço — penso em voz alta. — Ela nunca vai me contar o que aconteceu por vontade própria.

Morfran finalmente abre a boca.

— Tudo acontece por uma razão, Theseus Cassio. Você tem menos de uma semana para descobrir.

Menos de uma semana. Menos de uma semana. Não há como eu me tornar um bruxo competente em menos de uma semana, e certamente não vou ficar mais forte ou mais capaz de controlar Anna. Preciso de ajuda. Preciso falar com Gideon.

Estamos todos na rua, depois de nos separarmos na cozinha. É um domingo, um preguiçoso e tranquilo domingo, cedo demais até para os frequentadores da igreja. Carmel está caminhando com Will em direção aos carros. Ela disse que iria até a casa dele conversar um pouco. Afinal, era a pessoa mais próxima de Will ali, e não imaginava que Chase estivesse oferecendo muita ajuda. Acho que está certa. Antes de sair, ela puxou Thomas de lado e cochichou com ele por alguns momentos. Agora, enquanto observamos Carmel e Will se afastarem, pergunto a ele qual era o assunto.

Thomas dá de ombros.

— Ela só queria me agradecer por ter contado. E espera que você não esteja muito bravo comigo por ter falado demais, porque ela vai guardar segredo. A Carmel só quer ajudar. — E continua a tagarelar, tentando chamar atenção para o jeito como ela tocou seu braço. Eu preferiria não ter perguntado nada, porque agora ele não vai mais parar de falar nisso.

— Escuta — digo. — Fico feliz que a Carmel esteja reparando em você. Se jogar direitinho, de repente você pode ter uma chance. Só não invada demais a mente dela. Ela ficou bem assustada com aquilo.

— Eu e Carmel Jones — ele ironiza, ao mesmo tempo em que segue com o olhar esperançoso o carro dela, que se afasta. — Talvez daqui a um milhão de anos. É mais provável que ela acabe consolando o Will. Ele é inteligente e faz parte da turma, como ela. Não é tão mau. — Thomas ajeita os óculos. Ele também não é tão mau, e talvez algum dia se dê conta disso. Neste momento, porém, eu apenas lhe digo para ir se trocar.

Quando ele se vira e volta para a entrada, reparo em algo. Há um caminho circular perto da casa, que se conecta com o final da entrada. No entroncamento, há uma pequena árvore branca, uma muda de bétula. E, pendurada no galho mais baixo, uma pequena cruz preta.

— Ei! — chamo e aponto. — O que é aquilo?

Não é ele quem responde. Morfran sai para a varanda com ar empertigado, de chinelos, calça de pijama azul e um roupão xadrez apertado em volta da extensa barriga. O traje parece ridículo em contraste com a barba rock 'n' roll trançada, mas não vou pensar nisso agora.

— A cruz de Papa Legba — ele diz apenas.

— Você pratica vodu — digo, e ele solta um resmungo que eu entendo como confirmação. — Eu também.

Ele emite um som de desdém dentro da xícara de café.

— Não, você não pratica. E nem deve mesmo.

Certo, era um blefe. Eu não pratico. Estudo a respeito. E aqui está uma oportunidade de ouro.

— Por que eu não devo?

— Filho, vodu tem a ver com energia. Tem a ver com a energia dentro de você e com a energia que você canaliza. A energia que você rouba e a energia que obtém do frango que come no jantar. E você tem uns dez mil volts presos ao lado do corpo, nesse pedaço de couro aí.

Toco instintivamente o athame no bolso de trás da calça.

— Se você estivesse no vodu e canalizando isso, olhar para você seria como ver uma mosca voar em direção a um mata-insetos elétrico. Você estaria iluminado em tempo integral. — Ele aperta os olhos para mim. — Talvez um dia eu possa te ensinar.

— Eu gostaria — digo, enquanto Thomas reaparece na varanda com roupas limpas, embora ainda descombinadas. Ele desce os degraus aos pulos.

— Para onde vamos?

— De volta para a casa de Anna — respondo. Ele fica meio esverdeado. — Preciso encontrar um jeito de fazer o ritual, ou daqui a uma semana vou estar olhando para a sua cabeça cortada e para as tripas da Carmel. — Thomas fica mais esverdeado ainda, e eu lhe dou um tapinha nas costas para estimulá-lo.

Olho para Morfran. Ele está nos observando por sobre a xícara de café. Então voduístas canalizam energia. Ele é um sujeito interessante. E o que me deu para pensar já é o suficiente para me tirar o sono.

—⚬∞⚬—

No caminho, a excitação dos acontecimentos da noite passada começa a se atenuar. Meus olhos parecem estar cheios de areia, e minha cabeça está oscilando, mesmo depois de virar a caneca de tinta que Morfran chama de café. Thomas fica quieto o percurso todo até a casa de Anna. Provavelmente ainda está pensando na sensação da mão de Carmel em seu braço. Se a vida fosse justa, Carmel se voltaria, olharia nos olhos dele, perceberia que ele é seu escravo voluntário e se sentiria agradecida. Ela o faria se levantar, e ele não seria mais um escravo, seria apenas Thomas, e eles ficariam felizes por ter um ao outro. Mas a vida não é justa. Ela provavelmente vai acabar ficando com Will, ou com algum outro atleta, e Thomas vai sofrer em silêncio.

— Não quero ver você perto da casa — digo, para tirá-lo do devaneio e garantir que não passe a entrada. — Pode ficar no carro ou me seguir por alguns metros. Mas ela deve estar instável depois do que aconteceu hoje de manhã, então fique longe da varanda.

— Nem precisa dizer duas vezes.

Quando estacionamos, ele prefere ficar no carro. Sigo para a casa sozinho. Abro a porta da frente e olho para baixo, para ter certeza de que estou pisando no saguão e não prestes a cair de cara em uma pilha de cadáveres.

— Anna? — chamo. — Anna? Você está bem?

— Que pergunta boba.

Ela acabou de sair de um quarto no alto das escadas. Está apoiada no corrimão; não a deusa escura, mas a menina.

— Estou morta. Estar ou não estar bem é indiferente para mim.

Seus olhos são tristes. Ela se sente solitária, culpada e sem saída. Está com pena de si mesma, e não posso dizer que a censuro por isso.

— Eu não queria que nada daquilo acontecesse — digo com sinceridade e dou um passo em direção à escada. — Eu não teria posto você naquela situação. Ela me seguiu.

— Ela está bem? — Anna pergunta, em uma voz estranhamente aguda.

— Sim, está.

— Que bom. Achei que poderia ter machucado a moça. E ela tem um rosto tão bonito.

Anna não está olhando para mim. Está passando a mão pela madeira do corrimão. Está tentando me levar a dizer alguma coisa, mas não sei o que é.

— Eu preciso que me conte o que aconteceu com você. Preciso que me conte como morreu.

— Por que você quer me fazer lembrar disso? — ela pergunta docemente.

— Porque eu preciso entender você. Preciso saber por que você é tão forte. — Começo a pensar em voz alta. — Pelo que sei, seu assassinato não foi tão estranho ou horripilante. Não foi nem mesmo tão brutal. Então não entendo por que você é assim. Tem que haver algo... — Quando paro, Anna está me encarando com olhos muito abertos e ofendidos. — O que foi?

— Estou começando a me arrepender de não ter matado você — diz ela.

Meu cérebro privado de sono demora um minuto para entender, mas então me sinto um imbecil. Já estive perto de mortes demais. Vi tantas coisas doentias e deformadas que já falo nisso como se fosse algo pueril.

— Quanto você sabe — ela pergunta — sobre o que aconteceu comigo?

A voz dela é mais baixa, quase vencida. Falar sobre assassinato, descrever fatos, é algo que cresci vendo a minha volta. Só que agora não sei como fazer isso. Com Anna bem aqui na minha frente, trata-se de bem mais do que apenas palavras ou imagens em um livro. Quando finalmente falo, é rápido e de uma vez, como se estivesse arrancando um curativo.

— Eu sei que você foi assassinada em 1958, quando tinha dezesseis anos. Alguém cortou a sua garganta. Você estava indo para um baile na escola.

Um pequeno sorriso brinca em seus lábios, mas não se fixa.

— Eu queria mesmo ir — ela diz baixinho. — Ia ser o último baile. O primeiro e último. — Olha para si mesma e segura a barra da saia. — Este era o meu vestido.

Não parece grande coisa para mim, só um vestido solto com algumas rendas e fitas, mas quem sou eu para saber? Para começar, não sou menina; depois, não sei muito sobre 1958. Vai ver que naquela época era um estouro, como minha mãe diria.

— Não é grande coisa — ela diz, lendo meu pensamento. — Uma das pensionistas que estava conosco na época era costureira. Maria. Da Espanha. Eu achava ela muito exótica. Precisou deixar uma filha, um pouco mais nova que eu, quando veio para cá, então gostava de conversar comigo. Ela tirou minhas medidas e me ajudou a costurar. Eu queria algo mais elegante, mas nunca fui muito boa em costura. Dedos desajeitados. — Ela os levanta, como se eu pudesse ver como são atrapalhados.

— Você está linda — digo, porque é a primeira coisa que surge em minha cabeça imbecil e vazia. Penso na ideia de usar o athame para cortar minha língua. Provavelmente não era isso o que ela queria ouvir, e saiu tudo errado. Minha voz não funcionou. Foi sorte eu não dar uma de Peter Brady, com a voz falhando. — Por que ia ser seu último baile? — pergunto depressa, para disfarçar.

— Eu ia fugir — ela responde. Os olhos brilham em desafio, como devem ter brilhado então, e há um fogo por trás de sua voz que me deixa triste. Então isso se desfaz, e ela parece confusa. — Não sei se teria feito mesmo. Eu queria.

— Por quê?

— Eu queria começar minha vida — ela explica. — Sabia que nunca ia fazer nada se continuasse aqui. Eu ia ter que administrar a pensão. E estava cansada de lutar.

— Lutar? — Dou mais um passo na direção dela. Há uma cauda de cabelos escuros sobre seus ombros, que cai para trás quando ela aperta os braços em torno de si. É tão pálida e pequena. Não posso imaginá-la lutando com alguém. Não com os punhos, pelo menos.

— Não era lutar — ela diz. — Mas também era. Com ela. E com ele. Era se esconder, fazer os dois pensarem que eu era fraca, porque era isso que eles queriam. Isso era o que ela dizia que meu pai ia querer. Uma menina quieta e obediente. Não uma meretriz. Não uma prostituta.

Respiro fundo. Pergunto quem a chamava assim, quem dizia isso, mas ela não está mais escutando.

— Ele era um mentiroso. Um vagabundo. Fingia que amava minha mãe, mas não era real. Dizia que ia se casar com ela e assim teria todo o resto.

Não sei de quem ela está falando, mas posso imaginar o que era "todo o resto".

— Era você — digo suavemente. — Era de você que ele estava realmente atrás.

— Ele... ele me encurralava na cozinha, ou lá fora, do lado do poço. Eu ficava paralisada. Odiava ele.

— Por que não contou para a sua mãe?

— Eu não conseguia... — Ela para, então recomeça: — Mas não podia deixar ele continuar. Eu ia embora. Eu teria ido. — Sua expressão é apática. Nem os olhos estão vivos. Tornou-se apenas lábios em movimento e voz. O resto dela voltou para dentro.

Estendo o braço e toco seu rosto, frio como gelo.

— Foi ele? Foi ele que matou você? Ele te seguiu naquela noite e...

Anna sacode a cabeça muito depressa e se afasta.

— Chega — diz, em uma voz que tenta ser firme.

— Anna, eu preciso saber.

— Por que você precisa saber? O que te interessa? — Ela leva a mão à testa. — Eu mesma mal me lembro. Tudo é turvo e sangrento. — Sacode a cabeça, frustrada. — Não há nada que eu possa contar a você! Fui morta, e tudo ficou escuro, e então eu estava aqui. Foi isso, e eu matei e *matei* e não pude parar. — A respiração dela fica irregular. — Eles fizeram alguma coisa comigo, mas não sei o quê. Não sei como.

— Eles... — repito com curiosidade, mas isso não vai avançar mais. Posso literalmente vê-la se fechando e, em mais alguns minutos, é possível que esteja aqui tentando conter uma garota com veias escuras e vestido gotejante. — Existe um feitiço — digo. — Um feitiço que pode me ajudar a entender.

Ela se acalma um pouco e me olha como se eu estivesse louco.

— Feitiços mágicos? — Deixa escapar um sorriso incrédulo. — Eu vou criar asas de fada e saltar no meio do fogo?

— Do que você está falando?

— Mágica não é real. É imaginação e superstição, maldições antigas na língua das minhas avós finlandesas.

Não posso acreditar que ela está questionando a existência de magia, quando ela mesma está aqui diante de mim, morta e falando. Mas não tenho chance de convencê-la do contrário, porque algo começa a acontecer, algo se contorcendo em seu cérebro, e ela se contrai. Quando pisca, seus olhos estão distantes.

— Anna?

Ela estende o braço depressa para me manter afastado.

— Não é nada.

Eu a observo com mais atenção.

— Isso não foi um nada. Você lembrou de alguma coisa, não é? O que foi? Me conte!

— Não, eu... não foi nada. Não sei. — Ela toca a têmpora. — Eu não sei o que foi.

Isso não vai ser fácil. Na verdade, vai ser quase impossível se eu não conseguir a cooperação dela. Uma sensação pesada de desânimo começa a se infiltrar em minhas pernas cansadas. É como se meus músculos começassem a se atrofiar, e eu nem tenho tanto músculo assim, para começar.

— Por favor, Anna — digo. — Preciso da sua ajuda. Preciso que você nos deixe fazer o feitiço. Preciso que você deixe outras pessoas entrarem aqui comigo.

— Não — responde. — Nada de feitiços! E nada de pessoas! Você sabe o que ia acontecer. Eu não consigo controlar.

— Você consegue controlar comigo. Pode fazer isso com eles também.

— Eu não sei por que não preciso matar você. E isso já não é suficiente, aliás? Por que está me pedindo mais favores?

— Anna, por favor. Preciso pelo menos do Thomas, e provavelmente da Carmel, a garota que você conheceu hoje de manhã.

Ela baixa os olhos para os pés. Está triste, eu sei que está, mas o maldito discurso de "menos de uma semana" de Morfran está ressoando em meus ouvidos, e eu quero acabar com isso. Não posso deixar Anna ficar aqui por mais um mês, possivelmente coletando mais pessoas para seu porão. Não importa que eu goste de conversar com ela. Não importa que eu goste dela. Não importa que o que aconteceu com ela não tenha sido justo.

— Eu gostaria que você fosse embora — ela diz baixinho, e, quando levanta os olhos, vejo que está quase chorando e olhando por sobre meu ombro para a porta, ou talvez pela janela.

— Você sabe que eu não consigo — digo, quase repetindo o que ela mesma me disse alguns momentos atrás.

— Você me faz querer coisas que eu não posso ter.

Antes que eu tente entender o que ela acabou de dizer, Anna afunda pelos degraus, para baixo, para dentro do porão, para onde sabe que eu não vou segui-la.

—∞—

Gideon telefona pouco depois de Thomas me deixar de volta em casa.

— Bom dia, Theseus. Desculpe por acordar você tão cedo em um domingo.

— Estou acordado há horas, Gideon. Já trabalhando duro. — Do outro lado do Atlântico, ele está sorrindo de mim. Entro em casa e desejo bom dia para minha mãe, que está espantando Tybalt para baixo pelas escadas e resmungando que ratos não são bons para ele.

— Ah, se eu soubesse — Gideon ri. — Estou aqui há horas, ganhando tempo para ligar, querendo lhe dar um pouco de descanso. Você não imagina como foi difícil. São quase quatro horas da tarde aqui, você sabe. Enfim, acho que tenho a essência daquele feitiço para você.

— Não sei se vai fazer diferença. Eu ia ligar para você mais tarde. Há um problema.

— De que tipo?

— Do tipo ninguém pode entrar na casa a não ser eu, e eu não sou nenhum bruxo. — Conto a ele um pouco mais sobre o que aconteceu, por alguma razão deixando de fora o fato de ter longas conversas com Anna à noite. Do outro lado da linha, ouço-o estalar a língua. Tenho certeza de que está esfregando o queixo e limpando os óculos também.

— Você foi completamente incapaz de contê-la? — ele pergunta, por fim.

— Completamente. Ela é que nem o Bruce Lee, o Hulk e o Neo, de *Matrix*, todos misturados em um só.

— Certo. Obrigado pelas referências totalmente incompreensíveis à cultura pop.

Sorrio. Ele sabe perfeitamente bem quem é Bruce Lee, pelo menos.

— Mas permanece o fato de que você precisa fazer o feitiço. Alguma coisa no jeito como essa menina morreu está dando esse poder terrível a ela. É só uma questão de descobrir segredos. Lembro de um fantasma que deu trabalho ao seu pai em 1985. Por algum motivo, ele conseguia matar sem sequer se tornar corpóreo. Só depois de três sessões espíritas e uma viagem a uma igreja satânica na Itália, descobrimos que a única coisa que lhe permitia continuar no plano terreno era um feitiço lançado sobre um cálice de pedra bem comum. Seu pai quebrou o feitiço e pronto, não havia mais fantasma. Vai acontecer o mesmo com você.

Meu pai me contou essa história uma vez, e eu me lembro de ter sido muito mais complicado que isso. Mas deixo passar. Seja como for, ele está certo. Cada fantasma tem os próprios métodos, os próprios truques. Eles têm necessidades diferentes e desejos diferentes. E, quando eu os mato, cada um segue seu próprio caminho.

— O que esse feitiço vai fazer, exatamente? — pergunto.

— As pedras consagradas formam um círculo de proteção. Depois que esse círculo for montado, ela não terá poder sobre os que estiverem dentro dele. O bruxo que fizer o ritual pode absorver as energias de que a casa estiver possuída e refleti-las em uma bacia de vidência. A bacia mostrará o que você está procurando. Claro que não é tão simples assim; há também os pés de galinha e uma mistura de ervas que sua mãe poderá providenciar, e alguns cânticos. Vou enviar o texto para você por e-mail.

Ele faz parecer tão fácil. Será que acha que eu estou exagerando? Ele não entende como é difícil para mim admitir que Anna pode me pegar na hora em que quiser? Brincar comigo como se eu fosse um boneco de pano, inventar joguinhos para me torturar, depois apontar para mim e dar risada?

— Não vai funcionar. Não tenho como montar o círculo. Nunca tive jeito para bruxaria. Minha mãe deve ter lhe contado. Eu bagunçava os biscoitos de aveia de Beltane dela todos os anos, até fazer sete anos.

Eu sei o que ele vai me dizer. Vai suspirar e me aconselhar a voltar para a biblioteca, a começar a falar com pessoas que possam saber o que aconteceu. Tentar decifrar um assassinato que já está no arquivo morto há mais de cinquenta anos. E é isso o que terei de fazer. Porque não vou arriscar a vida de Thomas ou de Carmel.

— Hum.

— Hum o quê?

— Eu só estava pensando em todos os rituais que fiz em meus anos de parapsicologia e misticismo...

Posso quase ouvir seu cérebro trabalhando. Ele pensou em alguma coisa, e começo a ter esperança. Eu sabia que ele era mais do que apenas o chá das cinco.

— Você disse que tem alguns adeptos a sua disposição? — Gideon pergunta.

— Alguns o quê?

— Alguns bruxos.

— Tenho só um bruxo, na verdade. Meu amigo Thomas.

Do outro lado da linha, ouço uma respiração profunda, seguida por uma pausa satisfeita. Eu sei o que o velho sabichão está pensando. Ele nunca me ouviu usar a expressão "meu amigo" antes. É melhor que não comece a entrar nesse lance emocional.

— Ele não está muito avançado nisso.

— Se você confia nele, é isso que importa. Mas precisará de mais gente. Ele, você e outros dois. Cada um tem que representar um canto do círculo. Vocês vão montar o círculo fora da casa e depois o transferir para dentro, já pronto para funcionar. — Ele faz uma pausa e pensa mais um pouco. Está muito satisfeito consigo mesmo. — Prenda seu fantasma no centro, e vocês estarão totalmente seguros. A energia dela, canalizada, também fará o feitiço mais potente e mais revelador. Só é preciso enfraquecê-la o suficiente para você terminar o serviço.

Engulo em seco e sinto o peso do punhal no bolso de trás.

— Perfeito — digo. Escuto por mais dez minutos enquanto ele descreve os detalhes, pensando o tempo todo em Anna e no que ela vai me mostrar. No fim, acho que me lembro da maior parte do que preciso fazer, mas ainda assim peço que ele me mande um e-mail com as instruções completas.

— Quem você vai levar para completar o círculo? Os que têm alguma conexão com o fantasma são os melhores.

— Vou levar um cara chamado Will e minha amiga Carmel — respondo. — E nem diga nada. Sei que estou tendo dificuldade para manter as pessoas fora do meu trabalho.

Gideon suspira.

— Ah, Theseus. A ideia nunca foi que você ficasse sozinho. Seu pai tinha muitos amigos, e tinha sua mãe, e você. Conforme o tempo passa, seu círculo vai ficando maior. Não há nada para se envergonhar nisso.

O círculo está ficando maior. Por que todos ficam repetindo isso? Círculos grandes significam mais pessoas para atrapalhar. Preciso sair de Thunder Bay. Cair fora de toda essa confusão e voltar para minha rotina de rastrear, caçar, matar.

Rastrear, caçar, matar. Como ensaboar, enxaguar, repetir. Minha vida, passada a limpo em sua rotina simples. Parece vazia e pesada ao mesmo tempo. Penso no que Anna disse, sobre querer o que ela não pode ter. Talvez eu entenda o que ela quis dizer.

Gideon ainda está falando.

— Me avise se precisar de alguma coisa — diz ele. — Embora eu seja apenas livros empoeirados e velhas histórias do outro lado do oceano. O trabalho de verdade é seu.

— Sim. Meu e dos meus amigos.

— Isso. Fantástico. Vocês vão ser como aqueles quatro camaradas no filme. Sabe qual é, o que tem o marshmallow gigante.

Isso só pode ser piada.

# 14

Minha mãe e eu estamos sentados no carro dela, em um canto do estacionamento da escola, vendo os ônibus chegarem, abrirem as portas e despejarem alunos, que entram apressadamente no prédio. O processo é mais ou menos como uma fábrica: uma engarrafadora ao contrário.

Eu lhe contei o que Gideon disse e pedi sua ajuda para fazer a mistura de ervas, e ela concordou. Noto que parece um pouco abatida. Há círculos escuros, meio arroxeados, sob seus olhos, e os cabelos estão sem brilho. Normalmente eles cintilam como uma panela de cobre.

— Você está bem, mãe?

Ela sorri e olha para mim.

— Estou, querido. Só preocupada com você, como sempre. E com o Tybalt. Ele me acordou ontem à noite, pulando no alçapão do sótão.

— Droga, desculpe — digo. — Esqueci de subir e pôr as armadilhas.

— Não faz mal. Ouvi algo se mover lá, na semana passada, e parecia muito maior que um rato. Será que guaxinins podem entrar no sótão?

— Talvez seja só uma turma de ratos — sugiro, e ela faz cara de nojo. — É melhor você chamar alguém para dar uma examinada.

Ela suspira e bate o dedo no volante.

— Pode ser. — Encolhe os ombros.

Minha mãe parece triste, e lembro de repente que não sei como ela está se saindo aqui. Não a ajudei muito na mudança, nem com a casa, nem com mais nada. Mal paro em casa, na verdade. Dou uma olhada para o banco de trás e vejo uma caixa de papelão cheia de velas encantadas de várias cores, prontas para ser vendidas em uma livraria local. Normalmente eu teria embalado para ela e amarrado as etiquetas apropriadas com muitos fios coloridos.

— O Gideon me falou que você fez alguns amigos — diz ela, olhando para a multidão na frente da escola como se fosse capaz de identificá-los. Eu deveria saber que Gideon ia dar com a língua nos dentes. Ele é como um pai substituto. Não como um padrasto exatamente. Mais como um padrinho, ou um cavalo-marinho que quer me guardar dentro de sua bolsa.

— Só o Thomas e a Carmel — respondo. — Os que você já conheceu.

— A Carmel é uma menina muito bonita — ela diz, com voz esperançosa.

— Parece que o Thomas também acha.

Ela suspira, depois sorri.

— Que bom. Ele está precisando de um toque de mulher.

— Mãe — gemo. — Que podre.

— Não esse tipo de toque — ela ri. — Eu quis dizer que ele precisa de alguém para dar uma ajeitada nele. Fazê-lo endireitar o corpo. Esse menino é todo encolhido. E cheira a cachimbo de velho. — Ela procura alguma coisa no banco traseiro, e sua mão volta cheia de envelopes.

— Eu estava mesmo querendo saber o que tinha acontecido com a minha correspondência — digo, passando os olhos pelas cartas. Elas já estão abertas. Não me importo. São apenas dicas sobre fantasmas, nada pessoal. No meio da pilha, há uma carta grande do Margarida Bristol. — O Margarida escreveu. Você leu?

— Ele só queria saber como você estava. E contar tudo o que aconteceu com ele no último mês. Quer que você vá a New Orleans por causa do espírito de uma bruxa que anda espreitando em volta de uma árvore. Parece que ela costumava usar a árvore para sacrifícios. Não gostei do jeito que ele falou dela.

Dou um sorriso condescendente.

— Nem toda bruxa é boa, mãe.

— Eu sei. Desculpe por ler suas cartas. Mas você estava concentrado demais para reparar na correspondência. A maioria ficou esquecida em cima da mesa. Achei melhor cuidar disso para você. Garantir que não estivesse deixando passar nada importante.

— E estava?

— Um professor em Montana quer que você vá matar um vampiro.

— Quem eu sou? Van Helsing?

— Ele disse que conhece o dr. Barrows, de Holyoke.

Faço um som de desdém.

— O dr. Barrows sabe que monstros não são reais.

Minha mãe suspira.

— Como podemos saber o que é real? A maioria das coisas que você elimina poderia ser chamada de monstro por algumas pessoas.

— É. — Ponho a mão na maçaneta. — Tem certeza que pode conseguir as ervas de que eu preciso?

Ela confirma com um um gesto de cabeça.

— E você tem certeza que pode conseguir que eles te ajudem?

Olho para a multidão de estudantes.

— Vamos ver.

Os corredores hoje parecem algo saído de um filme. Daquele tipo em que os personagens importantes andam em câmera lenta e o restante das pessoas só vai passando, como borrões de diferentes cores de pele e roupas. Avistei Carmel e Will na multidão, mas ele estava indo em direção oposta a mim, e não consegui chamar a atenção dela. Não vi Thomas, apesar de ter ido até seu armário duas vezes. Então tento me manter acordado durante a aula de geometria. Não me saio muito bem. Não deveria ser permitido ensinar matemática de manhã tão cedo.

No meio de uma explicação sobre demonstrações matemáticas, um retângulo de papel dobrado aterrissa sobre minha carteira. Quando o abro, vejo um bilhete de Heidi, uma loira bonita que senta três fileiras atrás. Ela está perguntando se eu preciso de ajuda com os estudos. E se quero ver o novo filme de Clive Owen. Enfio o bilhete dentro do livro de matemática como se fosse responder mais tarde. Não vou, claro, e, se ela perguntar, respondo que estou indo bem sozinho, e talvez alguma outra hora. Pode ser que ela me convide de novo, mais umas duas ou três vezes, mas depois disso vai entender o recado. Pode parecer cruel, mas não é. De que adianta sair para ver um filme e começar algo que não vou poder terminar? Não quero sentir falta das pessoas e não quero que elas fiquem sentindo falta de mim.

Depois da aula, escapo rapidamente da sala e me misturo com os outros alunos no corredor. Acho que ouço a voz de Heidi me chamando, mas não me viro. Tenho trabalho a ser feito.

O armário de Will é o mais próximo. Ele já está lá e, como sempre, com Chase a tiracolo. Quando me vê, seus olhos se movem automaticamente da direita para a esquerda, como se achasse que não deveríamos ser vistos conversando.

— E aí, Will? — cumprimento. Faço um gesto de cabeça para Chase, que me recebe com uma expressão de pedra, como se estivesse dizendo para eu tomar cuidado ou ele vai me dar um murro a qualquer momento. Will não diz nada. Só dá uma olhada para mim e continua o que estava fazendo, pegando seus livros para a próxima aula.

Percebo, com uma espécie de choque, que Will me odeia. Ele jamais gostou de mim, por lealdade a Mike, e agora me odeia por causa do que aconteceu. Não sei por que não percebi isso antes. Acho que nunca penso muito sobre os vivos. De qualquer modo, fico contente pelo que tenho para lhe falar, sobre ele ser parte do feitiço. Isso lhe dará uma espécie de fechamento para o processo de luto.

— Você disse que não queria ficar de fora. Eis a sua chance.

— Qual é a chance? — ele pergunta. Seus olhos são frios e cinzentos. Duros e inteligentes.

— Não dá para você mandar o seu capanga dar uma volta primeiro? — Faço um gesto na direção de Chase, mas nenhum deles se move, então continuo: — Vamos fazer um feitiço para prender o fantasma. Encontre a gente na loja do Morfran depois da escola.

— Você é uma aberração, cara — Chase me diz com desprezo. — Traz essa merda toda pra cá. Faz a gente ter que falar com a polícia.

Eu não sei do que ele está resmungando. Se os policiais tiverem sido tão tranquilos com eles como foram com Carmel e comigo, qual é o grande drama? E acredito que foram, porque eu estava certo sobre o que pensei que fariam. O desaparecimento de Mike gerou apenas um pequeno grupo de buscas, que vasculhou as colinas por cerca de uma semana. Houve algumas poucas notícias no jornal, que logo deixaram a primeira página.

Todos estão engolindo a história de que ele resolveu fugir de repente. Era de esperar. Quando as pessoas veem algo sobrenatural, sempre racionalizam. Os policiais de Baton Rouge fizeram isso com o assassinato de meu pai. Concluíram que foi um ato de violência extrema, provavelmente executado por alguém que estava de passagem pelo estado. E daí que ele foi *comido*? E daí que nenhum ser humano poderia ter dado mordidas daquele tamanho?

— Pelo menos a polícia não acha que vocês estão envolvidos — ouço-me dizer distraidamente. Will bate a porta do armário.

— Não é isso que importa — diz em voz baixa e me olha com uma expressão dura. — É melhor que isso não seja mais uma enrolação. É bom que seja sério.

Enquanto eles se afastam, Carmel surge a meu lado.

— O que foi? — pergunta.

— Eles ainda estão pensando no Mike. Algo de estranho nisso? Ela suspira.

— Só que parece que somos apenas nós. Eu achei que, depois do que aconteceu, um bando de pessoas ia me cercar fazendo um milhão de perguntas. Mas nem a Nat e a Katie perguntam mais nada. Elas estão mais interessadas em saber de você, se estamos juntos e quando vou te levar comigo nas festas. — Olha para os que estão passando. Muitas meninas sorriem e algumas a chamam e acenam, mas nenhuma se aproxima. É como se eu estivesse usando repelente de pessoas. — Acho que elas estão meio bravas — Carmel prossegue. — Porque eu não tenho saído muito com elas ultimamente. Não é legal, acho. Elas são minhas amigas. Mas... as coisas que eu quero falar não podem ser ditas para elas. Eu me sinto tão diferente, como se tivesse tocado algo que tirou minha cor. Ou talvez eu esteja colorida agora e elas estejam em branco e preto. — Olha para mim. — Nós estamos vivendo uma vida secreta, não é, Cas? E ela está nos tirando do mundo.

— Geralmente é assim que funciona — digo mansamente.

—⚬∞⚬—

Na loja, depois da escola, Thomas se move ativamente atrás do balcão, não aquele em que Morfran negocia vendas de lampiões e bacias de porcelana, mas o do fundo, estocado com jarros de coisas flutuando em água turva, cristais cobertos com panos e feixes de ervas. Examinando com mais atenção, noto que algumas das velas são obra de minha mãe. Que esperta ela foi. E nem me contou que eles haviam se conhecido.

— Aqui — diz Thomas e levanta algo diante de meu rosto que parece um punhado de gravetos. Então percebo que são pés de galinha secos. — Chegaram hoje à tarde. — Ele os mostra para Carmel, que tenta fazer uma expressão mais interessada e menos enojada. Depois ele saltita para trás do balcão outra vez e desaparece enquanto remexe o estoque.

Carmel ri.

— Quanto tempo você vai ficar em Thunder Bay depois que tudo isso acabar, Cas?

Dou uma olhada para ela. Espero que não tenha caído na mentira que contou para Nat e Katie, que não tenha se envolvido em alguma fantasia romântica em que eu sou o grande matador de fantasmas malvados e ela está constantemente precisando ser protegida.

Mas não. Sou bobo de pensar assim. Ela nem presta atenção em mim. Está observando Thomas.

— Não sei. Talvez um pouco.

— Que bom — diz ela, sorrindo. — Caso você não tenha percebido, o Thomas vai sentir sua falta quando você for embora.

— Talvez ele tenha mais companhia agora — digo, e nos entreolhamos. Surge uma corrente no ar por um segundo, um certo entendimento, e então o sininho da porta soa atrás de nós e eu sei que Will chegou. Espero que sem Chase.

Eu me viro e meus desejos estão realizados. Ele veio sozinho. E chutando tudo o que vê pela frente, pelo jeito. Entra com as mãos nos bolsos, olhando com ar raivoso para as antiguidades.

— O que é afinal essa história de feitiço? — pergunta, e percebo como se sente estranho usando a expressão "feitiço". Essa palavra não faz parte do vocabulário de pessoas como ele, apoiadas na lógica e sintonizadas com o funcionamento do mundo.

— Precisamos de quatro pessoas para montar um círculo de impedimento — explico. Thomas e Carmel chegam mais perto. — Originalmente, seria apenas o Thomas montando um círculo de proteção na casa, mas, como Anna viraria ele do avesso, pensamos no plano B.

Will concorda com a cabeça.

— Então, o que vamos fazer?

— Agora vamos treinar.

— Treinar?

— Você quer correr o risco de errar dentro daquela casa? — pergunto, e ele fica quieto.

Thomas está me encarando com ar distraído até que aperto os olhos para chamar sua atenção. É hora do show dele agora. Eu lhe dei uma cópia do feitiço para examinar. Ele sabe o que precisa ser feito.

Ele desperta do transe e pega o papel com a cópia do feitiço no balcão. Depois caminha até nós, segura cada um pelos ombros e nos coloca onde precisamos estar.

— O Cas fica a oeste, onde as coisas terminam. Também porque, assim, ele vai ser o primeiro a entrar na casa, se acontecer de isso não funcionar. — Ele me posiciona. — Carmel, você fica ao norte — diz e a move cuidadosamente. — Eu fico a leste, onde as coisas começam. Will, você será o sul. — Ele assume seu lugar e lê o papel, provavelmente pela centésima vez. — Vamos montar o círculo na entrada da casa, criar uma formação de treze pedras e ficar em nossas posições. Vamos ter a poção de ervas da mãe do Cas em saquinhos presos no pescoço. É uma mistura básica de plantas protetoras. As velas são acesas começando pelo leste, em sentido anti-horário. E nós vamos cantar isto. — Passa o papel para Carmel, que lê, faz uma careta e o passa para Will.

— Vocês estão de gozação.

Não discuto. O cântico parece mesmo idiota. Eu sei que a magia funciona, sei que é real, mas não entendo por que tudo precisa ser tão bobo às vezes.

— Vamos cantar continuamente enquanto entramos na casa. O círculo consagrado deve vir junto, mesmo deixando as pedras para trás. Eu vou carregar a bacia de vidência. Quando estivermos lá dentro, encho a bacia e começamos.

Carmel olha para a bacia de vidência, que é uma reluzente vasilha de prata.

— Com o que você vai encher a bacia? — pergunta. — Água benta ou coisa parecida?

— Provavelmente água mineral — Thomas responde.

— Você esqueceu a parte mais difícil — observo, e todos olham para mim. — A parte em que temos que fazer Anna entrar no círculo e jogar os pés de galinha nela.

— Está falando sério? — Will resmunga outra vez.

— Nós não *jogamos* os pés de galinha. — Thomas faz uma expressão resignada. — Eles são colocados por perto. Pés de galinha têm um efeito calmante sobre os espíritos.

— Bom, não vai ser essa a parte difícil — diz Will. — A parte difícil é fazer ela entrar no nosso círculo humano.

— Depois que ela estiver dentro, estaremos seguros. Vou poder usar a bacia de vidência sem medo. Mas não podemos romper o círculo. Só depois que o feitiço estiver completo e ela estiver fraca. E mesmo assim, quando acabar, é melhor a gente dar o fora de lá bem depressa.

— Ótimo — Will ironiza. — Podemos treinar tudo, menos a parte que pode nos matar.

— É o melhor que dá para fazer — digo. — Então vamos treinar o cântico. — Tento não pensar que somos totalmente amadores e em como aquilo é bobo.

Morfran assobia enquanto caminha pela loja, nos ignorando por completo. A única indicação de que ele sabe o que estamos fazendo é o fato de ter virado a placa na porta da loja de "Aberto" para "Fechado".

— Espere aí — diz Will. Thomas já ia começar a cantar, e a interrupção o pega desprevenido, de boca aberta. — Por que vamos sair de lá depois do feitiço? Ela vai estar fraca, certo? Por que não aproveitamos para acabar com ela?

— Esse é o plano — Carmel responde. — Não é, Cas?

— É — confirmo. — Dependendo de como tudo acontecer. Ainda nem sabemos se vai funcionar. — Não estou sendo terrivelmente convincente. Acho que falei a maior parte disso olhando para os pés. Como não poderia deixar de ser, é Will quem percebe. Dá um passo para trás, colocando-se fora do círculo.

— Ei! Você não pode fazer isso durante o feitiço! — Thomas grita.

— Cala a boca, babaca — Will retruca com frieza, e eu sinto o sangue esquentar. Ele olha para mim. — Por que você? Por que é você que tem que fazer isso? O Mike era o meu melhor amigo.

— Tem que ser eu — digo apenas.

— Por quê?

— Porque só eu posso usar o punhal.

— O que tem de tão difícil? Apunhalar e cortar, certo? Qualquer idiota pode fazer isso.

— Não funcionaria com você — respondo. — Para você, seria só uma faca. E uma faca comum não vai matar Anna.

— Eu não acredito — ele resmunga e firma os pés separados no chão.

Que saco. Preciso de Will nisso, não só porque ele completa o círculo, mas porque parte de mim, de fato, sente que estou em dívida com ele e que, por isso, ele precisa participar. Das pessoas que conheço, foi para ele que Anna custou mais caro. Então, o que vou fazer?

— Vamos para o seu carro — digo. — Todos nós. Agora.

—∞—

Will dirige com desconfiança. Estou no banco do passageiro. Carmel e Thomas se sentaram no banco de trás, e não tive tempo para pensar em como as mãos de Thomas devem estar suando. Preciso provar a eles — a todos eles — que eu sou o que digo que sou. Que este é o meu dever, a minha missão. E, depois de ter sido solenemente derrotado por Anna (quer eu reconheça isso em meu subconsciente, quer não), talvez precise uma vez mais provar a mim mesmo.

— Aonde estamos indo? — Will pergunta.

— É você quem tem que me dizer. Não conheço Thunder Bay direito. Leve a gente para onde os fantasmas estão.

Will digere a informação. Passa a língua pelos lábios, tenso, e dá uma olhada para Carmel pelo espelho retrovisor. Mas, embora pareça nervoso, posso afirmar que ele já tem uma boa ideia de onde ir. Todos nos seguramos ao que está à mão quando, inesperadamente, ele faz uma curva fechada.

— O policial — diz.

— O policial? — Carmel se surpreende. — Você não está falando sério. Isso não é real.

— Até algumas semanas atrás, nada disso era real — Will responde.

Atravessamos a cidade, passamos pelo distrito comercial e entramos no industrial. O cenário muda a cada poucos quarteirões, de árvores com opulenta folhagem dourada e vermelha para postes de luz e placas de plástico brilhantes e, por fim, para trilhos de trem e prédios de cimento maciços e sem identificação. A meu lado, Will dirige com o rosto sério e nem um pouco curioso. Ele mal pode esperar para me mostrar o trunfo que tem escondido na manga. Está torcendo para que eu fracasse no teste, que eu seja só uma fraude, um impostor.

Atrás de mim, por outro lado, Thomas parece um beagle animado que não sabe que está sendo levado para o veterinário. Tenho de admitir que estou animado também. Tenho poucas oportunidades de exibir meu trabalho. Não sei o que estou querendo mais: impressionar Thomas ou fazer Will engolir essa sua expressão prepotente. Claro que Will tem de fazer a parte dele primeiro.

O carro desacelera até estar quase se arrastando. Will está examinando os prédios à esquerda. Alguns parecem armazéns, outros apartamentos para pessoas de baixa renda, que não são usados há muito tempo. Todos têm cor de arenito desbotado.

— Ali — ele diz e acrescenta baixinho: — Eu acho.

Estacionamos em uma ruela e saímos do carro juntos. Agora que está aqui, Will parece um pouco menos ávido.

Tiro meu athame da mochila e o penduro no ombro, depois passo a mochila para Thomas e faço um sinal para Will mostrar o caminho. Ele contorna a frente do prédio e passa por mais dois blocos até chegarmos ao que parece ser um velho prédio de apartamentos. No alto, há janelas envidraçadas de estilo residencial e um caixilho de janela não utilizado. Olho a lateral da construção e vejo uma saída de incêndio com a escada pendurada. Testo a porta da frente. Não sei por que ela está destrancada, mas está, o que é bom. Seria muito pouco discreto de nossa parte se tivéssemos de escalar pela lateral.

Quando entramos no prédio, Will faz um gesto em direção à escada. O lugar tem aquele cheiro de casa fechada, acre e sem uso, como se muitas pessoas diferentes tivessem vivido ali e cada uma tivesse deixado para trás um odor persistente que não se mescla bem aos outros.

— Então — digo —, ninguém vai me dizer o que vamos encontrar?

Will não fala nada. Só olha para Carmel, que responde obedientemente:

— Uns oito anos atrás, teve uma situação com refém no apartamento acima. Parece que um ferroviário enlouqueceu, trancou a esposa e a filha no banheiro e começou a ameaçar todo mundo com uma arma. A polícia foi chamada e mandou um negociador para libertar as reféns. Mas não deu muito certo.

— Como assim?

— Como assim que o negociador levou um tiro na coluna um pouco antes de o elemento se matar com um tiro na cabeça — Will conclui.

Tento digerir a informação e não rir de Will por usar a palavra "elemento".

— A esposa e a filha escaparam — Carmel informa. Ela parece nervosa, mas empolgada.

— E qual é a história de fantasma? — pergunto. — Vocês estão me levando para um apartamento com um ferroviário animado no gatilho?

— Não é o ferroviário — Carmel responde. — É o policial. Houve relatos de que ele foi visto no prédio depois que morreu. Pessoas o viram pelas janelas e o ouviram falando e tentando convencer alguém a não fazer alguma coisa. Uma vez, dizem que ele até falou com um garotinho na rua. Enfiou a cabeça pela janela e gritou com ele, disse para cair fora dali. O menino quase morreu de susto.

— Pode ser só uma lenda urbana — Thomas comenta.

Mas, a julgar por minha experiência, geralmente não é. Não sei o que vou ver quando subirmos ao apartamento. Não sei nem se vamos encontrar alguma coisa e, se encontrarmos, não sei se devo matá-lo. Afinal, ninguém disse que o policial machucou alguém, e sempre foi nossa prática deixar os inofensivos em paz, por mais que gemam e arrastem correntes.

*Nossa prática.* O athame está pesado em meu ombro. Conheço este punhal pela vida toda. Já vi a lâmina se mover pela luz e pelo ar, primeiro na mão de meu pai, depois na minha. O poder dele é como música para mim. Percorre meu braço e se infiltra em meu peito. Por dezessete anos, ele me manteve seguro e me fez forte.

O laço de sangue, Gideon sempre me disse. *O sangue dos seus ancestrais forjou esse athame. Homens de poder sangraram seu guerreiro para banir os espíritos. O athame é do seu pai, e é seu, e vocês pertencem a ele.*

Foi isso que ele me falou. Às vezes com gestos engraçados das mãos e um pouco de mímica. O punhal é meu e eu o amo, como amaria um cachorro fiel. Homens de poder, seja lá quem tenham sido eles, puseram o sangue de meu ancestral — o sangue de um guerreiro — na lâmina. Ela bane os espíritos, mas não sei para onde. Gideon e meu pai me ensinaram a nunca perguntar.

Estou tão absorto nesses pensamentos que nem me dou conta de que conduzi o grupo direto para o apartamento. A porta foi deixada totalmente aberta, e entramos na sala de estar vazia. Nossos pés pisam o chão descoberto, ou o que restou dele depois que todo o carpete foi arrancado. Parece aglomerado de madeira. Paro tão depressa que Thomas colide em minhas costas. Por um instante, penso que o lugar está vazio.

Mas então vejo uma figura escura encolhida no canto, perto da janela. Está com as mãos sobre a cabeça, balançando para a frente e para trás e murmurando consigo mesmo.

— Opa — Will sussurra. — Eu não achei que alguém ia estar aqui.

— Ninguém *está* aqui — digo, e sinto que eles ficam tensos quando entendem o que quero dizer. Não importa se era isso que pretendiam ao me trazer aqui. Ver de verdade é algo completamente diferente. Faço um sinal para que se mantenham atrás e caminho em um amplo arco em torno do policial, para poder vê-lo melhor. Seus olhos estão bem abertos; ele parece aterrorizado. Está murmurando e chilreando como um esquilo, só frases sem sentido. É perturbador imaginar como ele deve ter sido lúcido quando vivo. Pego meu athame, não para ameaçar o policial, apenas para tê-lo à mão, como precaução. Carmel solta um ofego espantado, e por alguma razão isso chama a atenção dele.

Fixa os olhos brilhantes nela.

— Não faça isso — ele sibila.

Ela recua um passo.

— Ei — digo suavemente e não obtenho resposta. O policial não tira os olhos de Carmel. Deve haver alguma coisa nela. Talvez o faça se lembrar das reféns, a esposa e a filha do ferroviário.

Carmel não sabe o que fazer. Está de boca aberta, uma palavra presa na garganta, olhando rapidamente do policial para mim, e para ele outra vez.

Sinto um aguçamento já conhecido. É assim que chamo a sensação: um aguçamento. Não que eu comece a respirar mais rápido, ou que meu coração se acelere e ressoe no peito. É mais sutil que isso. Respiro mais profundamente e meu coração bate com mais força. Tudo à minha volta fica mais lento, e todas as linhas são nítidas e claras. Tem a ver com autoconfiança e com minha percepção natural. Tem a ver com meus dedos zumbindo enquanto apertam o cabo do athame.

Não tive essa sensação uma vez sequer quando fui enfrentar Anna. Era isso que estava faltando, e talvez Will acabe sendo uma bênção. Era isso que eu procurava: essa tensão, esse existir na ponta dos pés. Posso ver tudo em um instante: Thomas está genuinamente pensando em como proteger Carmel, e Will está tentando controlar os nervos para fazer alguma coisa e provar que eu não sou o único que pode lidar com a situação. Talvez eu deva deixá-lo. Talvez deva deixar o fantasma do policial lhe dar um bruta susto e colocá-lo em seu lugar.

— Por favor — Carmel diz. — Tenha calma. Eu nem queria entrar aqui e não sou quem você pensa que eu sou. Não quero machucar ninguém!

E então algo interessante acontece. Algo que eu não vi antes. Os traços do rosto do policial mudam. É quase impossível ver, como identificar a corrente de um rio se movendo sob a superfície. O nariz se alarga. As faces se deslocam para baixo. Os lábios ficam mais finos, e os dentes mudam de posição dentro da boca. Tudo isso acontece no tempo de duas ou três piscadas. Estou olhando para outro rosto.

— Interessante — murmuro, e minha visão periférica registra Thomas com cara de isso-é-tudo-que-você-tem-a-dizer? — Esse fantasma não é só do policial — explico. — É dos dois. O policial e o ferroviário, presos em uma única forma. — Este é o ferroviário, imagino, e baixo os olhos para suas mãos no exato instante em que ele está levantando uma delas para apontar um revólver para Carmel.

Ela grita, e Thomas a agarra e puxa para baixo. Will não faz praticamente nada, só começa a dizer: "É só um fantasma, é só um fantasma", repetidamente e muito alto, o que é bem idiota. Mas eu não hesito.

O peso de meu athame se desloca com facilidade na palma da mão abaixada, virando de modo que a lâmina não está mais apontada para a frente, mas para trás; eu a estou segurando como o cara de *Psicose* enquanto apunhalava aquela moça na cena do chuveiro. Mas não vou usá-la para apunhalar. Quando o fantasma levanta a arma para meus amigos, o lado cortante da lâmina está voltado para cima, e eu ergo rapidamente o braço na direção do teto. O athame penetra seu pulso e quase o atravessa.

Ele uiva e recua; eu recuo também. O revólver cai sem nenhum ruído. É sinistro ver acontecer algo que deveria fazer um barulhão e não ouvir sequer um murmúrio. Ele olha para a mão com uma expressão atordoada. Ela está pendurada por um fio de pele, mas não há sangue. Quando ele a arranca, ela se dissolve em fumaça: filamentos oleosos e cancerosos. Acho que não preciso dizer a ninguém para não inspirar aquilo.

— É só isso? — Will pergunta, em pânico. — Achei que essa sua faca ia matar a coisa!

— Não é uma coisa — digo, sem alterar a voz. — É um homem. Dois homens. E eles já estão mortos. O punhal os envia para onde eles precisam estar.

O fantasma avança sobre mim agora. Ganhei sua atenção e me esquivo e afasto com tanta facilidade, tanta rapidez, que nenhuma das tentativas dele de me acertar sequer chega perto. Corto mais um pedaço de seu braço quando me abaixo sob ele, e a fumaça paira e desaparece na perturbação que meu movimento causou no ar.

— Cada fantasma tem um jeito diferente — explico a eles. — Alguns morrem de novo, como se achassem que ainda estão vivos. — Desvio de mais um de seus ataques e lhe acerto um golpe na nuca com o cotovelo. — Outros derretem em poças de sangue. Outros explodem. — Olho para meus amigos, para os olhos arregalados que prestam uma atenção fascinada. — Alguns deixam coisas para trás: cinzas ou manchas. Outros não.

— Cas — Thomas diz e aponta atrás de mim, mas eu já sei que o fantasma está voltando. Dou um passo para o lado e faço um corte por entre suas costelas. Ele cai de joelhos.

— Cada vez é diferente — digo. — Exceto isso. — Olho diretamente para Will, pronto para fazer o serviço. É nesse momento que sinto as mãos do fantasma agarrarem meus tornozelos e me jogarem no chão.

Ouviram isso? As *duas* mãos. E eu me lembro distintamente de ter decepado uma delas. Meu primeiro pensamento é que aquilo é muito interessante, logo antes de minha cabeça bater no piso de compensado.

O fantasma pula, mirando minha garganta, e quase não consigo segurá-lo. Olho para as mãos e vejo que uma é diferente. É um pouco mais bronzeada e tem uma forma completamente diversa: dedos

145

mais longos, unhas irregulares. Ouço Carmel gritar para Thomas e Will me ajudarem, e essa é a última coisa que quero. Só serviria para eles me sacanearem depois.

Mesmo assim, enquanto estou rolando com o rosto tenso, tentando virar a lâmina na direção da garganta do sujeito, penso que gostaria de ter o físico de jogador de futebol de Will. Minha magreza me faz ágil e rápido, e sou bastante flexível, mas, nessas situações de corpo a corpo, seria bom ser capaz de lançar alguém para o outro lado da sala.

— Estou bem — tranquilizo Carmel. — Só estou estudando o cara. — As palavras saem como um gemido tenso e pouco convincente.

Eles estão olhando para mim, de olhos arregalados, e Will dá um passo brusco adiante.

— Fique para trás! — grito, enquanto consigo pôr o pé na barriga do homem. — Só vai precisar de um pouco mais de esforço — explico. — Tem dois sujeitos aqui dentro, estão entendendo? — Minha respiração está mais pesada. O suor começa a escorrer pelos cabelos. — Não é nenhum drama... Só significa que tenho que fazer tudo duas vezes.

Pelo menos é o que eu espero. Não consigo pensar em outra coisa para tentar e, na verdade, tudo se resume a um cortar e retalhar desesperado. Não era isso que eu tinha em mente quando sugeri que fôssemos fazer uma caçada. Onde estão os fantasminhas bons e fáceis quando se precisa deles?

Eu me firmo o melhor possível e chuto com força, tirando o policial-ferroviário de cima de mim. Levanto do chão, seguro melhor o athame e retomo o foco. Ele está pronto para atacar e, quando o faz, começo a retalhar e cortar como um processador de alimentos humano. Espero que a aparência disso tudo seja bem mais legal do que eu acho que é. Meus cabelos e roupas estão se movendo em uma brisa que não posso sentir. Fumaça preta eclode abaixo de mim.

Antes de eu acabar — antes de *ele* estar acabado — escuto duas vozes distintas, em camadas, uma por sobre a outra, como uma harmonia tétrica. No meio de minhas investidas com o punhal, me vejo olhando para dois rostos que ocupam o mesmo espaço: dois conjuntos de dentes rangentes e um olho azul e outro castanho. Estou contente por ter conseguido fazer esse trabalho. A sensação ambígua e incômoda que tive quando entramos desapareceu. Quer esse fantasma tenha ou não machucado alguém, ele certamente machucou a si mesmo, e, qualquer que seja o lugar para onde eu os esteja mandando, tem de ser melhor do que isto: ficar preso na mesma forma com a pessoa que você odeia, enlouquecendo um ao outro cada vez mais, a cada dia, semana, *ano* que passa.

No fim, estou sozinho no centro da sala, com ondulações de fumaça se extinguindo e dispersando no teto. Thomas, Carmel e Will estão amontoados, olhando para mim de boca aberta. O policial e o ferroviário se foram. O revólver também.

— Isso foi... — é tudo que Thomas consegue produzir.

— Isso foi o que eu faço — digo simplesmente, desejando estar menos ofegante. — Portanto, sem mais discussões.

—∞—

Quatro dias mais tarde, estou sentado na bancada da cozinha, vendo minha mãe lavar umas raízes de aparência esquisita, que ela então raspa e pica para acrescentar às ervas que levaremos hoje à noite, penduradas no pescoço.

Hoje à noite. Finalmente chegou. Parece que levou uma eternidade, e eu ainda gostaria de ter mais um dia. Tenho ido até a frente da casa de Anna todas as noites, só para ficar parado ali, incapaz de pensar em nada para dizer. E, todas as noites, ela vem para a janela e fica olhando para mim. Não tenho dormido muito, embora parte disso seja por causa dos pesadelos.

Os sonhos ficaram muito piores desde que viemos para Thunder Bay. O momento não poderia ser pior. Estou exausto quando não deveria estar exausto, quando menos posso me dar ao luxo de estar exausto.

Não lembro se meu pai tinha os sonhos ou não, mas, mesmo que tivesse, não teria me contado. Gideon também nunca mencionou nada disso, e eu não comentei o assunto, porque e se for só eu? Isso significaria que sou mais fraco que meus ancestrais. Que não sou tão forte quanto todos esperam que eu seja.

É sempre o mesmo sonho. Uma figura se inclinando sobre meu rosto. Fico aterrorizado, mas também sei que a figura está ligada a mim. Não gosto disso. Acho que é meu pai.

Mas não realmente meu pai. Ele seguiu seu caminho. Minha mãe e Gideon garantiram isso; passaram noites a fio na casa onde ele foi assassinado, em Baton Rouge, jogando runas e queimando velas. Mas ele não estava mais lá. Eu não saberia dizer se minha mãe ficou feliz ou decepcionada.

Eu a observo agora, enquanto pica e tritura apressadamente diferentes ervas, medindo-as, despejando-as do conjunto de almofariz e pilão. Suas mãos são rápidas e limpas. Ela precisou esperar até o último minuto, porque a cinco-folhas foi difícil de achar e a obrigou a procurar um novo fornecedor.

— Para que serve isso, afinal? — pergunto, pegando um pedaço da erva. Ela é desidratada e de um tom marrom-esverdeado. Parece um pedaço de feno.

— Vai proteger vocês de danos causados por qualquer coisa com cinco dedos — ela explica, distraída, depois levanta os olhos. — Anna tem cinco dedos, não é?

— Em cada mão — respondo com bom humor e devolvo a erva à bancada.

— Eu limpei o athame outra vez — ela comenta, enquanto acrescenta misturas batidas de lascas de raiz-de-unicórnio, que segundo ela é útil para manter inimigos a distância. — Você vai precisar dele. Pelo que li desse feitiço, vai tirar muita força dela. Você vai poder terminar o serviço. Fazer o que veio para fazer.

Noto que ela não está sorrindo. Embora eu não tenha estado muito em casa ultimamente, minha mãe me conhece. Ela sabe quando há algo estranho e geralmente tem uma boa ideia do que possa ser. Diz que é coisa de mãe.

— Qual é o problema, Cassio? — ela pergunta. — O que é diferente desta vez?

— Nada. Nada deve ser diferente. Ela é mais perigosa do que qualquer fantasma que eu já vi. Talvez até mais do que qualquer um que o papai tenha visto. Matou mais, é mais forte. — Olho para a pilha de cinco-folhas. — Mas é mais viva também. Não é confusa. Não é um ser impreciso e semiexistente, que mata por medo ou raiva. Alguma coisa fez isso com ela, e ela sabe.

— Quanto ela sabe?

— Acho que sabe tudo, só tem muito medo de me contar.

Minha mãe afasta alguns fios de cabelo dos olhos.

— Depois desta noite, você saberá, com certeza.

Dou um salto da bancada para o chão.

— Eu acho que já sei — digo com irritação. — Acho que sei quem matou Anna. — Não consegui parar de pensar nisso. Fico pensando no homem que a aterrorizava, uma menina tão nova, e tenho vontade de arrebentar a cara dele. Com uma voz robótica, conto a minha mãe o que Anna me contou. Quando olho para ela, está com grandes olhos suaves e tristonhos.

— É terrível — minha mãe lamenta.

— É.

— Mas você não pode reescrever a história.

Eu gostaria de poder. Gostaria que meu punhal fosse bom para algo além de morte, que eu pudesse cortar através do tempo e entrar naquela casa, naquela cozinha onde ele a encurralava, e arrancá-la de lá. Eu garantiria que ela tivesse o futuro que deveria ter tido.

— Ela não quer matar as pessoas, Cas.

— Eu sei. Então como eu posso…

— Você pode porque tem que fazer — ela diz apenas. — Pode porque ela precisa que você faça.

Olho para minha faca, repousando dentro de seu recipiente de sal. Algo que cheira a jujubas pretas permeia o ar. Minha mãe está picando outra erva.

— O que é isso?

— Anis-estrelado.

— Para que serve?

Ela sorri um pouco.

— Cheira bem.

Eu respiro fundo. Em menos de uma hora, tudo estará pronto e Thomas virá me pegar. Levarei as bolsinhas de veludo amarradas com longos fios e as quatro velas brancas, impregnadas de óleo essencial, e ele estará com a bacia de vidência e o saco de pedras. E nós vamos tentar matar Anna Korlov.

# 15

A casa está esperando. Todos na entrada, parados a minha volta, estão apavorados com o que tem lá dentro, mas eu estou mais assustado com a própria casa. Sei que parece idiotice, mas não posso evitar a sensação de que ela está observando, e talvez sorrindo, zombando de nossas tentativas infantis de detê-la, rindo até as fundações enquanto sacudimos pés de galinha em sua direção.

O ar é frio. A respiração de Carmel sai em pequenas baforadas quentes. Ela veste uma jaqueta de veludo cotelê cinza-escuro e um cachecol vermelho de pontos largos; escondida dentro do cachecol, está a bolsinha de ervas de minha mãe. Will veio com o blusão do time, claro, e Thomas parece tão desajeitado quanto sempre em seu velho casaco do exército. Ele e Will estão ofegantes, posicionando as pedras do lago Superior na terra em torno de nossos pés, em um círculo de um metro e vinte.

Carmel vem ficar ao meu lado enquanto olho para a casa. Meu athame está pendurado no ombro pela alça. Vou colocá-lo no bolso mais tarde. Ela cheira sua bolsinha de ervas.

— Tem cheiro de alcaçuz — diz e cheira o meu para se certificar de que são iguais.

— Foi inteligente da parte da sua mãe — Thomas comenta atrás de nós. — Não estava no feitiço, mas nunca é demais acrescentar boa sorte.

Carmel sorri para ele no escuro reluzente.

— Onde você aprendeu tudo isso?

— Meu avô — ele responde com orgulho e lhe entrega uma vela. Depois dá outra para Will e uma para mim. — Prontos?

Olho para a lua. Ela está brilhante, fria e ainda parece cheia para mim. Mas o calendário diz que está minguando, e as pessoas são pagas para fazer calendários, então acho que estamos prontos.

O círculo de pedras está a apenas uns seis metros da casa. Assumo minha posição no lado oeste, e todos os outros se movem para seus lugares. Thomas está tentando equilibrar a bacia de vidência em uma das mãos enquanto segura a vela na outra. Vejo que traz uma garrafa de água mineral no bolso.

— Por que você não dá os pés de galinha para a Carmel? — sugiro, quando ele tenta segurá-los entre o dedo anular e o mínimo. Ela estende a mão com delicadeza, mas não demais. Ela não é tão menininha quanto achei que seria quando a conheci.

— Estão sentindo? — Thomas pergunta, com os olhos brilhantes.

— O quê?

— As energias estão se movendo.

Will olha em volta, cético.

— Eu só sinto frio — diz, de mau humor.

— Acendam as velas, no sentido anti-horário, começando pelo leste.

Quatro pequenas chamas reluzem e iluminam rostos e peitos, revelando expressões que misturam espanto, medo e a sensação de estar fazendo papel de bobo. Apenas Thomas se mantém imperturbável. Quase nem está mais conosco. Tem os olhos fechados e, quando fala, sua voz é cerca de uma oitava abaixo do tom habitual. Posso perceber que Carmel está assustada, mas ela não diz nada.

— Comecem a cantar — Thomas instrui, e nós obedecemos.

É difícil acreditar, mas nenhum de nós erra. O cântico é em latim, quatro palavras repetidas indefinidamente. Soam ridículas em nossa boca, mas, quanto mais as repetimos, menos ridícula é a *sensação* delas. Até Will está cantando com fervor.

— Não parem — diz Thomas, abrindo os olhos. — Vamos nos mover para a casa. Não rompam o círculo.

Quando nos movemos juntos, sinto a energia do feitiço. Sinto todos nós andando, todas as pernas, todos os pés, unidos por um fio invisível. As chamas das velas estão firmemente eretas, sem oscilar, como fogo sólido. Não posso acreditar que é Thomas quem está fazendo tudo isso, o baixo e desajeitado Thomas, escondendo todo esse poder dentro de uma jaqueta do exército. Subimos juntos os degraus e, antes que eu possa pensar, estamos diante da porta.

A porta se abre. Anna olha para nós.

— Você veio fazer — ela diz com tristeza. — E deve. — Olha para os outros. — Você sabe o que acontece quando eles entram — Anna alerta. — Eu não posso controlar.

Quero dizer a ela que vai ficar tudo bem. Quero lhe pedir para tentar. Mas não posso parar de cantar.

— Ele está dizendo que vai ficar tudo bem — Thomas diz atrás de mim, e minha voz quase falha. — Ele quer que você tente. Precisamos que você entre no círculo. Não se preocupe conosco. Estamos protegidos.

Pela primeira vez, fico feliz por Thomas poder ler meus pensamentos. Anna olha dele para mim e novamente para ele, depois se afasta em silêncio da porta. Sou o primeiro a atravessar a soleira.

Sei quando os outros estão dentro, não apenas porque nossas pernas se movem como se fossem uma só, mas porque Anna começa a mudar. Veias sobem, serpenteantes, por seus braços e pescoço e ondeiam pelo rosto. Os cabelos se tornam de um preto muito liso e brilhante. Óleo cobre seus olhos. O vestido branco fica saturado de sangue vermelho-vivo, e o luar se reflete nele, fazendo-o cintilar como plástico. O sangue escorre pelas pernas dela e pinga no chão.

Atrás de mim, o círculo não hesita. Estou orgulhoso deles; talvez sejam caça-fantasmas, afinal.

As mãos de Anna estão fechadas em punhos tão apertados que sangue negro começa a vazar de seus dedos. Ela está fazendo como Thomas pediu. Está tentando se controlar, tentando controlar a vontade de rasgar a pele da garganta deles, arrancar os braços das juntas. Conduzo o círculo para frente, e ela fecha os olhos com força. Nossas pernas se movem mais depressa. Carmel e eu nos viramos, para ficar de frente um para o outro. O círculo está se abrindo, deixando Anna passar para o centro. Por um minuto, Carmel está totalmente obstruída. Tudo o que vejo é o corpo ensanguentado de Anna. E então ela está dentro, e o círculo se fecha outra vez.

Foi no tempo exato. Ela chegou ao limite de sua capacidade de controle, e agora os olhos e a boca se abrem muito e emite um grito ensurdecedor. Ela corta o ar com os dedos em gancho, e sinto o pé de Will escorregar para trás, mas Carmel pensa rápido e põe os pés de galinha sob o local onde Anna flutua. O fantasma se aquieta e para de se agitar, mas olha para cada um de nós com ódio enquanto gira lentamente.

— O círculo está pronto — Thomas diz. — Ela está contida.

Ele se ajoelha, e todos nós fazemos o mesmo. É estranha essa sensação de que nossas pernas são uma só. Ele pousa a bacia de vidência no chão e abre a garrafa de água mineral.

— Funciona tão bem quanto outras coisas — garante. — É limpa, transparente e condutora. Precisar de água benta, ou água de uma fonte natural... é só frescura.

A água cai na bacia com um som cristalino e musical, e esperamos até que a superfície se estabilize.

— Cas — Thomas chama, e eu olho para ele. Com espanto, percebo que ele não falou em voz alta. — O círculo nos liga. Estamos dentro da mente um do outro. Diga o que precisa saber. Diga o que precisa ver.

Isso é esquisito demais. O feitiço é forte. Eu me sinto com os pés no chão e, ao mesmo tempo, voando alto como uma pipa. Mas me sinto firme. E seguro.

*Me mostre o que aconteceu com Anna*, penso cuidadosamente. *Me mostre como ela foi morta, o que é que lhe dá esse poder.*

Thomas fecha os olhos novamente, e Anna começa a tremer no ar, como se estivesse com febre. A cabeça de Thomas pende para a frente. Por um segundo, acho que ele desmaiou e que estamos em apuros, mas então percebo que só está olhando para a bacia de vidência.

— Ah — ouço Carmel suspirar.

O ar em torno de nós está mudando. A *casa* em torno de nós está mudando. A estranha luz acinzentada se aquece lentamente, e os lençóis se dissolvem sobre os móveis. Eu pisco, surpreso. Estou olhando para a casa de Anna do jeito que deve ter sido quando ela estava viva.

Há um tapete artesanal na sala de estar, iluminada por lampiões que deixam o ar amarelado. Atrás de nós, ouvimos a porta se abrir e fechar, mas ainda estou ocupado demais observando as mudanças, as fotografias penduradas nas paredes e o sofá estofado em padrões de tons vermelho-ferrugem. Se olhar mais atentamente, posso perceber que não é tudo tão bonito assim — o lustre está manchado e alguns cristais estão faltando; há um rasgo no tecido da cadeira de balanço.

Alguém se move pela sala, uma menina de saia marrom-escura e blusa cinza simples. Está carregando livros de escola. Tem o cabelo preso em um longo rabo de cavalo castanho, amarrado com uma fita azul. Quando ela se volta, ao ouvir um som na escada, vejo seu rosto. É Anna.

Vê-la viva é indescritível. Eu pensava que não podia restar muito da garota viva dentro do que Anna é agora, mas estava errado. Quando ela se vira para o homem na escada, seu olhar é familiar. Duro e consciente. Bravo. Eu sei, sem precisar olhar, que este é o homem sobre quem ela me contou, o homem que ia se casar com sua mãe.

— O que aprendemos na escola hoje, Anna querida? — O sotaque dele é tão forte que mal consigo discernir as palavras. Ele desce a escada, e seus passos são irritantes: lentos e autoconfiantes, excessivamente carregados do poder que se outorga. Ele manca um pouco, mas não está usando a bengala de madeira que tem na mão. Quando anda em volta dela, faz lembrar um tubarão circulando a presa. A expressão de Anna fica tensa.

A mão do homem pousa no ombro dela, e ele passa um dedo pela capa do livro.

— Mais coisas de que você não precisa.

— Minha mãe quer que eu me dê bem na vida — Anna responde. É a mesma voz que eu conheço, só com um sotaque finlandês mais acentuado. Ela se vira. Não posso ver, mas sei que está olhando para ele com ar desafiador.

— E você vai. — O homem sorri. Tem um rosto anguloso e bons dentes. Há um começo de barba despontando na pele e um início de calvície. Usa o que resta do cabelo loiro-escuro penteado para trás. — Menina esperta — murmura, levando o dedo até o rosto dela. Anna se afasta e sobe as escadas correndo, mas o jeito não é de fuga. É de atitude.

*Essa é a minha garota*, penso e então lembro que estou no círculo. Não sei quanto de meus pensamentos e sentimentos estão passando pela mente de Thomas. Dentro do círculo, ouço o vestido de Anna gotejando e a sinto estremecer à medida que a cena se desenrola.

Mantenho os olhos no homem que seria o padrasto de Anna. Ele está sorrindo consigo mesmo e, quando a porta do quarto dela se fecha, no andar de cima, ele enfia a mão dentro da camisa e puxa um punhado de tecido branco. Não sei o que é, até que ele o leva ao nariz. É o vestido que ela costurou para o baile. O vestido com que ela morreu.

*Maldito pervertido*, Thomas pensa dentro da cabeça de todos nós. Aperto os punhos. A vontade de correr até o homem é quase irresistível, mesmo sabendo que estou vendo algo que aconteceu quase sessenta anos atrás. Estou assistindo como se as cenas estivessem sendo exibidas por um projetor. Não posso mudar nada daquilo.

O tempo avança; a luz muda. As lâmpadas parecem ficar mais brilhantes, e pessoas passam em velocidade como borrões escuros. Ouço sons, conversas e discussões abafadas. Meus sentidos se esforçam para acompanhar o que acontece.

Há uma mulher ao pé da escada. Ela usa um vestido preto austero, que parece terrivelmente áspero, e tem os cabelos presos em um coque apertado. Está olhando para o andar de cima, por isso não vejo seu rosto. Mas vejo que segura o vestido branco de Anna em uma das mãos e o sacode. Na outra, está apertando um terço.

Sinto, mais do que ouço, a aspiração de Thomas. O rosto dele se contrai. Farejou alguma coisa.

*Energia*, ele pensa. *Energia negra.*

Não sei o que Thomas quis dizer e não tenho tempo para pensar.

— Anna! — a mulher grita e ela aparece, vinda do corredor no alto das escadas.

— O que é, mamãe?

A mãe levanta o vestido.

— O que é isto?

Anna parece levar um choque. Ela se apoia no corrimão.

— Onde você pegou isso? Como encontrou?

— Estava no quarto dela. — É ele outra vez, vindo da cozinha. — Escutei ela dizer que estava trabalhando nele. Eu encontrei para o próprio bem dela.

— É verdade? — a mãe pergunta. — O que significa isto?

— É para um baile, mamãe — Anna diz, zangada. — Um baile na escola.

— Isto? — Sua mãe levanta o vestido e o estica com ambas as mãos. — Isto é para dançar? — Ela o sacode no ar. — Vagabunda! Você não vai dançar! Menina mimada. Não vai sair desta casa!

No alto da escada, ouço uma voz mais doce e suave. Uma mulher de pele morena, com longos cabelos pretos presos em uma trança, segura Anna pelos ombros. Deve ser Maria, a costureira que era amiga de Anna e que deixou a própria filha na Espanha.

— Não fique brava, sra. Korlov — Maria diz depressa. — Eu ajudei a Anna. Foi minha ideia. Um vestido bonito.

— Você! — a sra. Korlov esbraveja. — Você só piorou tudo. Sussurrando o seu lixo espanhol nos ouvidos da minha filha. Ela ficou cheia de vontades desde que você apareceu aqui. Orgulhosa. Não quero mais saber de você enchendo a cabeça dela. Quero que saia desta casa!

— Não! — Anna grita.

O homem se aproxima de sua noiva.

— Malvina — ele diz —, nós não precisamos perder inquilinos.

— Quieto, Elias — Malvina corta. Estou começando a entender por que Anna não podia simplesmente contar para a mãe quais eram as intenções de Elias.

A cena se acelera. Sinto, mais do que vejo, o que está acontecendo. Malvina joga o vestido em Anna e ordena que ela o queime. Dá um tapa no rosto da filha, quando esta tenta convencê-la a deixar Maria ficar. Anna está chorando, mas apenas a Anna da lembrança. A real está rosnando enquanto assiste, com o sangue negro fervendo. Tenho vontade de mesclar as duas. O tempo avança, e meus olhos e ouvidos se esforçam para acompanhar Maria quando ela sai, levando uma única mala. Ouço Anna perguntar o que ela vai fazer, implorando que fique por perto. E então todas as lâmpadas, exceto uma, se apagam, e além das janelas está escuro.

Malvina e Elias estão na sala de estar. Ela está tricotando com um novelo de linha azul-escura, e Elias está lendo o jornal e fumando um cachimbo. Parecem infelizes, mesmo em sua rotina de lazer da noite. Têm uma expressão entediada e sem energia, a boca fechada em uma linha fina e mal-humorada. Não tenho ideia de como foi o namoro deles, mas deve ter sido tão interessante quanto ver boliche na tevê. Minha mente se desloca até Anna — a mente de *todos nós* se desloca até Anna — e, como se a tivéssemos invocado, ela desce a escada.

Tenho a estranha sensação de querer fechar os olhos com força e, ao mesmo tempo, não ser capaz de os desviar da cena. Ela está usando o vestido branco. É o vestido com que vai morrer, mas não parece o mesmo nela agora.

Essa garota, em pé na base da escada, segurando uma sacola de roupas e olhando para a expressão surpresa e cada vez mais furiosa de Malvina e Elias, está incrivelmente viva. Seus ombros são retos e fortes, os cabelos escuros descem em ondas pelas costas. Ela ergue o queixo. Gostaria de poder ver seus olhos, porque sei que estão tristes e triunfantes.

— Aonde você pensa que vai? — Malvina pergunta. Está olhando para a filha com horror, como se não soubesse quem ela é. O ar a sua volta parece ondular, e tenho uma percepção da energia de que Thomas estava falando.

— Vou para o baile — Anna responde calmamente. — E não vou voltar para casa.

— Você não vai a baile nenhum — Malvina diz com acidez, levantando-se da cadeira como se estivesse rondando uma presa. —

Não vai a lugar nenhum com esse vestido nojento. — Avança sobre a filha, apertando os olhos e engolindo em seco, como se estivesse ficando enjoada. — Você usa branco como uma noiva, mas que homem vai te querer depois que deixou meninos da escola levantarem a sua saia? — Ela impulsiona a cabeça para trás, como uma víbora, e cospe no rosto de Anna. — Seu pai teria vergonha.

Anna não se move. A única coisa que trai alguma emoção é o subir e descer rápido das costelas.

— O papai me amava — ela diz baixinho. — Não sei por que você não me ama.

— Meninas más são tão inúteis quanto imbecis — Malvina lança, com um aceno de desprezo. Eu não sei o que ela quer dizer. Acho que lhe faltam as palavras certas em nosso idioma. Ou talvez seja apenas burra. Imagino que pode ser isso.

Sinto um gosto amargo na garganta enquanto assisto e escuto. Nunca ouvi ninguém falar com um filho desse jeito. Tenho vontade de sacudi-la até pôr algum juízo naquela cabeça. Ou, pelo menos, até ouvir algo estalar.

— Suba e tire isso — Malvina ordena. — E traga aqui para eu queimar.

Vejo a mão de Anna se apertar na sacola. Tudo o que ela possui está em uma pequena bolsa de tecido marrom, fechada com um cordão.

— Não — ela responde calmamente. — Eu vou embora.

A mulher ri. É um som duro, crepitante. Uma luz escura aparece em seus olhos.

— Elias — ela diz. — Leve minha filha para o quarto. Tire esse vestido dela.

*Meu Deus*, Thomas pensa. Pelo canto do olho, vejo Carmel levar a mão à boca. Não quero ver isso. Não quero saber disso. Se esse homem a tocar, eu vou romper o círculo. Não me importa se é apenas uma lembrança. Não me importa que eu precise saber. Vou quebrar o pescoço dele.

— Não, mamãe! — Anna implora, assustada, mas, quando Elias se move em sua direção, ela endurece a postura. — Não vou deixar que ele chegue perto de mim.

— Logo vou ser seu pai, Anna — Elias adverte. Essas palavras me reviram o estômago. — Você tem que me obedecer. — Ele passa a língua nos lábios, avidamente. Atrás de mim, escuto minha Anna, Anna Vestida de Sangue, começando a rosnar.

Quando Elias avança, Anna corre para a porta, mas ele a segura pelo braço e a vira, puxando-a para tão perto que os cabelos dela voam no rosto dele, tão perto que ela deve ter sentido o calor espesso do hálito dele. As mãos do homem já estão tateando, apertando o vestido dela, e, quando olho para Malvina, vejo apenas uma expressão terrível de ódio satisfeito. Anna está lutando e gritando entredentes; joga a cabeça para trás e a desce contra o nariz de Elias, não com força suficiente para fazer sangrar, mas o bastante para doer muito. Ela consegue se soltar e corre para a cozinha, em direção à porta dos fundos.

—Você não vai sair desta casa! — Malvina grita e a segue, agarrando um punhado de cabelos de Anna e puxando-a de volta. — Você nunca, *nunca* vai sair desta casa!

— Eu vou! — Anna grita em resposta, empurrando a mãe. Malvina colide com uma grande cômoda de madeira e cai. Anna a contorna, mas não vê Elias, que se recupera perto da escada. Quero gritar para ela se virar. Quero gritar para ela fugir. Mas não importa o que eu quero. Tudo isso já aconteceu.

— Sua vagabunda — ele diz em voz alta. Anna dá um pulo. Ele está segurando o nariz e vendo se há sangue, enquanto lança um olhar furioso para ela. — Nós alimentamos você. Nós vestimos você. E é assim que você agradece! — Ele estende a mão aberta, embora não haja nada nela. Então lhe dá um tapa violento no rosto e a segura pelos ombros, sacudindo, sacudindo e gritando com ela, em finlandês, coisas que não entendo. Os cabelos de Anna voam pelo ar, e ela começa a chorar. Tudo isso parece ser excitante para Malvina, que assiste à cena com os olhos brilhando.

Anna não desistiu. Luta e consegue empurrar Elias contra a parede na frente da escada. Há um jarro de cerâmica no móvel ao lado deles. Ela o arrebenta na lateral da cabeça de Elias, fazendo-o urrar e soltá-la. Malvina grita quando ela corre para a porta; a esta altura, são tantos gritos que mal posso entender o que é dito. Elias segurou Anna por trás das pernas. Ela caiu no saguão de entrada.

Eu sei que acabou mesmo antes de Malvina vir da cozinha segurando uma faca. Todos nós sabemos. Posso senti-los, Thomas, Carmel e Will, incapazes de respirar, querendo, mais do que qualquer coisa, fechar os olhos, ou gritar e conseguir ser ouvidos. Eles nunca viram nada assim. Provavelmente, nunca sequer pensaram em nada assim.

Olho para Anna, caída, com o rosto voltado para o chão, aterrorizada, mas não o suficiente para se render. Observo uma garota que luta para escapar, não somente das mãos de Elias, mas de tudo, desta casa sufocante, desta vida que mais parece um peso sobre seus ombros, arrastando-a para baixo e prendendo-a na sordidez. Observo essa garota quando sua mãe se inclina sobre ela, tendo nas mãos uma faca de cozinha e, nos olhos, apenas raiva. Raiva estúpida, raiva sem sentido, e então a lâmina está na garganta dela, cortando a pele e abrindo uma profunda linha vermelha. *Profunda demais*, penso, *profunda demais*. Escuto Anna gritar até não conseguir mais fazê-lo.

# 16

Atrás de mim, ouço um barulho de queda e viro de costas para a cena, aliviado pela distração. Dentro do círculo, Anna não está mais flutuando. Desabou no chão, sobre as mãos e os joelhos. Os tentáculos pretos de seus cabelos se contorcem. A boca está aberta como se ela fosse gemer ou gritar, mas não há som. Lágrimas cinzentas descem em listras, como água tingida de carvão, por suas faces pálidas. Ela assistiu à própria garganta sendo cortada. Está vendo a si própria sangrar até a morte, a vermelhidão impregnando a casa e saturando o vestido de baile branco. Todas essas coisas que ela não conseguia lembrar acabaram de ser jogadas em sua cara. Ela está ficando fraca.

Olho outra vez para a morte de Anna, mesmo não querendo. Malvina está tirando a roupa do corpo da filha e gritando ordens para Elias, que corre para a cozinha e volta com o que parece ser um cobertor áspero. Ela lhe diz para cobrir o cadáver, e ele obedece. É perceptível que ele não consegue acreditar no que aconteceu. Em seguida, ela o manda subir até o quarto e pegar outro vestido para Anna.

— Outro vestido? Para quê? — ele pergunta, mas ela esbraveja:

— Vá de uma vez! — e ele sobe os degraus tão rápido que tropeça. Malvina estende o vestido de Anna no chão, tão coberto de vermelho que agora é difícil lembrar que foi branco. Então vai até o armário do outro lado da sala e volta segurando velas e uma bolsinha pretas.

*Ela é bruxa*, Thomas sussurra mentalmente para mim. A maldição. Faz perfeito sentido. Devíamos ter imaginado que o assassino era algum tipo de bruxo. Mas talvez nunca tivéssemos pensado que seria a própria mãe.

*Fique atento*, respondo para Thomas. *Posso precisar da sua ajuda para entender o que está acontecendo aqui.*

*Duvido*, ele diz, e acho que duvido também, vendo Malvina acender as velas e ajoelhar sobre o vestido, com o corpo balançando enquanto entoa baixinho palavras suaves em finlandês. Sua voz é doce, como nunca foi para Anna em vida. As velas ficam mais brilhantes. Ela levanta a da esquerda, depois a da direita. Cera preta se derrama sobre o tecido manchado. Em seguida ela cospe no vestido, três vezes. Seu canto é mais alto agora, mas não entendo nada que ela diz. Começo a tentar identificar palavras, para procurar em algum dicionário mais tarde, e é quando o ouço. Thomas. Ele está falando baixo, mas de verdade. Por um segundo, não sei o que está dizendo. Chego a abrir a boca para mandá-lo ficar quieto, que estou tentando escutar, antes de perceber que ele está repetindo os cânticos dela, traduzidos.

— Pai Hiisi, escuta-me, venho diante de ti mansa e humilde. Aceita este sangue, aceita esta energia. Mantém minha filha nesta casa. Alimenta-a de sofrimento, sangue e morte. Hiisi, Pai, deus-demônio, escuta minha oração. Aceita este sangue, aceita esta energia.

Malvina fecha os olhos, levanta a faca de cozinha e a passa na chama das velas. Impossivelmente, a lâmina pega fogo, e então, em um movimento enérgico, ela enfia a faca nas tábuas do piso através do vestido.

Elias apareceu no alto da escada, segurando um tecido branco e limpo: o outro vestido de Anna. Ele observa Malvina com espanto e horror. É evidente que nunca soube disso sobre ela; agora que sabe, jamais falará uma palavra sequer contra ela, por puro terror.

A luz do fogo emana do buraco no piso, e Malvina move lentamente a faca, enfiando o vestido ensanguentado dentro da casa enquanto canta. Quando todo o tecido desaparece sob as tábuas, ela empurra o resto da faca junto e a chama luminosa emite um clarão. O chão se fecha. Malvina engole, depois apaga suavemente as velas, da esquerda para a direita.

— Agora, você nunca sairá de minha casa — murmura.

Nosso feitiço está acabando. O rosto de Malvina está se desvanecendo como uma lembrança de pesadelo, tornando-se tão cinzento e gasto quanto a madeira em que ela assassinou Anna. O ar ao redor perde a cor, e sinto que nossas pernas começam a se desenlaçar. Estamos nos separando, rompendo o círculo. Ouço Thomas respirando forte. Ouço Anna também. Não posso acreditar no que acabamos de ver. Parece irreal. Não entendo como Malvina pôde matar Anna.

— Como ela pôde? — Carmel pergunta baixinho, e todos nos entreolhamos. — Foi horrível. Nunca mais quero ver nada assim. — Ela sacode a cabeça. — Como pôde? Era filha dela.

Olho para Anna, ainda vestida de sangue e veias. As lágrimas escuras secaram em seu rosto; ela está exausta demais para continuar chorando.

— Ela sabia o que ia acontecer? — pergunto a Thomas. — Sabia no que estava transformando a filha?

— Acho que não. Ou, pelo menos, não exatamente. Quando você invoca um demônio, não pode decidir os detalhes. Você só faz o pedido, e ele cuida do resto.

— Pouco me importa se ela sabia *exatamente* — Carmel grunhe. — Foi repugnante. Foi horrível.

Há gotículas de suor na testa de cada um de nós. Will não disse uma palavra. Todos parecemos ter saído de uma luta de doze assaltos com um peso-pesado.

— O que vamos fazer? — Thomas pergunta, e ele mesmo não parece capaz de fazer muita coisa no momento. Acho que vai dormir por uma semana.

Eu me volto e fico em pé. Preciso clarear a mente.

— Cas! Cuidado! — Carmel grita para mim, mas não é rápida o suficiente. Sou empurrado por trás e, ao mesmo tempo, sinto um peso muito familiar sendo puxado de meu bolso. Quando olho, vejo Will de pé sobre Anna. Empunhando meu athame.

— Will — Thomas começa, mas ele tira minha faca da bainha e a movimenta em um arco amplo, fazendo Thomas se afastar depressa sobre os joelhos, a fim de se esquivar.

— É assim que você faz, não é? — Will pergunta, com a voz exaltada. Olha para a lâmina e pisca rapidamente. — Ela está fraca. Podemos fazer agora — diz, quase que para si mesmo.

— Will, não — Carmel pede.

— Por que não? Foi isso que viemos fazer!

Carmel me olha com ar desamparado. Isso *é* o que viemos fazer. Mas, depois do que todos vimos, e vendo-a caída ali, eu sei que não posso.

— Devolva o meu punhal — digo calmamente.

— Ela matou o Mike — Will afirma. — Ela matou o Mike.

Dirijo o olhar para Anna. Seus olhos pretos estão muito abertos e voltados para baixo, embora eu não possa dizer se estão vendo alguma coisa. Ela está desabada sobre o quadril, fraca demais para sustentar o corpo. Os braços, que eu sei, por experiência pessoal, que poderiam esmagar blocos de concreto, estão trêmulos apenas do esforço de tentar impedir o tronco de despencar no chão. Nós conseguimos reduzir esse monstro a uma casca vacilante, e, se há um momento seguro para matá-la, é agora.

E Will tem razão. Ela de fato assassinou Mike. Assassinou dezenas de pessoas. E vai fazê-lo de novo.

— Você matou o Mike — Will fala com raiva e começa a chorar. — Você matou o meu melhor amigo. — E então ele se move e desce a lâmina sobre ela. Eu reajo sem pensar.

Dou um salto à frente e seguro seu braço por baixo, impedindo que o golpe acerte direto as costas dela; em vez disso, só atinge as costelas de raspão. Anna dá um pequeno grito e tenta fugir se arrastando. A voz de Carmel e de Thomas está em meus ouvidos, gritando para nós dois pararmos, mas continuamos lutando. Will arreganha os dentes e tenta golpeá-la outra vez, a faca cortando o ar. Eu mal consigo levantar o ombro para atingi-lo no queixo. Ele oscila alguns passos para trás e, quando revida, eu lhe dou um soco no rosto, não com força excessiva, mas o bastante para fazê-lo refletir.

Ele limpa a boca com as costas da mão e não tenta avançar de novo. Seu olhar passeia de mim para Anna, sabendo que eu não vou deixá-lo passar.

— Qual é o seu problema? — ele pergunta. — Este não é o seu trabalho? E, agora que ela está nas nossas mãos, você não vai fazer nada?

— Não sei o que vou fazer — digo com sinceridade. — Mas não vou deixar que você a machuque. Porque matar você não ia conseguir mesmo.

— Por que não?

— Porque não é só o punhal. Sou eu. É o meu laço de sangue.

Will faz um som de desdém.

— Ela está sangrando bem demais.

— Eu não disse que o punhal não é especial. Mas o golpe fatal é meu. O que quer que seja que faz isso acontecer, você não tem.

— Você está mentindo — ele acusa, e talvez eu esteja. Nunca vi ninguém mais usar minha faca. Ninguém, exceto meu pai. Talvez toda essa história de ser o escolhido e fazer parte de uma linhagem sagrada de caçadores de fantasmas seja só um monte de merda. Mas Will acredita. Ele começa a recuar para fora da casa.

— Devolva o meu punhal — digo de novo, vendo-a se afastar, o metal reluzindo sob a luz estranha.

— Eu vou matar Anna — Will promete, depois se vira e corre, levando o athame. Algo dentro de mim geme, algo infantil e básico. É como aquela cena de O *mágico de* Oz, em que a velha põe o cachorro no cesto da bicicleta e vai embora. Meus pés estão me dizendo para correr atrás dele, alcançá-lo e acertar-lhe um golpe na cabeça, pegar minha faca de volta e nunca mais deixá-la fora de vista. Mas Carmel está falando comigo.

— Tem certeza de que ele não pode matar com o punhal? — ela pergunta.

Olho para trás. Ela está ajoelhada ao lado de Anna; teve até coragem de tocá-la, de segurá-la pelos ombros e examinar o ferimento que Will fez. Está saindo sangue negro do corte, com um efeito estranho: o líquido preto se mistura ao sangue que flui do vestido, formando espirais, como tinta derramada em água vermelha.

— Ela está tão fraca — Carmel murmura. — Acho que está ferida de verdade.

— E não deveria estar? — Thomas pergunta. — Olha, eu não quero ficar do lado do Will Cadê-Minha-Indicação-Ao-Emmy Rosenberg, mas não é para isso que estamos aqui? Ela não continua sendo perigosa?

166

As respostas são sim, sim e sim. Eu sei disso, mas não consigo pensar direito. A garota aos meus pés está derrotada, meu punhal se foi e cenas de *Como matar sua filha* continuam a passar pela minha cabeça. Foi aqui que tudo aconteceu. Este é o lugar onde sua vida acabou, onde ela se tornou um monstro, onde sua mãe enfiou uma faca em sua garganta e amaldiçoou a filha, e o vestido, e...

Caminho pela sala de estar, olhando as tábuas do piso. Então começo a andar com força. A bater o pé na madeira e pular, à procura de uma tábua solta. Não está adiantando nada. Sou um idiota. Não sou forte o bastante. E nem sequer sei o que estou fazendo.

— Não é essa — Thomas diz. Ele está olhando fixo para o chão e aponta para a tábua a minha esquerda. — É essa. E você vai precisar de alguma coisa. — Ele se levanta e corre para fora da casa. Eu não achava que ainda lhe restasse alguma energia. O garoto é surpreendente. E útil pra caramba, porque, uns quarenta segundos depois, está de volta, trazendo um pé de cabra e uma chave de roda.

Juntos, começamos a bater no piso, no início sem nenhum efeito, mas, aos poucos, conseguimos rachar a madeira. Uso o pé de cabra para levantar a ponta solta e me ajoelho. O buraco que fizemos é escuro e fundo. Não sei como ele está ali. Eu deveria estar vendo vigas e porão, mas há apenas negrume. Foi só um breve momento de hesitação antes que minha mão já estivesse procurando dentro do buraco, sentindo profundezas de frio. Acho que eu estava errado, que estou sendo idiota outra vez. Então meus dedos roçam algo.

O tecido é rígido e frio ao toque. Talvez um pouco úmido. Eu o puxo do lugar onde foi enfiado e fechado sessenta anos atrás.

— O vestido — Carmel sussurra. — O que...?

— Não sei — digo com sinceridade. Caminho em direção a Anna. Não tenho ideia do efeito que o vestido terá sobre ela, se tiver algum. Será que a fará mais forte? Poderá curá-la? Se eu o queimasse, ela evaporaria no ar? Thomas provavelmente teria uma ideia melhor. Juntos, ele e Morfran talvez pudessem encontrar a resposta certa e, se não pudessem, Gideon o faria. Mas eu não tenho todo esse tempo. Ajoelho-me e seguro o tecido manchado diante dos olhos dela.

Por um segundo, ela não reage. Então, se esforça para ficar em pé. Eu levanto o vestido ensanguentado ao mesmo tempo em que ela se ergue, mantendo-o na altura de seus olhos. A cor negra regrediu: os olhos claros e curiosos de Anna estão ali, dentro do rosto monstruoso, e por alguma razão isso é o que mais desconcerta. Minha mão está tremendo. Ela está parada diante de mim, sem flutuar, só olhando para o vestido, amarfanhado e vermelho e branco sujo em algumas partes.

Ainda sem ter certeza do que estou fazendo, ou do que estou tentando fazer, junto o tecido na bainha e o faço deslizar por sobre a cabeça escura e contorcente de Anna. Algo acontece de imediato, mas não sei o quê. Uma tensão se instala no ar, um frio. É difícil explicar, como se houvesse uma brisa, mas nada se movesse. Puxo o velho vestido para baixo, cobrindo com ele o vestido gotejante de sangue, e dou um passo para trás. Anna fecha os olhos e respira fundo. Ainda há fios de cera preta grudados no tecido, nos pontos em que as velas pingaram durante a maldição.

— O que está acontecendo? — Carmel sussurra.

— Não sei — Thomas responde por mim.

Enquanto observamos, os vestidos começam a lutar um com o outro, pingando sangue e líquido preto e tentando se fundir. Os olhos de Anna estão fechados. Os punhos estão apertados. Não sei o que vai acontecer, mas, o que quer que seja, está acontecendo rápido. Cada vez que pisco, abro os olhos para um novo vestido: agora branco, depois vermelho, depois enegrecido e mesclado a sangue. São óleo, tinta e coisas afundando em areia. E então Anna joga a cabeça para trás, e o vestido amaldiçoado se esfacela, se desintegra em pó e cai a seus pés.

A deusa escura está aqui, olhando para mim. Longos fios negros se estendem e desaparecem na brisa. As veias recuam nos braços e no pescoço. Seu vestido é branco e sem manchas. A ferida causada por minha lâmina desapareceu.

Anna põe a mão no rosto, numa expressão de descrença, e olha timidamente de Carmel para mim e para Thomas, que recua um passo. Então ela se vira muito devagar e caminha em direção à porta aberta. Pouco antes de sair, Anna olha para trás e sorri para mim.

# 17

Era isso que eu queria? Eu a libertei. Acabei de soltar da prisão o fantasma que fui chamado para matar. Ela está andando suavemente pela varanda, tocando os degraus com os dedos dos pés, olhando para o escuro. É como qualquer animal selvagem libertado de uma jaula: cautelosa e cheia de esperança. As pontas dos dedos deslizam pela madeira do corrimão rachado como se fosse a coisa mais maravilhosa que já sentiu. E parte de mim está contente. Parte de mim sabe que ela nunca mereceu nada que lhe aconteceu, e eu quero lhe dar mais do que esta varanda quebrada. Quero lhe dar uma vida inteira; toda sua vida de volta, a começar por esta noite.

A outra parte de mim sabe que há corpos no porão, almas que ela roubou, e nada disso foi culpa deles também. Não posso dar a Anna sua vida de volta, porque esta já se foi. Talvez eu tenha cometido um enorme erro.

— A gente devia sair daqui, eu acho — Thomas diz baixinho.

Olho para Carmel, e ela concorda com um sinal de cabeça, então caminho na direção da porta, tentando me manter entre eles e Anna, embora, sem o athame, não saiba em que medida poderei ser útil. Quando ela nos ouve passar pela porta, vira e olha para mim com uma sobrancelha arqueada.

— Está tudo bem — diz. — Eu não vou machucar seus amigos agora.

— Tem certeza? — pergunto.

Ela olha para Carmel e confirma num gesto de cabeça.

— Tenho certeza.

Atrás de mim, Carmel e Thomas suspiram de alívio e saem, meio hesitantes, de trás de minha sombra.

— Você está bem? — pergunto.

Ela pensa por um momento, tentando encontrar as palavras certas.

— Eu me sinto... sã. Isso é possível?

— Acho que não completamente — Thomas responde sem nenhum tato, e eu lhe dou uma cotovelada nas costelas. Mas Anna ri.

— Você o salvou, na primeira vez — ela diz, observando Thomas com atenção. — Eu me lembro de você. Você o tirou daqui.

— Mas acho que você não ia mesmo matar o Cas — Thomas responde, mas mesmo assim enrubesce um pouco. Ele gosta da ideia de ser o herói. Gosta da ideia de se destacar diante de Carmel.

— Por quê? — Carmel pergunta. — Por que você não ia matar o Cas? Por que escolheu o Mike, em vez dele?

— Mike — Anna diz suavemente. — Não sei. Talvez porque eles foram maus. Eu sabia que tinham montado uma armadilha. Sabia que tinham sido cruéis. Talvez eu tenha sentido... pena dele.

Faço um som de desdém.

— Pena de mim? Eu podia lidar com aqueles caras.

— Eles esmagaram a sua cabeça com uma tábua do assoalho da minha casa. — Anna está me olhando com a sobrancelha levantada de novo.

— Você disse *talvez* — Thomas interrompe. — Não tem certeza?

— Não — Anna responde. — Não tenho. Mas estou contente — acrescenta e sorri. Ela quer falar mais, mas desvia os olhos, constrangida, ou confusa, não sei dizer.

— É melhor a gente ir — digo. — O feitiço exigiu muito de nós. Seria bom a gente dormir um pouco.

— Mas você vai voltar? — Anna pergunta, como se achasse que nunca mais vai me ver.

Confirmo com um gesto de cabeça. Eu vou voltar. Para fazer o quê, não sei. Sei que não posso deixar Will ficar com o punhal e não sei ao certo se Anna estará em segurança enquanto ele estiver com a lâmina. Mas isso é bobagem, porque quem diz que ela estará segura se eu tiver o punhal? Preciso dormir um pouco. Preciso me recuperar, e reorganizar, e repensar tudo.

— Se eu não estiver na casa — Anna diz —, me chame. Não vou longe.

A ideia de Anna correndo por Thunder Bay não me entusiasma. Não sei do que ela é capaz, e meu lado desconfiado sussurra que fui feito de bobo. Mas não há nada que eu possa fazer neste momento.

— Isso foi uma vitória? — Thomas pergunta, enquanto caminhamos para o carro.

— Não sei — respondo, mas com certeza não tem cara de vitória. Meu athame sumiu. Anna está livre. E a única coisa de que minha cabeça e meu coração estão certos é que isto não acabou. Já sinto um vazio, não só no bolso de trás ou no ombro, mas em tudo que me rodeia. Eu me sinto mais fraco, como se estivesse vazando por mil feridas. Aquele merda pegou minha faca.

— Eu não sabia que você falava finlandês, Thomas — Carmel diz ao lado dele.

Ele dá um risinho de lado.

— Eu não falo. Foi um feitiço e tanto esse que você arrumou pra gente, Cas. Eu gostaria muito de conhecer o seu fornecedor.

— Vou apresentar vocês qualquer hora — ouço-me dizer. Mas, neste momento, Gideon é a última pessoa com quem quero falar, agora que acabei de perder o punhal. Meus tímpanos estourariam com os gritos dele. O athame. O legado de meu pai. Preciso recuperá-lo, e logo.

—⚬—

— O athame sumiu. Você o perdeu. *Onde está?*

Ele me agarra pela garganta, estrangulando as respostas, batendo minha cabeça contra o travesseiro.

— Idiota, idiota, IDIOTA!

Acordo tonto, levantando de um tranco como um robô. O quarto está vazio. *Claro que está; não seja idiota.* Pensar nessa palavra em relação a mim mesmo traz de volta o sonho. Estou apenas semiacordado. A lembrança de suas mãos em minha garganta persiste. Ainda não consigo falar. Há muita pressão, no pescoço e no peito. Respiro fundo e, quando exalo, o ar sai áspero, quase como um soluço. Meu corpo parece cheio de espaços vazios onde o peso do punhal deveria estar. Meu coração está acelerado.

Seria o meu pai? A ideia me conduz a dez anos atrás, e uma culpa infantil cresce dolorosamente em meu coração. Mas não. Não pode ter sido. A coisa em meu sonho tinha um sotaque crioulo ou cajun, e meu pai cresceu em Chicago, Illinois, que não tem nenhum sotaque definido. Foi só mais um sonho, como os outros, e pelo menos este eu sei de onde veio. Não é preciso ser um analista freudiano para entender que me sinto mal pela perda do athame.

Tybalt salta em meu colo. No fraco luar que entra pela janela, posso distinguir apenas os ovais verdes de suas íris. Ele põe uma pata em meu peito.

— Oi — digo. O som de minha voz no escuro é nítido e alto demais. Mas afasta um pouco o sonho. Foi tão vívido. Ainda me lembro do cheiro penetrante e amargo de algo parecido com fumaça.

— Miau — Tybalt responde.

— Chega de sono para Theseus Cassio — concordo. Tiro-o de cima de mim e desço as escadas.

Lá embaixo, faço café e estaciono o traseiro em uma cadeira junto à mesa da cozinha. Minha mãe deixou pronto o jarro de sal para o athame, ao lado de panos limpos e óleos, para esfregá-lo, limpá-lo e deixá-lo como novo. Ele está por aí, em algum lugar. Posso senti-lo. Posso senti-lo nas mãos de alguém que nunca deveria tê-lo tocado. Estou começando a ter pensamentos assassinos sobre Will Rosenberg.

Minha mãe desce umas três horas mais tarde. Ainda estou sentado à mesa olhando para o jarro, enquanto a claridade vai aumentando na cozinha. Uma ou duas vezes minha cabeça bateu na superfície de madeira e subiu de novo, mas agora já tomei meio bule de café e me sinto bem. Minha mãe está enrolada em seu roupão azul, com os cabelos reconfortantemente despenteados. A visão me acalma de imediato, mesmo quando ela olha para o jarro de sal vazio e o fecha com a tampa. O que será isso que dá quando a gente olha para nossa mãe, essa sensação de calor de lareira e Muppets dançando?

— Você roubou meu gato — ela diz, servindo-se de uma caneca de café. Tybalt deve sentir minha inquietação; ele vem a todo momento rondar em torno de meus pés, algo que só costuma fazer com minha mãe.

— Pode pegar de volta — digo quando ela se aproxima da mesa. Levanto Tybalt do chão e ele só para de rosnar quando está no colo dela.

— Não teve sorte ontem à noite? — ela pergunta, indicando com a cabeça o jarro vazio.

— Mais ou menos — respondo. — Tive alguma sorte. Boa e ruim.

Ela se senta a meu lado enquanto despejo o que está dentro de mim. Conto a ela tudo o que vimos, tudo o que descobrimos sobre Anna, como eu quebrei a maldição e a libertei. Termino com meu pior constrangimento: a perda do athame de meu pai. Mal posso olhar para ela quando lhe conto essa parte. Ela está tentando controlar a expressão. Não sei se está transtornada com a perda do punhal ou se sabe o que isso deve significar para mim.

— Eu não acho que você cometeu um erro, Cas — ela diz docemente.

— Mas o athame...

— Vamos recuperá-lo. Vou telefonar para a mãe desse menino, se for preciso.

Eu gemo. Ela acabou de cruzar o limite materno, passando de legal e reconfortante para rainha da tosquice.

— Mas o que você fez com Anna — prossegue —, eu não acho que foi um erro.

— Meu trabalho era matar Anna.

— Será? Ou seu trabalho era fazer com que ela parasse de matar? — Ela se recosta na cadeira, segurando a caneca de café entre as mãos. — O que você faz, o que o seu pai fazia, nunca tem a ver com vingança. Nunca é vingança, ou olho por olho. Não é essa a sua missão.

Esfrego a mão no rosto. Meus olhos estão cansados demais para ver direito. Meu cérebro está cansado demais para pensar direito.

— E você fez ela parar, não fez, Cas?

— Fiz — digo, mas não estou certo. Aconteceu tão depressa. Será que me livrei mesmo da metade sombria de Anna, ou apenas possibilitei que ela a escondesse? Fecho os olhos. — Não sei. Acho que sim.

Minha mãe suspira.

— Pare de tomar café. — Empurra minha caneca. — Volte para a cama. E, depois, vá ver Anna e descubra o que ela se tornou.

---

Vi muitas mudanças de estação. Quando não se está distraído com escola e amigos e quais filmes vão entrar em cartaz na próxima semana, a gente tem tempo de olhar para as árvores.

O outono de Thunder Bay é mais bonito que a maioria. Há muitas cores. Muito farfalhar de folhas. Mas é também mais instável. Frio e úmido em um dia, acompanhado de nuvens cinzentas; depois, dias como o de hoje, em que o sol parece tão morno quanto em julho e a brisa é tão leve que as folhas não fazem mais do que reluzir ao movimento dela.

Estou com o carro de minha mãe. Fui até a casa de Anna depois de deixar minha mãe na cidade para fazer compras. Ela disse que uma amiga lhe dará carona de volta. Fico feliz por saber que fez amigos. Ela tem facilidade para isso, sendo tão aberta e descontraída. Não como eu. Não acho que muito como meu pai também, mas não consigo lembrar direito, e isso me incomoda, então não forço muito o cérebro. Prefiro acreditar que as lembranças estão ali, logo abaixo da superfície, quer estejam mesmo ou não.

Enquanto caminho para a casa, tenho a impressão de ver uma sombra se mover a oeste. Descarto-a como a ilusão de olhos muito cansados... até que a sombra se torna branca e mostra sua pele pálida.

— Não fui muito longe — Anna diz, quando me aproximo.

— Você se escondeu de mim.

— Não tive certeza na hora que era você. Preciso ter cuidado. Não quero ser vista por ninguém. Só porque posso sair de casa, não significa que não estou mais morta. — Ela dá de ombros. É tão direta. Deveria estar abalada por tudo isso, abalada além do ponto da sanidade. — Fico feliz por você ter voltado.

— Eu preciso saber se você ainda é perigosa — digo.

— Vamos entrar — ela propõe, e eu concordo. É estranho vê-la do lado de fora, ao sol, parecendo em todos os aspectos, uma garota colhendo flores em uma tarde luminosa. Exceto que qualquer pessoa que prestasse de fato atenção perceberia que ela deveria estar congelando aqui fora, com apenas esse vestidinho branco.

Ela me conduz para dentro da casa e fecha a porta como qualquer boa anfitriã. Algo na casa mudou também. A luz acinzentada se foi, e a luz branca normal do sol brilha através das janelas, ainda que contra o obstáculo do pó nos vidros.

— O que é mesmo que você quer saber, Cas? — Anna pergunta. — Se vou matar mais pessoas? Ou se ainda posso fazer isso? — Levanta a mão diante do rosto, e veias negras sobem serpenteando pelos dedos. Seus olhos ficam pretos, e um vestido de sangue surge através do branco, mais violentamente que antes, borrifando gotas para todo lado.

Dou um pulo para trás.

— Meu Deus, Anna!

Ela paira no ar e rodopia um pouco, como se estivesse ouvindo tocar sua melodia favorita.

— Não é bonito, né? — Torce o nariz. — Não tenho mais espelhos aqui, mas consegui me ver no vidro da janela quando o luar estava brilhando.

— Você ainda está assim — digo, horrorizado. — Nada mudou.

Quando falo que nada mudou, os olhos dela se apertam, mas em seguida ela dá um suspiro e tenta sorrir para mim. Não funciona muito bem, com ela parecendo um personagem de *Hellraiser*.

— Cassio, você não vê? Tudo mudou! — Ela pousa no chão novamente, mas os olhos escuros e os cabelos se retorcendo no ar permanecem. — Não vou matar ninguém. Eu jamais quis matar. Mas, o que quer que isso seja, é o que eu sou. Pensei que fosse a maldição, e talvez fosse, mas... — Sacode a cabeça. — Eu tinha que tentar fazer isso, depois que você foi embora. Precisava saber. — Ela me olha direto nos olhos. A cor preta como tinta se dissipa, revelando a outra Anna por baixo. — A luta acabou. Eu venci. Você me fez vencer. Não sou mais duas metades. Sei que você deve achar isso monstruoso. Mas eu me sinto... forte. Eu me sinto segura. Não sei se estou conseguindo fazer você entender.

Na verdade, é bem fácil de entender. Para alguém que foi assassinada do jeito que ela foi, sentir-se segura provavelmente se torna a maior prioridade.

— Eu entendo — digo suavemente. — Você está se agarrando à força. Mais ou menos como eu. Quando entro em um lugar assombrado, empunhando o athame, eu me sinto forte. Intocável. É inebriante. Não sei se a maioria das pessoas já sentiu isso. — Movo os pés, meio sem jeito. — E então eu conheci você e foi tudo pelo ralo...

Ela ri.

— Eu entro aqui todo fortão e metido, e você me usa como uma bola num jogo de handebol. — Faço uma careta. — É o tipo de coisa que deixa um cara se sentindo bem másculo.

Ela responde com outra careta.

— Bom, eu me senti bem máscula. — Seu sorriso desaparece. — Você não o trouxe hoje. O punhal. Eu sempre sinto quando ele está por perto.

— Não. O Will pegou o punhal. Mas vou pegar de volta. Era do meu pai, não vou aceitar ficar sem ele. — Então penso no que ela disse. — Como você o sente? O que sente quando ele está perto?

— Quando te vi pela primeira vez, eu não sabia o que era. Era alguma coisa nos meus ouvidos, no meu estômago, como um zumbido por baixo da música. É muito poderoso. Mesmo sabendo que o objetivo daquilo era me matar, ele me atraía de alguma maneira. Então, quando o seu amigo me cortou...

— Ele não é meu amigo — interrompo, tenso.

— Eu me senti escoando para o punhal. Começando a ir para onde quer que ele nos leve. Mas estava errado. Ele tem vontade própria. Ele queria estar na sua mão.

— Então ele não teria te matado — digo, aliviado. Não quero que Will consiga usar meu punhal. Pouco me importa se parece infantil. É o *meu* punhal.

Anna desvia o olhar, pensativa.

— Não, ele teria me matado — diz com uma expressão séria. — Porque não está ligado só a você. Está ligado a mais alguma coisa. Algo sombrio. Quando eu estava sangrando, senti um cheiro que me fez lembrar um pouco o cachimbo de Elias.

Não sei de onde vem o poder do athame, e Gideon nunca me contou, se é que ele sabe. Mas, se esse poder vem de algo sombrio, que seja. Eu o uso para coisas boas. Quanto ao cheiro do cachimbo de Elias...

— Provavelmente foi só porque você teve medo depois de se ver sendo assassinada — sugiro com delicadeza. — Como sonhar com zumbis logo depois de ver *Terra dos mortos*.

— *Terra dos mortos*? É com isso que você sonha? — ela pergunta.

— Um cara que ganha a vida matando fantasmas?

— Não. Eu sonho com pinguins construindo pontes. Não me pergunte por quê.

Anna sorri e ajeita o cabelo atrás da orelha. Quando ela faz isso, sinto uma pressão dentro do peito. O que estou fazendo? Por que vim até aqui? Nem consigo mais me lembrar.

Em algum lugar na casa, uma porta bate. Anna leva um susto. Acho que nunca a vi se assustar assim antes. Seus cabelos se levantam e começam a se contorcer. Parece um gato, arqueando o dorso e eriçando a cauda.

— O que foi isso? — pergunto.

Ela sacode a cabeça. Não sei dizer se está constrangida ou com medo. Talvez ambas as coisas.

— Você se lembra do que eu lhe mostrei no porão? — ela pergunta.

— A torre de corpos? Não, aquilo sumiu da minha cabeça. Será que precisa perguntar?

Ela ri nervosamente, de uma forma rápida e forçada.

— Eles ainda estão aqui — sussurra.

Meu estômago aproveita a oportunidade para se contrair, e meus pés se agitam sob mim sem permissão. A imagem de todos aqueles corpos está fresca em minha mente. De fato, posso sentir o cheiro da água esverdeada e da podridão. A ideia de que estejam agora rondando pela casa, com vontade própria — que é o que ela está sugerindo —, não me deixa feliz.

— Acho que eles estão me assombrando agora — ela diz baixinho. — Foi por isso que eu saí da casa. Eles não me assustam — acrescenta depressa —, mas não suporto a visão deles. — Ela faz uma pausa e cruza os braços sobre a barriga, como se estivesse se abraçando. — Eu sei o que você está pensando.

*É mesmo? Porque eu não sei.*

— Que eu devia me trancar aqui dentro com eles. É minha culpa, afinal. — A voz dela não soa afetada. Não está pedindo que eu discorde. Seu olhar, fixo no chão, é sincero. — Eu queria poder dizer a eles que gostaria que nada disso tivesse acontecido.

— Faria diferença? — pergunto suavemente. — Faria diferença para você se Malvina te pedisse desculpas?

Anna sacode a cabeça.

— Claro que não. Estou sendo boba. — Ela olha para a direita por um instante, mas sei que está olhando para a tábua quebrada por onde tiramos o vestido dela de sob o piso, ontem. Parece quase com medo. Talvez eu devesse trazer Thomas aqui, para pregarmos a tábua de volta.

Minha mão se contrai. Junto toda a minha coragem e toco seu ombro.

— Você não está sendo boba. Vamos pensar em alguma coisa, Anna. Vamos exorcizar esses fantasmas. O Morfran deve saber como tirar todos eles daqui. — Todo mundo merece algum conforto, não é? Ela está livre agora; o que foi feito está feito, e ela precisa encontrar alguma paz. Mas, mesmo agora, lembranças sombrias e perturbadoras do que fez estão passando por sua cabeça. Como deixar isso para trás?

Dizer-lhe para não se torturar só pioraria a situação. Não posso lhe dar absolvição. Mas quero fazê-la esquecer, mesmo que só por algum tempo. Ela era inocente antes, e fico louco de pensar que nunca mais poderá ser inocente outra vez.

— Você precisa encontrar seu caminho de volta para o mundo agora — digo gentilmente.

Anna abre a boca para falar, mas nunca vou saber o que ela ia dizer. A casa literalmente dá um solavanco, como se estivesse sendo levantada com um macaco de carro. Um macaco muito grande. Quando se assenta, há uma sacudida momentânea, e, no meio da vibração, uma figura aparece a nossa frente. Surge aos poucos, como que uma sombra dissolvida, até estar em pé ali: um corpo pálido como giz no ar imóvel.

— Eu só queria dormir — ele diz. Parece que tem a boca cheia de cascalho, mas, olhando melhor, percebo que é porque seus dentes estão frouxos. Isso o faz parecer mais velho, assim como a pele macilenta, mas não é possível que ele tenha mais que dezoito anos. Apenas mais um andarilho que foi parar na casa errada.

— Anna — digo, segurando seu braço, mas ela não deixa que eu a puxe para trás. Fica parada sem se mexer enquanto ele abre bem os braços. A pose de Cristo piora tudo quando o sangue começa a vazar através das roupas rasgadas, escurecendo o tecido por toda parte, em todos os membros. Sua cabeça oscila, depois balança fortemente para a frente e para trás. De repente se endireita e ele grita.

O som de algo rasgando que escuto não é só de sua camisa. Intestinos se despejam, formando um cordão grotesco que aterrissa no chão. Ele começa a pender para a frente, na direção dela, e eu a agarro e puxo com força suficiente para trazê-la para junto do meu peito. Quando me coloco entre os dois, outro corpo entra, arrebentando a parede e fazendo pó e estilhaços voarem para todo lado. Ele voa pelo chão em pedaços difusos, braços e pernas retalhados. A cabeça olha para nós enquanto desliza, mostrando os dentes.

Não estou no clima de ver uma língua preta e podre, então ponho o braço em volta de Anna e a puxo para fora da sala. Ela geme de leve, mas se deixa conduzir, e corremos pela porta, para a segurança da luz do dia. Claro que, quando olhamos para trás, não há ninguém lá. A casa está inalterada, sem sangue no chão, sem rachaduras na parede.

Com os olhos fixos na porta da frente da casa, Anna parece péssima. Culpada, aterrorizada. Sem nem pensar, eu a trago mais para perto e a abraço com força. Minha respiração se move, apressada, entre os cabelos dela. Suas mãos tremem enquanto se agarram a minha blusa.

— Você não pode ficar aqui — digo.

— Não tenho para onde ir — ela responde. — Mas não é tão ruim. Eles não são tão fortes. Uma exibição desse tipo, eu acho que só conseguem fazer uma vez a cada vários dias. Talvez.

— Você não pode estar falando sério. E se eles ficarem mais fortes?

— Não sei o que esperávamos. — Ela se afasta para fora de meu alcance. — Que tudo isso viesse sem um preço?

Quero discordar, só que nada parece convincente, nem mesmo em minha cabeça. Mas isso não pode continuar assim. Ela vai ficar louca. Não me importa o que diga.

— Vou falar com o Thomas e o Morfran — aviso. — Eles vão saber o que fazer. Olhe para mim. — Levanto seu queixo. — Não vou deixar isso ficar assim. Prometo.

Se ela se importasse o bastante para fazer algum gesto, não seria mais do que encolher os ombros. Para Anna, este é um castigo justo. Mas ela ficou abalada, e isso a impede de discutir. Começo a voltar para o carro, mas hesito.

— Você vai ficar bem?

Anna me envia um sorriso triste.

— Estou morta. O que poderia acontecer?

Ainda assim, tenho a sensação de que, enquanto eu estiver longe, ela vai passar a maior parte do tempo fora da casa. Continuo andando para o carro.

— Cas?

— Sim?

— Fico feliz por você ter voltado. Eu não tinha certeza se voltaria.

Concordo com um gesto de cabeça e enfio as mãos nos bolsos.

— Eu não vou embora.

Dentro do carro, ligo o rádio bem alto. É uma boa coisa para fazer quando se está saturado de silêncio sinistro. Eu faço muito isso. Estou começando a entrar no clima com um som dos Stones quando uma notícia extraordinária interrompe a melodia de "Paint It, Black".

— *O corpo foi encontrado no Parque View e pode ter sido usado em um ritual satânico. A polícia ainda não sabe a identidade da vítima, mas o Channel 6 obteve informações de que o crime foi particularmente brutal. A vítima, um homem perto dos cinquenta anos, parece ter sido desmembrada.*

# 18

As imagens diante de mim poderiam muito bem ser uma reportagem sem som na tevê. As luzes em todos os carros de polícia piscam em vermelho e branco, mas não há sirenes. Os policiais caminham pela área vestidos com jaquetas pretas desbotadas, o queixo baixo, a expressão séria. Estão tentando parecer calmos, como se isso acontecesse todos os dias, mas alguns deles têm cara de que prefeririam estar no meio de alguma moita vomitando o conteúdo do estômago. Uns poucos usam o corpo para tampar a visão das lentes curiosas das câmeras. E, em algum lugar no centro de tudo isso, está um corpo despedaçado.

Eu queria poder chegar mais perto, ter um crachá de imprensa no porta-luvas ou dinheiro para comprar alguns policiais. Mas tudo o que posso fazer é tentar enxergar pelas bordas da aglomeração da imprensa, atrás da fita amarela.

Não quero acreditar que tenha sido Anna. Isso significaria que a morte desse homem é minha culpa. Não quero acreditar nisso, porque significaria que ela é incurável, que não há redenção possível.

Enquanto a multidão observa, os policiais saem do parque com uma maca sobre rodas. Sobre ela há um saco preto, que normalmente teria a forma de um corpo, mas, em vez disso, parece conter equipamento de hóquei. Imagino que tenham juntado as partes do homem o melhor que puderam. Quando a maca chega à calçada, os restos mortais mudam de lugar com o movimento e, através do saco, podemos ver um dos membros cair para um lado, claramente solto do corpo. As pessoas fazem um ruído abafado de repulsa e incômodo. Abro caminho em meio a elas e volto para o carro.

———∞∞———

Retorno à casa e estaciono. Ela se surpreende ao me ver. Não faz nem uma hora que fui embora. Quando meus pés pisam o cascalho, não sei se o barulho vem do chão ou do ranger de meus dentes. A expressão de Anna muda de surpresa feliz para preocupação.

— Cas? O que aconteceu?

— É o que eu quero saber. — Fico surpreso ao perceber como estou irritado. — Onde você esteve na noite passada?

— Do que você está falando?

Ela precisa me convencer. Precisa ser muito convincente mesmo.

— Só me diga aonde foi. O que você fez?

— Nada — ela responde. — Fiquei perto da casa. Testei minha força e... — Faz uma pausa.

— E o quê, Anna?

A expressão dela se enrijece.

— Eu me escondi no meu quarto por um tempo. Depois que percebi que os espíritos ainda estavam aqui. — Seus olhos parecem ressentidos, como se me dissessem: *Pronto, feliz agora?*

— Tem certeza que não saiu daqui? Não tentou explorar Thunder Bay de novo, talvez ir até o parque e, sei lá, destroçar algum pobre inocente que estava se exercitando por lá?

A expressão horrorizada no rosto dela faz minha raiva ceder um pouco. Abro a boca para tentar consertar a merda que fiz, mas como explicar por que estou tão furioso? Como explicar que ela precisa me dar um álibi melhor?

— Não acredito que você está me acusando.

— E eu não acredito que você não acredite — revido. Não sei por que não consigo parar de ser tão agressivo. — Sem essa, Anna. As pessoas não são estraçalhadas nesta cidade todos os dias. E, bem na noite em que eu libertei o fantasma assassino mais poderoso do Ocidente, alguém aparece sem os braços e as pernas? É uma coincidência e tanto, não acha?

— Mas *é* coincidência — ela insiste. Suas mãos delicadas estão fechadas em punhos.

—Você não lembra o que acabou de acontecer? — Gesticulo com irritação apontando a casa. — Arrancar partes do corpo é, digamos, seu *modus operandi.*

— O que é *modus operandi?* — ela pergunta.

Sacudo a cabeça.

— Será que você não percebe o que isso significa? Não entende o que eu tenho que fazer se você continuar matando?

Quando ela não responde, minha língua enlouquecida segue em frente.

— Significa que vou ter que reencenar *Meu melhor companheiro* aqui — digo com raiva. No minuto em que falo isso, sei que não deveria ter falado. Foi idiota e cruel, e ela entendeu a referência. Claro que entenderia. *Meu melhor companheiro* deve ter sido feito lá por 1955. Ela provavelmente viu o filme no cinema. O olhar que está me dirigindo é de choque e mágoa; não sei se algum olhar já me fez sentir pior. Mesmo assim, não consigo pedir desculpas. A ideia de que ela provavelmente é uma assassina me impede de fazer isso.

— Não fui eu. Como você pode pensar que tenha sido? Não suporto o que eu já fiz!

Nenhum de nós diz mais nada. Nem sequer nos movemos. Anna está irritada e tentando com muita força não chorar. Enquanto olhamos um para o outro, algo dentro de mim tenta dar um clique, se encaixar. Sinto isso na mente e no peito, como uma peça de quebra-cabeça que a gente sabe que tem de entrar em algum lugar e continua a tentar enfiá-la por todos os ângulos. E então, de repente, ela se encaixa. De forma tão perfeita e completa que não dá para imaginar como era sem ela, mesmo que só alguns segundos antes.

— Desculpe — eu me ouço murmurar. — É só que... eu não sei o que está acontecendo.

Os olhos de Anna se suavizam, e as lágrimas teimosas começam a se afastar. Pelo seu jeito, pelo modo como respira, sei que ela está com vontade de chegar mais perto. Um novo conhecimento enche o ar à nossa volta, e nenhum de nós quer absorvê-lo. Não posso acreditar. Eu nunca fui disso.

— Você me salvou — Anna diz por fim. — Você me libertou. Mas só porque estou livre, não significa... que eu posso ter as coisas que... — Ela se interrompe. Quer dizer mais. Eu sei que quer. Mas, assim como eu sei que ela quer, também sei que não vai falar mais.

Posso vê-la convencer a si própria a não chegar mais perto de mim. Uma calma desce sobre ela como um manto que cobre a melancolia e silencia qualquer desejo de algo diferente. Mil argumentos se empilham em minha garganta, mas aperto os dentes para eles não saírem. Não somos crianças, nenhum de nós. Não acreditamos em contos de fadas. E, se acreditássemos, quem seríamos? Não o Príncipe Encantado e a Bela Adormecida. Eu corto a cabeça de vítimas de assassinato, e Anna estica a pele até arrebentá-la e quebra ossos em pedacinhos, como se fossem gravetos. Seríamos o dragão maldito e a fada do mal. Eu sei disso. Mas preciso falar.

— Isso não é justo.

Os lábios dela se curvam em um sorriso. Poderia ser amargo, poderia ser irônico, mas não é.

— Você sabe o que você é, não sabe? — ela pergunta. — Você é minha salvação. Meu modo de me redimir. De pagar por tudo que fiz.

Quando percebo o que ela quer, parece que levei um chute no peito. Não me surpreende que ela relute em namorar e sair saltitando entre as tulipas, mas nunca imaginei, depois de tudo isso, que ela ia querer ser mandada embora.

— Anna — digo. — Não me peça para fazer isso.

Ela não responde.

— Para que serviu toda essa história? Por que eu lutei? Por que fizemos o feitiço? Se fosse só para você...

— Vá pegar seu punhal de volta — ela responde, depois desaparece no ar bem diante de mim, de volta para o outro mundo, aonde eu não posso segui-la.

# 19

Desde que Anna ficou livre, não consegui mais dormir. Há intermináveis pesadelos e figuras sombrias se inclinando sobre minha cama. O cheiro de uma fumaça doce e persistente. Os miados do maldito gato na porta de meu quarto. Algo precisa ser feito. Não tenho medo do escuro; sempre dormi como uma pedra, e já esgotei minha cota de presença em lugares sinistros e perigosos. Já vi quase tudo que existe para se temer neste mundo e, para dizer a verdade, os piores são os que dão medo sob a luz. As coisas que seus olhos veem claramente e não conseguem esquecer são piores que um amontoado de figuras escuras que ficam por conta da imaginação. A imaginação tem memória ruim; ela se esvai e fica borrada. Os olhos lembram por muito mais tempo.

Então, por que estou tão assustado com um sonho? Porque ele parecia real. E está presente há tempo demais. Abro os olhos e não vejo nada, mas eu sei, *eu sei* que, se pusesse a mão embaixo da cama, algum braço em decomposição se projetaria dali e me arrastaria para o inferno.

Tentei culpar Anna por esses pesadelos, depois tentei não pensar mais nela. Esquecer como nossa última conversa terminou. Esquecer que ela me encarregou da tarefa de recuperar meu athame e, depois, matá-la com ele. Solto o ar em uma expiração rápida de desprezo quando essa ideia me vem. Porque como eu posso fazer isso?

Não farei e pronto. Não vou pensar nisso e vou fazer da procrastinação meu mais novo passatempo.

Estou cochilando no meio da aula de história. Felizmente, o sr. Banoff não notaria nem em um milhão de anos, porque eu me sento no fundo da sala e ele está de pé junto à lousa branca, falando sem parar sobre as Guerras Púnicas. Eu provavelmente me interessaria se conseguisse permanecer consciente por tempo o bastante para sintonizar na aula. Mas, para mim, é só *blá blá blá, cochilo, dedo morto em meu ouvido, despertar súbito*. E recomeça o ciclo. Quando toca o sinal de final do período, levanto a cabeça num susto e pisco uma última vez, depois levanto me arrastando da carteira e vou em direção ao armário de Thomas.

Eu me apoio no armário do lado, enquanto Thomas guarda seus livros. Ele está evitando meu olhar. Alguma coisa o incomoda. Suas roupas estão muito menos amarfanhadas que de hábito. E parecem mais limpas. E combinam entre si. Ele está querendo agradar Carmel.

— Isso é gel no seu cabelo? — provoco.

— Como você pode estar tão animado? — ele pergunta. — Não viu as notícias?

— Que notícias? — Decido fingir inocência. Ou ignorância. Ou ambos.

— As notícias — ele grunhe. Sua voz fica mais baixa. — O cara no parque. O desmembramento. — Thomas olha em volta, mas ninguém está prestando atenção nele, como de hábito.

— Você acha que foi a Anna — digo.

— E você não? — pergunta uma voz perto de meu ouvido.

Eu me viro. Carmel está bem ao lado de meu ombro. Ela se move para ficar ao lado de Thomas e, pelo jeito como eles me encaram, posso apostar que já discutiram esse assunto longamente. Eu me sinto atacado, e um pouco magoado. Eles me deixaram de fora. Estou me sentindo como uma criança ofendida, e isso me irrita mais ainda.

Carmel prossegue:

— Você não pode negar que é uma enorme coincidência.

— Eu não nego. Mas é coincidência. Não foi ela.

— Como você sabe? — eles perguntam ao mesmo tempo. Que bonitinho.

— Oi, Carmel.

A conversa é interrompida de repente, quando Katie se aproxima com um bando de meninas. Algumas delas eu não conheço, mas duas ou três fazem matérias comigo. Uma delas, uma morena miúda de cabelos ondulados e sardas, sorri para mim. Todas ignoram Thomas completamente.

— Oi, Katie — Carmel responde sem entusiasmo. — E aí?

— Você ainda vai ajudar com o Baile de Inverno? Ou vamos ser só a Sarah, a Nat, a Casey e eu?

— Como assim, *ajudar*? Eu sou a presidente do comitê. — Carmel encara as meninas, perplexa.

— Bom… — Katie diz, com o olhar fixo em mim. — Isso foi antes de você ficar tão *ocupada*.

Penso que Thomas e eu gostaríamos de cair fora daqui. Isso é mais constrangedor do que conversar sobre Anna. Mas Carmel não se aperta.

— Olha só, Katie, quer dizer que vocês estão tentando dar um golpe?

A garota fica balançada.

— O quê? Como assim? Eu só estava perguntando.

— Então relaxa. Ainda faltam três meses para o baile. Vamos nos reunir no sábado. — Ela se volta ligeiramente, em um gesto eficaz de conversa encerrada.

Katie está com um sorriso constrangido. Ela diz mais algumas coisas apressadas e comenta como é bonito o suéter que Carmel está usando, antes de se afastar com passos hesitantes.

— E, cada uma de vocês, levem duas ideias para a arrecadação de fundos! — Carmel ordena atrás delas. Depois olha de novo para nós e encolhe os ombros, como se pedisse desculpas pela interrupção.

— Uau — Thomas murmura. — Meninas são foda.

Carmel aperta os olhos, mas depois sorri.

— Claro que somos. Mas não deixem que isso distraia vocês. — Então olha para mim. — Conte o que está acontecendo. Como você sabe que não foi a Anna quem matou aquele homem?

Eu gostaria que Katie tivesse demorado um pouquinho mais conosco.

— Eu sei — respondo. — Estive com ela.

Olhares furtivos são trocados. Eles acham que estou sendo ingênuo. Talvez eu esteja, porque *é* de fato uma enorme coincidência. Ainda assim, venho lidando com fantasmas durante a maior parte da vida. Acho que mereceria o benefício da dúvida.

— Como você pode ter certeza? — Thomas insiste. — E será que podemos correr o risco? Eu sei que o que aconteceu com a Anna foi terrível, mas ela também fez algumas coisas terríveis, e talvez você devesse mesmo mandá-la para... sei lá para onde você os manda. Talvez seja melhor para todos.

Estou impressionado com o fato de Thomas falar dessa maneira, embora eu não concorde. Mas é o tipo de conversa que o deixa pouco à vontade. Ele começa a mudar o peso de um pé para o outro e a ajeitar os óculos de armação preta no nariz.

— Não — respondo apenas.

— Cas — Carmel começa. — Você não sabe se ela não vai machucar mais ninguém. Ela mata pessoas há cinquenta anos. Não foi culpa dela. Mas provavelmente não é tão fácil parar de repente.

Eles fazem parecer que ela é como um lobo que provou sangue de galinha.

— Não — digo de novo.

— Cas.

— Não. Vocês podem me contar suas razões e suas desconfianças. Mas a Anna não merece estar morta. E, se eu enfiar uma faca na barriga dela... — Quase sufoco só de dizer isso. — Não sei para onde a estaria mandando.

— Se nós arrumarmos provas...

Agora eu entro na defensiva.

— Fiquem longe dela. Esse assunto é meu.

— Esse assunto é seu? — Carmel revida. — Não era assunto seu quando você precisou da nossa ajuda. Não foi só você que correu risco naquela noite, naquela casa. Você não tem o direito de nos deixar de lado agora.

— Eu sei — digo e suspiro. Não sei como explicar. Queria que fôssemos mais próximos, que eles fossem meus amigos há mais tempo, para que soubessem o que estou tentando dizer sem que eu precisasse falar. Ou que Thomas pudesse ler pensamentos com mais precisão. Talvez ele possa, porque põe a mão no braço de Carmel e sussurra que é melhor eles me darem um tempo. Ela olha para Thomas como se ele estivesse louco, mas se acalma um pouco.

— Você é sempre assim com seus fantasmas? — ele pergunta.

Eu desvio o olhar para o armário atrás dele.

— Assim como?

Seus olhos perscrutadores estão tentando ler meus segredos.

— Não sei — ele diz, depois de um segundo. — Você é sempre tão... protetor?

Finalmente, eu o encaro. Há uma confissão em minha garganta, mesmo no meio de dezenas de estudantes que se amontoam pelos corredores, a caminho da terceira aula. Ouço pedaços soltos de conversas quando eles passam. Parecem tão normais, e me ocorre que nunca tive conversas desse tipo. Reclamar dos professores e combinar o que fazer na sexta-feira à noite. Quem tem tempo para isso? Eu gostaria de estar conversando assim com Thomas e Carmel. Gostaria de estar planejando uma festa, ou decidindo que DVD alugar e em que casa assistir ao filme.

— Você pode nos contar sobre isso depois — Thomas diz, e está ali, em sua voz. Ele sabe. Estou contente. — Devíamos nos concentrar em recuperar seu athame agora — ele sugere. Concordo fragilmente com um gesto de cabeça. Como era mesmo que meu pai dizia? Pular da frigideira para o fogo. Ele ria de viver uma vida cheia de armadilhas.

— Alguém viu o Will? — pergunto.

— Tentei ligar para ele algumas vezes, mas ele não atende — Carmel responde.

— Vou ter que brigar com ele — digo, lamentando. — Eu gosto do Will e sei como ele deve estar bravo. Mas ele não pode ficar com o punhal do meu pai. Não tem outro jeito.

O sinal toca para o início do terceiro período. Os corredores já se esvaziaram sem que notássemos, e de repente nossas vozes soam alto. Não podemos ficar aqui parados; logo algum inspetor com excesso de zelo virá nos mandar para a aula. Mas, para mim e Thomas, agora é horário de sala de estudos e não estou com a menor vontade de ir.

— Quer cair fora? — ele pergunta, lendo minha mente. Ou talvez apenas sendo um adolescente normal com boas ideias.

— Vamos nessa. E você, Carmel?

Ela dá de ombros e ajeita melhor o suéter creme.

— Tenho álgebra, mas quem precisa disso? E ainda não tenho nenhuma falta.

— Legal. Vamos comer alguma coisa.

— Sushi? — Thomas sugere.

— Pizza — Carmel e eu dizemos ao mesmo tempo, e ele sorri. Enquanto caminhamos pelo corredor, eu me sinto aliviado. Em menos de um minuto, estaremos fora desta escola e respirando o ar fresco de novembro, e qualquer um que tentar nos deter vai dar com a cara na porta.

E então alguém bate em meu ombro.

— Ei.

Quando me viro, tudo o que vejo é um punho em direção ao meu rosto — isto é, até sentir o ardor seco e os pontinhos multicoloridos que se seguem quando alguém te acerta direto no nariz. Dobro o corpo e fecho os olhos. Sinto uma umidade quente e pegajosa nos lábios. Meu nariz está sangrando.

— Will, o que você está fazendo? — ouço Carmel gritar, e então Thomas fala também, e Chase começa a grunhir. Há sons de luta.

— Não defendam esse cara — Will diz. — Vocês não viram as notícias? Alguém morreu por causa dele.

Abro os olhos. Will está me encarando, furioso, por sobre o ombro de Thomas. Chase está pronto para pular em cima de mim, todo cabelos loiros espetados e camiseta grudada nos músculos, louco para dar um empurrão em Thomas assim que seu líder der o sinal.

— Não foi ela. — Engulo o sangue no fundo da garganta. É salgado e tem gosto de moeda velha. Passo as costas da mão no nariz, e elas saem manchadas de um vermelho brilhante.

— *Não foi ela* — ele zomba. — Você não ouviu as testemunhas? Disseram que ouviram gemidos e rosnados, mas de uma garganta humana. Disseram que ouviram uma voz falando que não parecia humana de jeito nenhum. Disseram que o corpo estava em seis pedaços. Parece alguém que você conhece?

— Parece muitos alguéns — respondo com irritação. — Parece qualquer psicopata barato. — Só que não. E a voz falando sem parecer humana faz os cabelos se levantarem em minha nuca.

— Você é tão cego — Will diz. — Isso é culpa sua. Desde que você chegou aqui, primeiro foi o Mike, depois esse coitado no parque. — Ele para, põe a mão no bolso e tira meu punhal. Depois o aponta para mim em um gesto de acusação. — Faça seu trabalho!

Será que ele é idiota? Deve estar fora de si para tirar a faca assim, no meio da escola. Ela vai ser confiscada, e ele vai ter de passar por visitas semanais ao psicólogo, ou ser expulso, e eu vou ter de me enfiar sabe-se lá onde para consegui-la de volta.

— Devolva o punhal — digo. O som sai estranho; meu nariz parou de sangrar, mas sinto o coágulo lá dentro. Se eu o aspirar para falar normalmente, vou engolir o tampão, e o sangramento vai começar de novo.

— Por quê? — Will pergunta. — Você não usa. Então, de repente eu resolvo usar. — Ele levanta a lâmina para Thomas. — O que será que acontece se eu cortar alguém vivo? Ela manda a pessoa para o mesmo lugar que manda os mortos?

— Saia de perto dele — Carmel rosna e se coloca entre Thomas e o punhal.

— Carmel! — Thomas a puxa para trás.

— Está leal a ele agora, é? — Will pergunta e torce a boca, como se nunca tivesse visto nada mais repugnante. — Mas nunca foi leal ao Mike.

Não gosto do caminho que isso está tomando. A verdade é que desconheço o que aconteceria se o athame fosse usado em uma pessoa viva. Que eu saiba, ele nunca foi. Não quero pensar no ferimento que poderia causar, se poderia esticar a pele de Thomas sobre o rosto e deixar um buraco negro atrás. Preciso fazer alguma coisa, e às vezes isso significa ser escroto.

— O Mike era um babaca — digo alto. Will se imobiliza de espanto, o que era minha intenção. — Ele não merecia lealdade. Nem da Carmel, nem sua.

Agora, toda a atenção dele se volta para mim. A lâmina cintila sob as lâmpadas fluorescentes da escola. Também não quero minha pele esticada sobre o rosto, mas estou curioso. Imagino se minha ligação com o athame, meu direito de sangue a ele, me protegeria de alguma forma. Peso mentalmente as probabilidades. Será que devo me lançar sobre ele? Lutar para pegar o punhal de volta?

Mas, em vez de se irritar, Will sorri.

— Eu vou matá-la, você sabe — diz ele. — A sua doce e pequena Anna.

Minha doce e pequena Anna. Será que eu sou assim tão transparente? Será que era óbvio para todos, o tempo todo, menos para mim?

— Ela não está mais fraca, seu idiota — revido. — Você não vai conseguir chegar a dois metros dela, com ou sem faca mágica.

— Vamos ver — ele responde, e sinto um vazio no coração ao ver meu athame, o athame de meu pai, desaparecer de novo dentro do escuro da jaqueta dele. Mais que qualquer coisa, quero avançar sobre ele, mas não posso correr o risco de que alguém se machuque. Para piorar, Thomas e Carmel vêm se postar um de cada lado meu, prontos para me deter.

— Aqui não — Thomas diz. — Nós vamos pegar o punhal de volta, não se preocupe. Vamos encontrar um jeito.

— É melhor fazermos isso rápido — respondo, porque não sei se o que acabei de dizer é verdade. Anna pôs na cabeça que tem de morrer. Talvez ela deixe Will passar por sua porta para me poupar da dor de precisar fazer isso eu mesmo.

Decidimos deixar a pizza de lado. Na verdade, decidimos deixar de lado o restante das aulas do dia e, em vez disso, vamos para minha casa. Transformei Thomas e Carmel em um belo par de delinquentes. Vou com ele no Ford Tempo, enquanto ela nos segue em seu carro.

— Então... — ele diz, depois morde o lábio e não continua. Espero pelo resto, mas ele começa mexer nas mangas do moletom cinza de capuz, que são um pouco longas demais e estão começando a ficar gastas nas pontas.

— Você sabe sobre a Anna — falo, para facilitar as coisas. — Você sabe o que eu sinto por ela.

Thomas confirma em um gesto de cabeça.

Passo os dedos no cabelo, mas ele cai de volta sobre os olhos.

— Isso é porque eu não consigo parar de pensar nela? — pergunto. — Ou você realmente ouve o que está acontecendo dentro da minha cabeça?

Ele aperta os lábios.

— Nem uma coisa, nem outra. Eu estou tentando ficar fora da sua mente desde que você me pediu. Porque nós somos... — Ele faz uma pausa e parece um carneirinho, todo olhos tímidos e lábios cerrados.

— Porque nós somos amigos — completo e lhe dou um soquinho no braço. — Pode falar, cara. Nós somos amigos. Você provavelmente é o meu melhor amigo. Você e a Carmel.

— É — Thomas diz. Nós dois devemos estar com a mesma expressão: um pouco constrangidos, mas contentes. Ele pigarreia. — Bom, então... Eu soube de você e da Anna por causa da energia. Por causa da aura.

— Aura?

— Não é só uma coisa mística. É provável que a maioria das pessoas consiga sentir. Mas eu vejo com mais clareza. No começo, achei que era só o seu jeito com todos os fantasmas. Você ficava com um brilho luminoso sempre que falava dela, especialmente quando estava perto da casa. Mas agora está em você o tempo todo.

Sorrio sem dizer nada. Ela está comigo o tempo todo. Neste momento, me sinto um idiota por não ter percebido antes. Mas, ei, pelo menos teremos uma história estranha para contar: amor e morte, sangue e problemas com o pai. E, caramba, eu sou o sonho erótico de todo psiquiatra.

Thomas estaciona diante de minha casa. Carmel, alguns segundos atrás de nós, nos alcança na porta da frente.

— Joguem suas coisas por aí — digo quando entramos. Tiramos os casacos e deixamos as mochilas no sofá. O *pat-pat* de pezinhos escuros anuncia a chegada de Tybalt, que sobe nas pernas de Carmel para ser aconchegado e afagado. Thomas olha feio para ele, mas ela puxa o malandrinho para o colo.

Eu os levo à cozinha e eles se sentam em torno da mesa de carvalho. Olho dentro da geladeira.

— Temos pizza congelada. Também tem um monte de frios e queijo aqui. Posso fazer uns sanduíches no forno.

— Sanduíches — Thomas e Carmel falam ao mesmo tempo. Há um breve momento de sorrisos e faces vermelhas. Eu murmuro qualquer coisa sobre auras começando a brilhar, e Thomas pega o pano de prato em cima do balcão e joga em mim. Uns vinte minutos depois, estamos mastigando sanduíches muito bons, e o vapor que sai do meu parece desprender o sangue coagulado ainda preso em meu nariz.

— Isso vai deixar um hematoma? — pergunto.

Thomas dá uma olhada em mim.

— Não, o Will não dá nem pro gasto, eu acho.

— Tomara — respondo. — Minha mãe já está ficando cansada de bancar a enfermeira comigo. Acho que ela já fez mais feitiços de cura nesta viagem do que nas últimas doze juntas.

— Esta foi diferente para você, não foi? — Carmel pergunta, entre mordidas de frango e queijo. — A Anna realmente deu um nó na sua cabeça.

Concordo.

— A Anna, você e o Thomas. Nunca enfrentei nada como ela. E nunca precisei pedir a pessoas de fora para virem cuidar de assombrações comigo.

— Acho que isso é um sinal — diz Thomas, com a boca cheia. — Acho que significa que você deve ficar por aqui e dar uma folga para os fantasmas por um tempo.

Eu respiro fundo. Essa talvez seja a única vez na vida em que eu poderia me sentir tentado a fazer isso. Lembro quando era mais novo, antes de meu pai morrer, e pensava que seria bom se ele parasse um pouco. Que seria legal ficar em só lugar, fazer amigos, e que ele pudesse simplesmente jogar beisebol comigo em um sábado à tarde, em vez de estar ao telefone com algum ocultista, ou com o nariz enfiado em algum livro antigo e embolorado. Mas todas as crianças se sentem assim sobre seus pais e o trabalho deles, não só aquelas cujos pais são caçadores de fantasmas.

Agora, estou tendo essa sensação outra vez. Seria bom ficar nesta casa. É confortável e tem uma boa cozinha. E seria legal poder ficar por perto de Carmel e Thomas, e Anna. Poderíamos nos formar juntos no colégio, talvez ir para faculdades próximas umas das outras. Seria quase normal. Só eu, meus melhores amigos e minha garota morta.

A ideia é tão ridícula que eu bufo.

— O que foi? — Thomas quer saber.

— Não tem mais ninguém para fazer o que eu faço — respondo.

— Mesmo que a Anna não esteja mais matando, outros fantasmas estão. Preciso recuperar meu punhal. E vou ter que voltar ao trabalho, mais cedo ou mais tarde.

Ele fica cabisbaixo. Carmel pigarreia.

— Como vamos pegar o punhal de volta? — pergunta.

— É óbvio que ele não está a fim de devolver de boa vontade — Thomas comenta, desanimado.

— Bom, meus pais são amigos dos pais dele — Carmel sugere.

— Eu podia pedir para darem uma pressionada, dizer que o Will roubou uma relíquia de família importante. Não seria mentira.

— Eu não quero responder tantas perguntas sobre por que a minha grande relíquia de família é uma faca de aparência mortífera — digo. — Além disso, não acho que pais sejam pressão suficiente neste momento. Vamos ter que roubar o punhal de volta.

— Invadir a casa e roubar o punhal? — Thomas pergunta. — Você está louco.

— Não tão louco. — Carmel encolhe os ombros. — Eu tenho a chave da casa dele. Meus pais são amigos dos pais dele, lembram? Nós temos as chaves da casa uns dos outros, para o caso de alguém ficar trancado do lado de fora, ou perder a chave, ou alguém precisar entrar enquanto o outro estiver viajando.

— Que estranho — comento, e ela sorri.

— Meus pais têm as chaves de metade da vizinhança. Todos ficam que nem doidos para fazer essa troca com a gente. Mas a família do Will é a única que tem uma cópia da nossa. — Ela dá de ombros de novo. — Às vezes compensa ter a cidade inteira na palma da mão. Mas, na maior parte do tempo, é irritante.

Claro que Thomas e eu não temos a menor ideia do que isso significa. Crescemos com pais bruxos esquisitos. As pessoas não trocariam chaves conosco nem em um milhão de anos.

— Então, quando a gente vai? — Thomas pergunta.

— O mais rápido possível — digo. — Em algum momento em que ninguém esteja em casa. Durante o dia. Cedo, logo depois que ele sair para a escola.

— Mas ele provavelmente vai levar o punhal — Thomas lembra.

Carmel pega o celular.

— Vou começar uma onda de boatos de que ele está levando uma faca para a escola e que alguém devia denunciar. O Will logo vai ficar sabendo e não vai querer arriscar.

— Mas ele pode decidir ficar em casa — Thomas diz.

Eu lhe lanço um olhar irritado.

— Já ouviu falar de são Tomé, aquele que duvidava de tudo?

— Não se aplica — ele responde, com ar presunçoso. — Isso se refere a alguém que é cético. Eu não sou cético. Sou pessimista.

— Thomas — Carmel cantarola. — Eu nunca soube que você era tão inteligente. — Os dedos dela trabalham em velocidade febril no teclado do celular. Já enviou três mensagens e recebeu duas de volta.

— Agora chega, vocês dois — digo. — Nós vamos lá amanhã de manhã. Talvez a gente perca as duas primeiras aulas.

— Tudo bem — concorda Carmel. — São as duas que não perdemos hoje.

O amanhecer encontra Thomas e eu encolhidos dentro do carro dele, estacionado virando a esquina da casa de Will. Estamos com a cabeça enfiada no capuz do moletom e o olhar furtivo. Exatamente como se esperaria de alguém que está prestes a cometer um crime grave.

Will mora em uma das áreas mais ricas e bem cuidadas da cidade. Claro que sim. Seus pais são amigos dos pais de Carmel. É por isso que tenho uma cópia da chave da casa dele chacoalhando em meu bolso da frente. Mas, infelizmente, isso também significa que pode haver um punhado de esposas, ou governantas enxeridas, espiando das janelas para ver o que estamos aprontando.

— Está na hora? — Thomas pergunta. — Que horas são?

— Não está na hora — digo, tentando parecer calmo, como se já tivesse feito isso um milhão de vezes. O que não é verdade. — A Carmel ainda não ligou.

Ele se acalma por um segundo e respira fundo. Então fica tenso de novo e se abaixa atrás do volante.

— Acho que vi um jardineiro!

Eu o puxo para cima pelo capuz.

— Pouco provável. Os jardins estão todos secos de frio. Vai ver que era alguém recolhendo as folhas. De qualquer modo, não precisamos ficar aqui escondidos. Não estamos fazendo nada de errado.

— Ainda não.

— Bom, então não aja de forma suspeita.

Somos só nós dois aqui. Entre o momento da elaboração do plano e o momento da execução, decidimos que Carmel seria nossa espiã. Ela iria para a escola, para ver se Will estaria mesmo lá. De acordo com ela, os pais dele saem para o trabalho muito antes de ele sair para a escola.

Carmel protestou, dizendo que estávamos sendo sexistas, que ela deveria estar presente para o caso de algo sair errado, porque pelo menos teria uma desculpa razoável para estar na casa. Thomas não quis nem ouvir. Tentou protegê-la, mas agora, ao vê-lo morder o lábio e pular a cada mínimo movimento, acho que talvez eu estivesse melhor com Carmel. Quando meu telefone começa a vibrar, ele estremece como um gato assustado.

— É a Carmel — esclareço para ele enquanto atendo.

— Ele não está aqui — ela fala, em um sussurro cheio de pânico.

— O quê?

— Nenhum dos dois está. O Chase também sumiu.

— O quê? — pergunto de novo, mas ouvi o que ela disse. Thomas está puxando a manga de minha blusa como uma criança ansiosa. — Eles não foram para a escola — digo rápido.

Thunder Bay deve estar amaldiçoada. Nada sai direito nesta cidade idiota. E agora tenho Carmel aflita em um ouvido e Thomas fazendo conjecturas no outro, e é gente demais amontoada nesta merda de carro para me deixar pensar direito.

— O que vamos fazer? — eles perguntam ao mesmo tempo.

*Anna. E a Anna?* Will está com o athame. Se ele tiver descoberto o truque da mensagem de texto falsa de Carmel, quem pode imaginar o que terá decidido fazer? Ele é esperto o bastante para dar uma rasteira em nós; eu sei que é. E, pelo menos nas últimas semanas, tenho sido burro o suficiente para cair. Ele pode estar rindo de nós agora mesmo, nos imaginando vasculhando seu quarto enquanto ele se aproxima da varanda de Anna com meu punhal e seu capanga loiro a reboque.

— Vamos embora — rosno e desligo o telefone na cara de Carmel. Temos que chegar até Anna, e depressa. Nem sei se já não é tarde demais.

— Para onde? — Thomas pergunta, mas já ligou o carro e está contornando o quarteirão na direção da casa de Will.

— Casa da Anna.

— Você não acha que... — ele começa. — Vai ver que eles só ficaram em casa. De repente vão para a escola e só estão atrasados.

Ele continua falando, mas meus olhos notam algo quando passamos pela casa de Will. Há algo errado com as cortinas em um quarto no segundo andar. Não é só o fato de estarem fechadas quando todas as outras janelas estão abertas e iluminadas. É algo no modo como estão fechadas. Elas parecem... desarrumadas. Como se tivessem sido batidas com pressa.

— Pare — digo. — Estacione o carro.

— O que foi?

Mantenho os olhos fixos na janela do segundo andar. Ele está ali, eu sei que está. E, de repente, estou furioso. Chega dessa merda. Vou entrar lá e pegar meu punhal de volta, e é bom que Will Rosenberg fique fora do meu caminho.

Saio do carro antes mesmo que ele estacione. Thomas se apressa atrás de mim, atrapalhando-se com o cinto de segurança. Pelo som, ele parece ter meio que caído pela porta do carro, mas logo seus passos desajeitados já tão familiares me alcançam, e ele começa a fazer um milhão de perguntas.

— O que vamos fazer? O que você vai fazer?

— Vou pegar meu punhal de volta — respondo. Andamos a passos largos até a casa e subimos a escada da varanda pulando degraus. Eu empurro a mão de Thomas, quando ele a levanta para bater na porta, e pego a chave para abrir. Estou de mau humor e não quero dar a Will mais aviso prévio do que for preciso. Ele que tente esconder a faca de mim. Ele que tente. Mas Thomas segura minhas mãos.

— O que foi? — esbravejo.

— Pelo menos use isto — ele pede, me dando um par de luvas. Quero dizer a ele que não vamos roubar nada, mas é mais fácil vestir as luvas de uma vez do que discutir. Ele também veste um par, e eu viro a chave na fechadura e abro a porta.

A única parte boa de entrar na casa é que a necessidade de silêncio impede Thomas de continuar me bombardeando de perguntas. Meu coração bate acelerado nas costelas, silencioso, mas insistente. Meus músculos estão tensos e trêmulos. Isto não é de modo algum como caçar um fantasma. Não me sinto seguro nem forte. Ao contrário, me sinto um garoto de cinco anos dentro de um labirinto de sebes depois de escurecer.

O interior da casa é bonito. Pisos de madeira de lei e tapetes grossos. O corrimão da escada parece ter sido tratado com polidor de madeira todos os dias desde que foi feito. Há obras de arte originais nas paredes, e não é do tipo moderno esquisito — sabe como é, o tipo em que um idiota magrela qualquer de Nova York declara que outro idiota magrela é um gênio porque pinta "quadrados vermelhos que exalam energia". Não, o que tem aqui é arte clássica: paisagens marinhas de inspiração francesa e pequenos retratos sombreados de mulheres em delicados vestidos de renda. Meus olhos normalmente passariam mais tempo aqui. Gideon me instruiu em apreciação de arte no Museu Victoria and Albert, em Londres.

Em vez disso, sussurro para Thomas:

— Vamos só pegar meu punhal e cair fora daqui.

Sigo na frente pela escada e viro à esquerda no alto, em direção ao quarto com as cortinas puxadas. Penso de repente que posso estar totalmente enganado. Talvez não seja um quarto. Pode ser um depósito, ou uma sala de jogos, ou alguma outra sala que costuma ficar com as cortinas fechadas. Mas não há tempo para isso agora. Estou na frente da porta.

A maçaneta gira com facilidade quando a experimento, e a porta se abre parcialmente. Dentro, está muito escuro para enxergar direito, mas posso discernir a forma de uma cama e, acho, uma cômoda. O quarto está vazio. Thomas e eu entramos em silêncio, como profissionais. Até aqui, tudo bem. Vou andando devagar para o centro do quarto. Pisco os olhos para ativar melhor a visão noturna.

— A gente podia tentar acender uma lâmpada — Thomas sussurra.

— Podia — respondo distraído, sem prestar muita atenção. Estou enxergando um pouco melhor agora e não gosto do que vejo.

As gavetas da cômoda estão abertas. Há roupas caindo pelas bordas, como se tivessem sido remexidas às pressas. Até a posição da cama parece estranha. Está em ângulo com a parede. Dá para ver que foi movida.

Girando sobre o calcanhar, vejo que a porta do armário está aberta e um pôster na parede próxima foi rasgado ao meio.

— Alguém já esteve aqui — Thomas diz, sussurrando ainda mais baixo.

Percebo que estou suando e enxugo a testa com o dorso da luva. Isso não faz sentido. Quem esteve aqui? Talvez Will tenha outros inimigos. Seria uma terrível coincidência, mas parece que coincidências são comuns por estes lados.

No escuro, meio que vejo alguma coisa ao lado do pôster, na parede. Parece alguma coisa escrita. Chego mais perto, e meu pé bate em algo no chão com um baque conhecido. Eu sei o que é mesmo antes de dizer a Thomas para acender a luz. Quando a claridade inunda o quarto, já comecei a recuar, e então vemos a cena no meio da qual estávamos andando.

Os dois estão mortos. A coisa em que meu pé bateu era a coxa de Chase, ou o que resta dela, e o que eu achei que fosse uma escrita na parede são, na verdade, respingos longos e grossos de sangue. Sangue arterial, escuro, em amplos arcos. Thomas agarrou minha camisa por trás e está emitindo sons curtos de pânico. Eu me solto gentilmente. Sinto minha cabeça desconectada e analítica. O instinto de investigar é mais forte que a vontade de correr.

O corpo de Will está atrás da cama. Ele está deitado de costas, com os olhos abertos. Um dos olhos está vermelho, e eu penso de início que todas as veias estouraram, mas é só um espirro de sangue. O quarto em volta deles está destruído. Os lençóis e cobertores foram rasgados e estão amontoados em uma pilha ao lado do braço de Will. Ele ainda usa o que imagino que seja seu pijama, calça de flanela e camiseta. Chase estava vestido. Vou pensando essas coisas como um cientista forense faria, organizando-as e tomando nota, para evitar ter de pensar no que percebi no momento em que as luzes se acenderam.

Os ferimentos. Há ferimentos nos dois corpos: brilhantes, vermelhos e ainda sangrando. Grandes crescentes irregulares de músculos e ossos arrancados. Eu reconheceria esse tipo de ferimento em qualquer lugar, mesmo que só tenha visto em minha imaginação. São marcas de mordidas.

Alguma coisa os comeu.

Do mesmo modo que comeu meu pai.

— Cas! — Thomas grita, e, pelo tom de sua voz, sei que ele já disse meu nome algumas vezes sem obter resposta. — Precisamos sair daqui!

Minhas pernas estão paralisadas. Não consigo fazer nada, mas ele me agarra pelo peito, segurando meus braços, e me arrasta para fora. É só quando ele apaga a luz e a cena no quarto fica escura que eu me solto e começo a correr.

# 20

— O que vamos fazer?

Isso é o que Thomas não para de perguntar. Carmel ligou duas vezes, mas não atendi. O que vamos fazer? Não tenho a menor ideia. Só estou aqui, sentado em silêncio no banco do passageiro, enquanto Thomas dirige para lugar nenhum. Deve ser isso que chamam de catatonia. Não há nenhum pensamento de pânico passando pela minha cabeça. Não estou fazendo planos nem avaliando a situação. Há apenas uma repetição mansa e rítmica. *Ele está aqui. Ele está aqui.*

Um de meus ouvidos capta a voz de Thomas. Ele está falando no telefone com alguém, explicando o que encontramos. Deve ser Carmel. Ela pode ter desistido de falar comigo e ligado para ele, sabendo que teria resposta.

— Não sei — diz ele. — Acho que ele surtou. Acho que pode ter pirado.

Meu rosto se contrai como se quisesse reagir e enfrentar o desafio, mas o movimento é sem energia, como depois de uma anestesia no dentista. Os pensamentos gotejam em meu cérebro, lentamente. Will e Chase estão mortos. A coisa que comeu meu pai. Thomas está dirigindo para lugar algum.

Nenhum desses pensamentos se conecta. Nenhum deles faz muito sentido. Mas pelo menos não estou com medo. Então a torneira começa a gotejar mais depressa, e Thomas grita meu nome e bate no meu braço, abrindo efetivamente o fluxo de água outra vez.

— Me leve para a casa da Anna — peço. Ele parece aliviado. Pelo menos eu falei alguma coisa. Pelo menos tomei alguma decisão, dei alguma ordem.

— Nós vamos — eu o ouço dizer ao telefone. — É, estamos indo para lá agora. Encontre a gente lá. Não entre se ainda não tivermos chegado!

Ele entendeu errado. Como posso explicar? Ele não sabe como meu pai morreu. Não sabe o que isso significa — que a coisa finalmente me achou. Ela conseguiu me encontrar, agora, quando estou praticamente indefeso. E eu nem sabia que estava me procurando. Eu quase poderia sorrir. O destino está me pregando uma peça.

Os quilômetros passam como um borrão. Thomas está falando qualquer coisa para me animar. Chega à entrada da casa de Anna e sai do carro. Minha porta se abre alguns segundos depois, e ele me puxa para fora pelo braço.

— Vamos lá, Cas — diz. Eu olho para ele com ar sério. — Você está pronto? O que vai fazer?

Não sei o que dizer. O estado de choque está perdendo o charme. Quero meu cérebro de volta. Será que ele não pode dar uma sacudida, como um cachorro, e voltar ao trabalho?

Nossos pés esmagam o cascalho frio. Minha respiração é visível em uma nuvenzinha brilhante. À minha direita, as nuvenzinhas de Thomas surgem muito mais depressa, em baforadas nervosas.

— Você está bem? — ele pergunta. — Cara, nunca vi nada parecido com aquilo. Não acredito que ela... Aquilo foi... — Ele para e se inclina para a frente. Está lembrando e, se lembrar com muita intensidade, ou bem demais, é capaz de vomitar. Eu estendo um braço para apoiá-lo. — Acho que a gente devia esperar a Carmel — sugere. E então me puxa para trás.

A porta de Anna se abriu. Ela está saindo para a varanda, suavemente, como uma pomba. Olho para seu vestido de primavera. Ela não faz nenhum movimento para se proteger, embora o vento deva estar batendo nela como placas de gelo afiadas. Seus ombros nus e mortos não sentem frio.

— Você trouxe? — ela pergunta. — Você o encontrou?

— Você trouxe o quê? — Thomas sussurra. — Do que ela está falando?

Sacudo a cabeça como resposta para ambos e subo os degraus da varanda. Passo direto por ela para dentro da casa, e ela me segue.

— Cas — ela diz —, o que aconteceu? — Seus dedos roçam meu braço.

— Para trás, garota! — Thomas grita. Ele de fato a empurra e se enfia entre nós. Está fazendo aquela coisa ridícula de sinal da cruz com os dedos, mas eu não o culpo por isso. Ele está surtado. Eu também estou.

— Thomas — intervenho. — Não foi ela.

— O quê?

— Não foi ela que fez aquilo.

Olho para ele com expressão calma, para que possa ver que o choque está passando; estou voltando a ser eu mesmo.

— E para de fazer esse negócio com os dedos — acrescento. — Ela não é um vampiro e, mesmo que fosse, não acho que seus dedos cruzados iam adiantar alguma coisa.

Ele baixa as mãos. O alívio relaxa os músculos de seu rosto.

— Eles estão mortos — conto para Anna.

— Quem está morto? E por que você não vai me acusar de novo? Thomas pigarreia.

— Bom, ele não vai, mas eu vou. Onde você estava na noite passada e hoje de manhã?

— Eu estava aqui — ela responde. — Estou sempre aqui.

Lá fora, ouço o barulho de pneus no cascalho. Carmel chegou.

— Tudo ia muito bem enquanto você estava *contida* — Thomas contrapõe. — Mas, agora que está solta, talvez você ande por toda parte. Por que não andaria? Por que ficar aqui, onde você esteve presa por mais de cinquenta anos? — Ele olha em volta, nervoso, embora a casa esteja quieta. Não há nenhuma indicação de espíritos raivosos. — Eu nem quero estar aqui *agora*.

Passos ressoam na varanda, e Carmel entra abruptamente, segurando, sabe-se lá por quê, um taco de beisebol de metal.

— Sai de perto deles! — ela grita a plenos pulmões. Em seguida gira o taco em um arco amplo e acerta o rosto de Anna. O efeito é algo como bater no Exterminador do Futuro com um cano de chumbo. Anna parece apenas um pouco surpresa, depois um pouco insultada. Acho que vejo Carmel engolir em seco.

— Está tudo bem — digo, e o taco abaixa um pouco. — Não foi ela.

— Como você sabe? — Carmel pergunta. Seus olhos estão brilhantes, e o taco treme em suas mãos. Ela está cheia de adrenalina e medo.

— Como ele sabe o quê? — Anna intervém. — Do que vocês estão falando? O que aconteceu?

— Will e Chase estão mortos — respondo.

Anna baixa os olhos. Depois pergunta:

— Quem é Chase?

Será que as pessoas poderiam parar de me fazer tantas malditas perguntas? Ou será que, pelo menos, alguém poderia responder por mim?

— É um dos caras que ajudaram o Mike a me enganar, na noite em que... — Faço uma pausa. — Ele era o outro cara perto da janela.

— Ah.

Quando percebe que não vou falar mais, Thomas conta tudo a Anna. Carmel se encolhe nas partes sangrentas. Thomas olha para ela como se pedisse desculpas, mas continua falando. Anna escuta e me observa.

— Quem faria isso? — Carmel pergunta, furiosa. — Vocês tocaram em alguma coisa? Alguém viu vocês? — Está olhando para Thomas e para mim.

— Não. A gente estava de luvas, e acho que não tiramos nada do lugar enquanto estávamos lá — Thomas responde. A voz deles é controlada, embora um pouco rápida.

Eles voltaram a se concentrar nos aspectos práticos, o que facilita as coisas. Mas não posso deixar que fique assim. Não entendo o que está acontecendo, e temos que descobrir. Eles precisam saber de tudo, ou pelo menos de tudo que eu suportar contar.

— Tinha tanto sangue — Thomas diz com desalento. — Quem faria isso? Por que alguém...?

— Não é bem *quem*. É mais *o quê* — corrijo. Estou cansado de repente. O encosto do sofá coberto com o lençol parece muito convidativo. Eu me recosto nele.

— Um *o quê*? — Carmel repete.

— É. Uma coisa. Não uma pessoa. Não mais. É a mesma coisa que desmembrou aquele homem no parque. — Engulo em seco. — As marcas de mordidas provavelmente foram isoladas, para deixar os indícios em sigilo. Eles não divulgaram essa parte. Foi por isso que eu não soube antes.

— Marcas de mordidas — Thomas murmura, arregalando os olhos. — Aquelas marcas eram mordidas? Não é possível. Eram grandes demais. Tinha pedaços enormes arrancados.

— Eu já vi isso antes — digo. — Não, não é verdade. Eu nunca vi realmente. E não sei o que isso está fazendo aqui agora, dez anos depois.

Carmel está distraidamente batendo a ponta do taco de metal no chão; o som ressoa como um sino desafinado pela casa vazia. Sem dizer nada, Anna passa por ela, pega o taco e o coloca sobre as almofadas do sofá.

— Desculpe — Anna murmura e encolhe os ombros para Carmel, que cruza os braços e faz o mesmo gesto.

— Tudo bem. Eu nem percebi que estava fazendo isso. E... desculpe por... bater em você.

— Não doeu. — Anna vem para o meu lado. — Cassio, então você sabe o que essa coisa é?

— Quando eu tinha sete anos, meu pai foi atrás de um fantasma em Baton Rouge, na Louisiana. — Baixo os olhos para o chão, para os pés de Anna. — Ele nunca mais voltou. A coisa o pegou.

Anna toca meu braço.

— Quer dizer que ele era um caçador de fantasmas, como você.

— Como todos os meus ancestrais — respondo. — Ele era como eu, e melhor do que eu. — A ideia de que o assassino de meu pai esteja aqui faz minha cabeça girar. Isso não deveria acontecer assim. Eu é que tinha de ir atrás dele. Deveria primeiro estar pronto, e ter todas as armas, e caçá-lo até o fim. — Mesmo assim, aquilo o matou.

— Como? — Anna pergunta com delicadeza.

— Não sei. — Minhas mãos estão tremendo. — Eu achava que ele tinha se distraído. Ou caído numa emboscada. Cheguei até a pensar que o athame podia ter parado de funcionar, que depois de um certo tempo ele simplesmente para de funcionar para a pessoa, quando o número de usos permitido se esgota. Achei que talvez fosse eu a causa, que ele tivesse morrido apenas por eu ter crescido e estar pronto para ficar no lugar dele.

— Isso não é verdade — diz Carmel. — É ridículo.

— É, sei lá, talvez seja, talvez não. Quando você é uma criança de sete anos e seu pai morre e o corpo parece ter sido levado para um maldito banquete de tigres siberianos, você pensa um monte de merda ridícula.

— Ele foi comido? — Thomas pergunta.

— É. Ele foi comido. Eu ouvi os policiais descrevendo. Grandes pedaços arrancados do corpo dele, como o Will e o Chase.

— Isso não quer dizer necessariamente que seja a mesma coisa — Carmel raciocina. — É meio que uma grande coincidência, não é? Depois de dez anos?

Não digo nada. Não posso discordar disso.

— Então talvez agora seja algo diferente — Thomas sugere.

— Não. É ele. É a mesma coisa; eu sei que é.

— Cas — diz ele. — Como você sabe?

Aperto os olhos para ele.

— Ei, eu posso não ser um bruxo, mas também tenho meus truques. Eu sei, está bem? E, pela minha experiência, não existe exatamente um batalhão de fantasmas que comem carne.

— Anna — Thomas questiona gentilmente —, você nunca comeu nada?

Ela sacode a cabeça.

— Nada.

— Além disso — acrescento —, eu ia atrás dele. Sempre foi meu plano. E dessa vez eu ia mesmo. — Dou uma olhada para Anna. — Quer dizer, eu achei que ia. Assim que terminasse aqui. Talvez ele soubesse.

— Ele veio atrás de você — Anna diz, pensativa.

Esfrego os olhos, tentando refletir. Estou exausto. Totalmente acabado. O que não faz sentido, porque dormi como uma pedra na noite passada, talvez pela primeira vez em uma semana.

E então me vem uma luz.

— Os pesadelos — lembro. — Ficaram piores desde que cheguei aqui.

— Que pesadelos? — pergunta Thomas.

— Eu achei que eram só sonhos. Alguém se inclinando sobre mim. Mas, todo esse tempo, deve ter sido como um portento.

— Como o quê? — pergunta Carmel.

— Como um psicopompo, um mediador entre os mundos. Sonhos proféticos. Sonhos premonitórios. Uma advertência. — Aquela voz áspera, ecoada da terra através de um zumbido de serra elétrica. Aquele sotaque, quase cajun, quase caribenho. — Tinha um cheiro — descrevo, enrugando o nariz. — Uma espécie de fumaça doce.

— Cas — diz Anna. Ela parece alarmada. — Eu senti cheiro de fumaça quando fui cortada com o seu athame. Você me disse que devia ser só uma lembrança do cachimbo de Elias. Mas e se não fosse?

— Não — respondo. Mas mal acabo de falar e lembro um de meus pesadelos. *Você perdeu o athame*, a coisa disse. *Você o perdeu*, naquela voz semelhante a plantas apodrecidas e lâminas de barbear.

O medo sobe com dedos gelados por minhas costas. Meu cérebro está tentando fazer uma conexão, tateando com cuidado, dendrito buscando dendrito. A coisa que matou meu pai praticava vodu. Isso eu sempre soube. E o que é o vodu, em essência?

Há algo aqui, algum conhecimento logo além do alcance da luz. E tem a ver com alguma coisa que Morfran disse.

Carmel levanta a mão, como se estivesse em sala de aula.

— Voz da razão — diz ela. — O que quer que essa coisa seja, e qualquer que possa ser ou não a ligação com o punhal, ou com o Cas, ou com o pai do Cas, ela matou pelo menos duas pessoas e comeu boa parte delas. E então, o que vamos fazer?

A sala fica em silêncio. Não sirvo para nada sem meu athame. Até onde sei, a coisa pode ter pegado a faca de Will, e agora eu meti Thomas e Carmel em uma confusão gigantesca.

— Eu estou sem o meu punhal — choramingo.

— Não comece com isso — diz Anna. Ela se afasta de mim com postura decidida. — Artur sem a Excalibur ainda era Artur.

— Exato — Carmel concorda. — Podemos não ter o athame, mas, se não estou enganada, temos *ela* — indica Anna com a cabeça —, e isso é algo considerável. O Will e o Chase estão mortos. Nós sabemos a causa disso. Podemos ser os próximos. Portanto vamos tratar de erguer as defesas e agir!

—⸺∞⸺—

Quinze minutos depois, estamos todos dentro do carro de Thomas. Nós quatro: Thomas e eu na frente, Carmel e Anna atrás. Por que não fomos no Audi de Carmel, muito mais espaçoso, confiável e menos chamativo, eu não faço ideia, mas isso é o que acontece quando se cria um plano em quinze minutos. Exceto que não há muito plano, porque não sabemos de fato o que aconteceu. Quer dizer, temos palpites — eu tenho mais do que um palpite —, mas como formular um plano se não sabemos o que a coisa é, ou o que ela quer?

Então, em vez de nos preocuparmos com o que não sabemos, vamos atrás do que sabemos. Vamos encontrar meu athame. Vamos rastreá-lo por magia, o que Thomas me garantiu que pode ser feito, com a ajuda de Morfran.

Anna insistiu em vir junto, porque, apesar de toda a sua conversa sobre eu ser o rei Artur, acho que ela sabe que estou bem indefeso. E não sei quanto ela conhece a respeito de lendas, mas Artur foi morto por um fantasma de seu passado, que ele não viu se aproximar. Não é exatamente a melhor comparação. Antes de sairmos da casa, houve uma breve discussão sobre tentar arrumar algum álibi para quando a polícia encontrar Will e Chase. Mas isso foi logo abandonado. Porque, sinceramente, quando se está diante da perspectiva de ser devorado nos próximos dias, quem se importa com álibis?

Tenho uma estranha sensação de vitalidade nos músculos. Apesar de tudo que aconteceu — a morte de Mike, ver o assassinato de Anna, o assassinato de Will e Chase e o conhecimento de que aquilo que matou meu pai agora está aqui, possivelmente tentando me matar —, eu me sinto... bem. Não faz sentido, eu sei. Tudo está uma confusão. Mesmo assim, eu me sinto bem. Sinto-me quase seguro com Thomas, Carmel e Anna.

Quando chegamos à loja, me ocorre que eu deveria avisar minha mãe. Se essa for mesmo a coisa que matou meu pai, ela precisa saber.

— Esperem — digo, depois que todos saímos do carro. — Preciso ligar para a minha mãe.

— Por que você não traz a sua mãe aqui? — Thomas sugere, me entregando as chaves do carro. — Talvez ela possa ajudar. Vamos começando sem você.

— Obrigado — respondo e entro no carro. — Volto o mais rápido que puder.

Anna enfia as pernas pálidas dentro do carro e se acomoda no banco do passageiro.

— Vou com você.

Não vou discutir. Na verdade, fico contente com a companhia. Ligo o carro e dirijo. Ela só fica olhando as árvores e os prédios passarem. Imagino que a mudança de cenário deve ser interessante para ela, mas gostaria que dissesse alguma coisa.

— A Carmel machucou você aquela hora? — pergunto, só para fazer algum som.

Ela sorri.

— Não seja bobo.

— Você ficou bem na casa?

Há uma calma em seu rosto que só pode ser deliberada. Ela está sempre tão calma, mas tenho a sensação de que sua mente é como um tubarão, nadando e volteando, e tudo o que já vi é apenas um vislumbre da barbatana.

— Eles ficam aparecendo — ela diz com cautela. — Mas ainda são fracos. Fora isso, eu só fiquei esperando.

— Esperando o quê? — pergunto. Não me julgue. Às vezes, se fazer de bobo é a única jogada disponível. Infelizmente, Anna não morde a isca. Então ficamos apenas sentados ali, e eu dirijo, e na ponta de minha língua estão as palavras para lhe dizer que eu não preciso fazer o que ela espera. Eu levo uma vida muito estranha, em que ela poderia se encaixar. Em vez disso, digo: — Você não teve escolha.

— Não importa.

— Como não importa?

— Não sei, mas não importa — ela responde. Noto seu sorriso com o canto do olho. — Eu queria que isso não precisasse machucar você.

— É mesmo?

— Claro. Acredite em mim, Cassio. Eu nunca desejei que fosse tudo tão trágico.

Minha casa aparece no alto da colina. Para meu alívio, o carro de minha mãe está estacionado na frente. Eu poderia continuar esta conversa. Poderia começar uma briga e poderíamos discutir. Mas não quero. Quero deixar isso de lado e me concentrar no problema mais urgente. Talvez eu nunca tenha de lidar com isto. Talvez algo mude.

Estaciono diante de casa e descemos do carro, mas, quando subimos os degraus da varanda, Anna começa a fungar. Está apertando os olhos como se sua cabeça doesse.

— Ah — digo. — Desculpe, eu esqueci do feitiço. — Encolho os ombros timidamente. — Sabe como é, algumas ervas e cânticos e nada morto passa pela porta. É mais seguro assim.

Ela cruza os braços e se recosta na grade.

— Eu entendo. Vá chamar sua mãe.

Dentro de casa, ouço minha mãe cantarolando uma melodia que eu não conheço, provavelmente inventada por ela. Vejo-a passar pelo arco da cozinha, as meias deslizando pelo piso de madeira de lei e o cordão do casaco se arrastando no chão atrás dela. Eu me aproximo e o pego.

— Ei! — ela exclama, com ar bravo. — Você não devia estar na escola?

— Sorte sua que sou eu aqui, e não o Tybalt. Ou este cordão já ia estar em farrapos.

Ela bufa para mim e o amarra na cintura, que é o seu lugar. A cozinha cheira a flores e caqui. É um cheiro quente, invernal. Ela está preparando um novo lote de seu sachê Floral de Bênçãos, como faz todos os anos. É um produto que vende muito bem no site. Mas eu estou enrolando.

— E então? — pergunta. — Não vai me contar por que não está na escola?

Respiro fundo.

— Aconteceu uma coisa.

— O quê? — O tom dela é quase cansado, como se meio que esperasse uma má notícia. Provavelmente ela está sempre esperando más notícias de um tipo ou de outro, sabendo o que eu faço. — E aí?

Não sei como lhe contar isso. Tenho receio de que sua reação seja muito forte. Mas poderia ser de outra forma, nesta situação? Agora estou olhando para um rosto de mãe muito preocupado e aflito.

— Theseus Cassio Lowood, é melhor falar de uma vez.

— Mãe — digo. — Não surte.

— Não surte? — Ela põe as mãos nos quadris. — O que está acontecendo? Estou sentindo uma vibração muito estranha aqui. — Com os olhos fixos em mim, ela recua para a cozinha e liga a tevê.

— Mãe — gemo, mas é tarde demais. Quando entro na cozinha e paro ao lado dela, vejo luzes piscando em carros de polícia e, no canto, as fotos de colégio de Will e Chase. Então a história já veio a público. Policiais e repórteres enchem o gramado como formigas em uma casca de pão, prontos para parti-la e levá-la embora para consumo.

— O que é isso? — Ela tampa a boca com uma das mãos. — Cas, você conhecia esses meninos? Meu Deus, que coisa horrível. É por isso que você não está na escola? Eles mandaram os alunos para casa?

Ela está tentando, com muito empenho, não me olhar no rosto. Faz todas essas perguntas de leigos, mas sabe a história real. E não pode nem enganar a si mesma. Depois de mais alguns segundos, desliga a tevê e move a cabeça lentamente, tentando processar as informações.

— Me conte o que aconteceu.

— Eu não sei como.

— Tente.

Então eu tento. Deixo de fora tantos detalhes quanto possível. Exceto os ferimentos de mordidas. Quando falo sobre isso, ela prende a respiração.

— Você acha que foi o mesmo? — pergunta. — Aquele que...

— Eu sei que foi. Posso sentir.

— Mas você não sabe.

— Mãe, eu sei. — Estou tentando dizer isso com delicadeza. Os lábios dela estão pressionados com tanta força que nem são lábios mais. Acho que periga ela chorar, ou sei lá.

— Você estava naquela casa? Onde está o athame?

— Não sei. Mas fique calma. Nós vamos precisar da sua ajuda.

Ela não responde. Tem uma das mãos na testa e a outra no quadril. Está olhando para o nada. Aquela profunda ruga de angústia apareceu em sua testa.

— Ajuda — ela diz baixinho, depois de novo, só que mais forte. — Ajuda.

É como se eu a tivesse posto em algum tipo de coma por sobrecarga.

— Certo — digo delicadamente. — Fique aqui. Vou dar um jeito nisso, mãe. Eu prometo.

Anna está esperando do lado de fora, e sabe-se lá o que está acontecendo na loja. Parece que esta minha saída levou horas, mas não pode ter passado mais que vinte minutos.

— Faça as malas.

— O quê?

— Você me ouviu. Faça as malas. Agora. Nós vamos embora. — Ela passa por mim e voa escada acima, imagino que para começar a arrumar a bagagem. Eu a sigo com um gemido. Não há tempo para isso. Ela vai ter de se acalmar e ficar quieta. Pode juntar todas as minhas coisas e fechá-las em caixas. Pode carregar tudo em uma van. Mas meu corpo não vai sair daqui até que eu despache esse fantasma.

— Mãe — digo, entrando atrás da ponta do cordão do casaco dela, que se arrasta para o meu quarto. — Quer parar de surtar? Eu não vou embora. — Olho da porta. A eficiência dela é sem igual. Todas as minhas meias já estão fora da gaveta e colocadas em uma pilha ordenada sobre a cômoda. Estão até as listradas separadas das lisas.

— Nós vamos — ela responde, sem perder o ritmo enquanto faz a limpa em meu quarto. — Mesmo que eu precise deixar você inconsciente e te arrastar para fora desta casa, nós vamos embora.

— Mãe, calma.

— Não me diga para me acalmar! — As palavras saem em um grito controlado, um grito que vem direto da boca de seu estômago tenso. Ela para e fica imóvel, com as mãos dentro de uma gaveta semivazia. — Aquela coisa matou o meu marido.

— Mãe.

— Ele não vai levar você também. — Mãos e meias e cuecas começam a voar outra vez. Gostaria que ela não tivesse começado por minha gaveta de roupas de baixo.

— Eu preciso acabar com ele.

— Deixe que outra pessoa faça isso — ela diz bruscamente. — Eu devia ter lhe dito antes; devia ter dito que isso não era sua *obrigação* ou seu direito de nascença ou qualquer coisa assim, depois que o seu pai morreu. Outras pessoas podem se encarregar da tarefa.

— Não muitas pessoas — respondo. Isso está me deixando irritado. Sei que não é sua intenção, mas sinto como se ela estivesse desonrando meu pai. — E não desta vez.

— Não é sua obrigação.

— Mas eu quero! — Perdi a batalha para controlar o tom de voz. — Se nós formos embora, a coisa vai nos seguir. E, se eu não a matar, ela vai continuar comendo pessoas. Você não percebe? — Por fim, eu conto a ela o que sempre mantive em segredo. — Era isso que eu estava esperando. Foi para isso que eu treinei. Estou pesquisando esse fantasma desde que encontrei a cruz de vodu em Baton Rouge.

Minha mãe fecha a gaveta de um tranco. Suas faces estão vermelhas e os olhos, molhados e brilhantes. Parece pronta para me enforcar.

— Aquela coisa matou o seu pai — ela diz. — E pode matar você também.

— Obrigado. — Lanço as mãos para cima. — Obrigado pelo voto de confiança.

— Cas...

— Espera. Cala a boca. — Não é sempre que eu mando minha mãe calar a boca. Na verdade, acho que nunca fiz isso. Mas agora é preciso. Porque algo em meu quarto não faz sentido. Há alguma coisa aqui que não deveria estar. Ela segue meu olhar, e eu presto atenção em como ela reage, porque não quero ser o único que está vendo isso.

Minha cama está do jeito que eu deixei. Os cobertores estão meio jogados para baixo. O travesseiro tem a marca de minha cabeça.

E, aparecendo embaixo dele, está o punho entalhado do athame de meu pai.

Não deveria estar. Não pode estar. Essa coisa supostamente está a quilômetros de distância, escondida no armário de Will Rosenberg, ou nas mãos do fantasma que o matou. Mas vou até a cama e a pego, e a madeira tão familiar se encaixa na palma de minha mão. Ligue os pontos.

— Mãe — sussurro, olhando para o punhal. — Nós precisamos sair daqui.

Ela só me olha, paralisada, e, na quietude da casa, ressoa um rangido irregular que eu não reconheço.

— Cas — minha mãe murmura. — A porta do sótão.

A porta do sótão. O som e a frase fazem algo coçar no fundo de minha mente. É algo que minha mãe disse sobre guaxinins, algo no jeito como Tybalt subiu em mim no dia em que nos mudamos para cá.

O silêncio é mórbido, amplia cada ruído. Assim, quando escuto um som distinto, de algo raspando, sei que o que estou ouvindo é a escada removível sendo deslizada para o chão do corredor.

# 21

Eu queria sair agora. Queria muito sair agora. Sinto os cabelos em pé na nuca, e meus dentes rangeriam se não estivessem tão apertados. Dada a escolha entre lutar ou fugir, eu escolheria pular pela janela, mesmo empunhando o athame. Em vez disso, eu me viro e chego mais perto de minha mãe, colocando-me entre ela e a porta aberta.

Os passos começam a descer a escada de mão, e meu coração nunca pulsou tão forte. Minhas narinas captam o cheiro de fumaça doce. *Fique firme*, é o que eu penso. Depois que isso acabar, talvez eu vomite. Supondo, claro, que ainda esteja vivo.

O ritmo dos passos, o som do que quer que esteja descendo os degraus, está deixando minha mãe e a mim prestes a molhar as calças. Não podemos ser pegos dentro deste quarto. Gostaria tanto que tudo isso não fosse verdade, mas é. Preciso chegar ao corredor com minha mãe e tentar alcançar a escada para a sala antes que a coisa bloqueie nossa fuga. Agarro a mão dela. Ela sacode a cabeça violentamente, mas eu a puxo, aproximando-me da porta, com o athame levantado à nossa frente como uma tocha.

*Anna*. Anna, entre arrebentando, Anna, venha salvar o dia… Mas isso é burrice. Ela está presa na maldita varanda, e como seria se eu morresse aqui dentro, rasgado em pedaços e mastigado como uma costeleta de porco borrachenta, e ela parada lá fora, sem poder fazer nada?

Certo. Mais duas respirações profundas e saímos para o corredor. Talvez três.

Quando eu me movo, tenho uma visão clara da escada do sótão e, também, da coisa descendo por ela. Não quero ver isso. Todo o treinamento e todos os fantasmas, todo o instinto e toda a habilidade saem voando pela janela. Estou olhando para o assassino de meu pai. Eu deveria estar enfurecido. Deveria estar em movimento, indo atrás dele. Em vez disso, estou aterrorizado.

Ele está de costas para mim, e a escada do sótão está suficientemente longe da escada da sala para podermos chegar a ela antes dele, desde que continuemos nos movendo. E desde que ele não se vire e ataque. Por que tenho esses pensamentos? Ele nem parece inclinado a isso. Enquanto nos esgueiramos em silêncio em direção à escada, ele chega ao corredor e até dá uma parada para empurrar a escada removível de volta para cima, com um movimento desajeitado.

No alto dos degraus, paro e puxo minha mãe, para que ela desça na minha frente. A figura no corredor não parece ter nos notado. Só continua oscilando de um lado para outro, de costas para mim, como se estivesse ouvindo alguma música de mortos.

Ele usa um casaco escuro justo, mais ou menos como um paletó longo. Pode ser preto desbotado ou mesmo verde-escuro, não sei dizer. No alto da cabeça, há um ninho de dreadlocks, retorcidos e emaranhados, alguns semiapodrecidos e caindo. Não vejo seu rosto, mas a pele das mãos é cinza e rachada. Entre os dedos, ele está enrolando o que parece ser uma serpente negra.

Dou um empurrãozinho em minha mãe, para ela continuar descendo as escadas. Se conseguir chegar até Anna, ficará segura. Estou sentindo uma pontinha de coragem, um sopro do velho Cas voltando.

Então percebo que só estou tentando me enganar, quando ele se volta e olha direto para mim.

Tenho de reformular isso. Não posso dizer de fato que ele está olhando direto para mim. Porque não se pode ter certeza de que algo está olhando direto para você se os olhos desse algo estão costurados.

E eles estão. Não há dúvida disso. Há grandes pontos de linha preta, em cruz, sobre suas pálpebras. Mas também não há dúvida de que ele consegue me ver. Minha mãe fala por nós dois quando solta um pequeno "Ah" gritado.

— De nada — ele diz naquela voz, a voz de meus pesadelos, como se estivesse mastigando pregos enferrujados.

— Não tenho nada para agradecer a você — revido, e ele inclina a cabeça. Não me pergunte como, mas sei que está olhando para meu punhal. Ele caminha em nossa direção, sem medo.

— Talvez eu devesse agradecer a você, então — diz, e o sotaque fica evidente.

— O que está fazendo aqui? — pergunto. — Como entrou? Como passou pela porta?

— Estive aqui o tempo todo — ele responde. Seus dentes são brancos e brilhantes. A boca não é maior que a de qualquer homem. Como pode deixar marcas tão gigantescas?

Ele está sorrindo agora, com o queixo levantado. Tem um modo desajeitado de se mover, como acontece com muitos fantasmas. Como se os membros estivessem enrijecendo, ou os ligamentos apodrecendo. É só quando eles se movem para atacar que vemos como são de verdade. Ele não vai me enganar.

— Impossível — protesto. — O feitiço teria mantido você do lado de fora. — E de jeito nenhum eu posso ter dormido na mesma casa com o assassino de meu pai durante todo esse tempo. Ele não pode ter estado um piso acima de mim, observando e escutando.

— Feitiços para manter os mortos do lado de fora não servem para nada se os mortos já estiverem dentro — ele ironiza. — Eu entro e saio quando quero. Pego de volta coisas que garotos tolos perdem. E desde então estive no sótão, comendo gatos.

*Estive no sótão, comendo gatos.* Olho melhor para a cobra preta que ele está enrolando entre os dedos. É a cauda de Tybalt.

— Seu filho da… Você comeu meu gato! — grito, e obrigado, Tybalt, por um último favor, essa irritada descarga de adrenalina. De repente, o silêncio é preenchido pelo som de batidas. Anna me ouviu gritar e está socando a porta, perguntando se estou bem. A cabeça do fantasma gira como uma serpente, em um movimento perturbador e antinatural.

Minha mãe não sabe o que está acontecendo. Ela não sabe que Anna está na varanda, então começa a se agarrar em mim, achando que se trata de mais um motivo para sentir medo.

— Cas, o que é isso? — pergunta. — Como vamos sair?

— Não se preocupe, mãe. Não fique assustada.

— A menina que esperamos está logo ali — ele diz e avança arrastando os pés. Minha mãe e eu descemos um degrau.

Estendo o braço sobre o corrimão. O athame brilha, e eu o trago à altura dos olhos.

— Fique longe dela.

— Foi atrás dela que nós viemos. — Ele se move com um farfalhar suave e oco, como se seu corpo fosse uma ilusão e ele não passasse de roupas vazias.

— *Nós* não viemos fazer nada — revido. — *Eu* vim matar um fantasma. E vou aproveitar a oportunidade. — Faço um movimento brusco para a frente, sentindo minha lâmina cortar o ar, a ponta prateada roçando os botões do casaco dele.

— Cas, não! — minha mãe grita e tenta me puxar para trás pelo braço. Ela precisa cair na real. O que acha que eu estive fazendo esse tempo todo? Montando armadilhas elaboradas com molas, madeira e um ratinho em uma roda? Meu trabalho é corpo a corpo. Isso é o que eu sei fazer.

Anna está batendo mais forte na porta. Ficar assim tão perto deve estar lhe dando enxaqueca.

— É para isso que você está aqui, garoto — ele sibila e dá o bote sobre mim, mas sem muito entusiasmo, errando longe o alvo. Não acho que ele errou por causa dos olhos costurados. Está só brincando comigo. Outra pista disso é o fato de que ele está rindo.

— Estou curioso para saber como vai ser com você — digo. — Será que vai murchar ou derreter?

— Não vou fazer nada disso — ele responde, ainda sorrindo.

— E se eu arrancar o seu braço? — pergunto, enquanto pulo para os degraus de cima, com a lâmina recolhida e depois rasgando o ar em um arco rápido.

— Ele vai matar você sozinho!

Ele me dá um golpe no peito, e minha mãe e eu desabamos pelos degraus. Dói. Muito. Mas pelo menos ele não está mais rindo. Na verdade, acho que finalmente consegui irritá-lo. Ajudo minha mãe a se levantar.

— Você está bem? Não quebrou nada? — pergunto. Ela sacode a cabeça. — Vá para a porta. — Enquanto ela se afasta apressada, eu me levanto. Ele está descendo a escada, sem nenhum sinal da antiga rigidez cadavérica. É tão ágil quanto qualquer jovem vivo. — Talvez você apenas evapore — digo, porque nunca tive a capacidade de manter a maldita boca fechada. — Mas, pessoalmente, espero que exploda.

Ele respira fundo. Depois de novo. E de novo, sem soltar o ar. Seu peito vai se enchendo como um balão, distendendo a caixa torácica. Ouço seus tendões, a ponto de se partir. Então, antes que eu perceba o que está acontecendo, ele lança os braços em minha direção e está cara a cara comigo. Foi tão rápido que mal pude ver. Minha mão que empunha a faca está presa contra a parede, e ele me segura pelo colarinho. Bato no pescoço e no ombro dele com a outra mão, mas é como um gatinho golpeando um novelo de lã.

Ele solta toda aquela respiração presa, que sai por seus lábios em uma fumaça espessa e doce, passando sobre meus olhos e invadindo minhas narinas, tão forte e enjoativa que meus joelhos fraquejam.

De algum lugar atrás de mim, sinto as mãos de minha mãe. Ela está gritando meu nome e me puxando.

— Ou você a entrega para mim, meu filho, ou vai morrer. — E ele me solta nos braços de minha mãe. — A sujeira em seu corpo vai apodrecer você. Sua mente vai sair pelos ouvidos.

Não consigo me mover. Não consigo falar. Respiro, mas não muito mais do que isso, e me sinto distante. Entorpecido. Meio confuso. Percebo minha mãe gritando e se inclinando sobre mim, enquanto Anna finalmente arrebenta a porta e a arranca das dobradiças.

— Por que não vem me pegar você mesmo? — ouço-a perguntar. Anna, minha forte e aterrorizante Anna. Quero dizer a ela para ter cuidado, que aquela coisa tem truques escondidos nas mangas putrefatas. Mas não consigo. Então minha mãe e eu nos encolhemos no meio desta raivosa medição de forças entre os espíritos mais fortes que já encontramos.

— Cruze o limiar, menina bonita — ele a desafia.

— Venha você cruzar o meu — ela revida. Está lutando contra o feitiço de barreira; sua cabeça deve estar quase tão cheia de pressão quanto a minha. Um fio fino de sangue preto escorre de seu nariz e chega aos lábios. — Pegue a faca e venha, covarde — Anna grita. — Venha para fora e me liberte desta coleira!

Ele está espumando de raiva. Tem os olhos fixos nela, e seus dentes rangem.

— Seu sangue na minha lâmina, ou o garoto vai se juntar a nós de manhã.

Tento segurar o punhal com mais força. Mas não consigo sentir a mão. Anna está gritando mais alguma coisa, mas não sei o que é. Meus ouvidos parecem cheios de algodão. Não consigo mais escutar.

# 22

A sensação é de ficar sob a água por tempo demais. Consumi totalmente todo o oxigênio e, embora saiba que a superfície está logo acima, tenho dificuldade para chegar lá, em meio ao pânico sufocante. Mas meus olhos se abrem em um mundo borrado, e dou aquela primeira respirada. Não sei se estou arfando. Parece que sim.

O primeiro rosto que vejo ao acordar é o de Morfran, e ele está muito perto. Tento instintivamente afundar mais, seja onde for que eu esteja deitado, para manter aquela barba musguenta a uma distância mais segura. Sua boca está se movendo, mas não sai nenhum som. O silêncio é completo, nem mesmo um zumbido uma vibração. Meus ouvidos ainda estão off-line.

Morfran se afastou, ainda bem, e está falando com minha mãe. Então, de repente, ali está Anna, flutuando e pousando no chão ao meu lado. Tento virar a cabeça para acompanhar. Ela passa os dedos em minha testa, mas não diz nada. Percebo o alívio elevando os cantos de seus lábios.

Minha audição volta estranhamente. A princípio ouço ruídos abafados, depois, quando eles por fim ficam claros, não fazem sentido. Acho que meu cérebro concluiu que tinha sido despedaçado e agora está religando as funções pouco a pouco, testando terminações nervosas e gritando através das sinapses, feliz por encontrar tudo ainda ali.

— O que está acontecendo? — pergunto, depois que os tentáculos de minha mente finalmente localizam a língua.

— Putz, cara, achei que você já era — Thomas exclama, aparecendo ao lado do que agora percebo que é o mesmo sofá antigo em que me puseram quando fui nocauteado, naquela primeira noite na casa de Anna. Estou na loja de Morfran. — Quando trouxeram você... — ele diz. Não termina a frase, mas sei o que quer dizer. Ponho a mão em seu ombro e lhe dou uma sacudida.

— Eu estou bem — respondo e me sento um pouco, apenas com um mínimo de dificuldade. — Já estive em enrascadas piores.

Do outro lado da sala, de costas para todos nós, agindo como se tivesse muitas coisas bem mais interessantes para fazer, Morfran solta o ar com desdém.

— Pouco provável. — Ele se volta. Os óculos de aro fino deslizaram quase até a ponta do nariz. — E você ainda não está fora dessa "enrascada". Você foi obehado.

Thomas, Carmel e eu fazemos o que todos fazem quando alguém está falando outro idioma: nos entreolhamos e dizemos "Hã?".

— Obehado, garoto — Morfran repete com impaciência. — Magia vodu das Índias Ocidentais. Você tem sorte de eu ter passado seis anos em Anguilla com Julian Baptiste. Aquele, sim, era um verdadeiro obeahman.

Estico as pernas e me sento mais ereto. Exceto por uma leve dor nas costas e nas laterais do corpo, além da cabeça meio tonta, eu me sinto bem.

— Eu fui obehado por um obeahman? É como quando os Smurfs ficam falando de "smurfadas smurfantes"?

— Não é hora para piadas, Cassio.

É minha mãe. Ela está péssima. Andou chorando, e eu odeio isso.

— Ainda não sei como ele entrou na casa — diz ela. — Sempre temos tanto cuidado. E o feitiço de barreira estava funcionando. Funcionou com Anna.

— Era um ótimo feitiço, sra. Lowood — Anna concorda. — Eu nunca poderia ter passado por aquela porta. Por mais que quisesse. — Quando diz a última frase, seus olhos escurecem uns três tons.

— O que aconteceu? O que houve depois que eu apaguei, ou seja lá o que for? — Estou interessado agora. O alívio de não estar morto já cedeu.

— Eu disse a ele para sair e me enfrentar. Ele não aceitou. Só abriu aquele sorriso terrível. Depois sumiu. Não ficou nada além de fumaça. — Anna se volta para Morfran. — O que ele é?

— Ele *era* um obeahman. O que é agora eu não sei. Qualquer limitação que tivesse, ficou em seu corpo. Agora ele é só força.

— Mas o que é obeah? — Carmel pergunta. — Sou a única pessoa que não sabe?

— É só outra palavra para vodu — digo, e Morfran bate o punho fechado no canto de madeira do balcão.

— Se é isso que você acha, já pode se considerar morto.

— Por quê? — Eu me levanto, oscilante, e Anna segura minha mão. Esta não é uma conversa para se ter deitado.

— Obeah é vodu — ele explica. — Mas vodu não é obeah. O vodu é simplesmente bruxaria afro-caribenha. Segue as mesmas regras da magia que todos nós praticamos. O obeah não tem regras. O vodu canaliza energia. O obeah *é* energia. Um praticante de obeah não canaliza *nada*, ele toma para si. Ele se *torna* a fonte de energia.

— Mas a cruz... Eu encontrei uma cruz preta, como a sua, de Papa Legba.

Morfran balança a mão.

— Ele provavelmente começou como voduísta. Mas é muito, muito mais agora. Você nos meteu em um monte de merda.

— Como assim, eu nos meti? — pergunto. — Por acaso eu chamei o cara aqui? "Ei, cara que matou meu pai, venha para cá aterrorizar meus amigos e eu!"

— Você o trouxe aqui — Morfran rosna. — Ele esteve com você o tempo todo. — Olha com fúria para o athame em minha mão. — De carona nessa maldita faca.

Não. *Não.* Não pode ser isso. Agora eu entendo o que ele está dizendo, e não pode ser verdade. O athame parece pesado, mais pesado que antes. O brilho da lâmina no canto de meu olho parece dissimulado e traidor. Ele está dizendo que esse obeahman e meu athame estão ligados.

Minha mente resiste, mesmo que eu saiba que ele está certo. Por que outro motivo ele me traria o punhal de volta? Por que Anna teria sentido cheiro de fumaça quando a lâmina a cortou? O punhal estava ligado a mais alguma coisa, ela disse. Algo sombrio. Achei que fosse apenas a energia inerente do athame.

— Ele matou meu pai — eu me ouço dizer.

— Claro que matou — Morfran retruca com brusquidão. — Como acha que ele se conectou com a faca?

Não digo nada. Morfran está me lançando aquele olhar "junte as peças, gênio". Todos nós já passamos por isso. Mas acabei de ser desenfeitiçado não faz nem cinco minutos, então me deem um tempo.

— É por causa do seu pai — minha mãe murmura, antes de ser mais direta: — Porque ele comeu o seu pai.

— A carne — Thomas acrescenta, e seus olhos se acendem. Ele olha para Morfran, em busca de aprovação, e continua: — Ele come carne humana. Carne é energia. Essência. Quando ele comeu seu pai, absorveu a energia dele. — Baixa os olhos para o athame, como se nunca o tivesse visto antes. — Aquilo que você chamou de laço de sangue, Cas. Agora ele tem um vínculo com a faca. Ela o alimenta.

— Não — protesto fracamente. Thomas me dirige uma expressão desamparada de apoio, tentando dizer que eu não fiz de propósito.

— Espere — interrompe Carmel. — Você está dizendo que essa coisa tem pedaços do Will e do Chase? Como se levasse parte deles por aí? — Ela parece horrorizada.

Olho para o athame. Eu o usei para despachar dezenas de fantasmas. Sei que Morfran e Thomas estão certos. Então para onde, afinal, estive mandando todos eles? Não quero pensar nisso. Os rostos dos fantasmas que matei passam em flashes por trás de minhas pálpebras fechadas. Vejo suas expressões, confusas e bravas, cheias de dor. Vejo os olhos assustados do Caronista, tentando chegar em casa para encontrar a namorada. Não posso dizer que achava que estava lhes dando descanso. Eu esperava que sim, mas na verdade não sabia. Só que com certeza eu não queria fazer *isto*.

— É impossível — digo por fim. — O punhal não pode estar ligado aos mortos. Ele serve para matar os mortos, não para lhes dar alimento.

— Não é o Cálice Sagrado que você tem nas mãos, garoto — Morfran ironiza. — Essa faca foi forjada muito tempo atrás, com poderes que era melhor terem ficado esquecidos. Só porque você a usa para o bem, não significa que a intenção original foi essa. Não significa que é só disso que ela é capaz. O que ela era quando seu pai a usava não é o mesmo que é agora. Cada espírito que você matou fez esse fantasma mais forte. Ele come carne humana. É um obeahman. Um coletor de energia.

As acusações me fazem querer ser criança outra vez. Por que minha mãe não está chamando todos eles de grandes mentirosos? Daquele pior tipo, de cara de pau e nariz de Pinóquio? Mas minha mãe está em silêncio, ouvindo tudo sem discordar.

— Você está dizendo que ele esteve comigo o tempo todo. — Eu me sinto doente.

— Estou dizendo que o athame é como as coisas que trazemos para esta loja. O fantasma esteve *com ele*. — Morfran olha, sério, para Anna. — E agora ele a quer.

— Por que ele mesmo não faz isso? — pergunto, cansado. — Ele é comedor de carne, certo? Por que precisa da minha ajuda?

— Porque eu não sou carne — Anna responde. — Se fosse, estaria podre.

— Em termos bem diretos — Carmel observa. — Mas ela tem razão. Se os fantasmas fossem carne, seriam mais como zumbis, não é?

Começo a oscilar ao lado de Anna. A sala está girando lentamente, e sinto o braço dela me segurar pela cintura.

— O que isso tudo importa neste momento? — Anna questiona. — Há algo a ser feito. Será que esta conversa não pode esperar?

Ela fala isso por mim. Há um tom protetor em sua voz. Eu a fito, agradecido, em pé a meu lado, em seu auspicioso vestido branco. Ela é pálida e magra, mas ninguém poderia dizer que é fraca. Para aquele obeahman, deve parecer o banquete do século. Ele quer que ela seja o seu grande fundo de aposentadoria.

— Vou acabar com ele — digo.

— Vai precisar fazer isso — Morfran concorda. — Se quiser permanecer vivo.

Isso não parece bom.

— Como assim?

— O obeah não é minha especialidade. Seria preciso mais de seis anos para isso, com ou sem Julian Baptiste. Mas, mesmo que fosse, não posso tirar o feitiço de você. Só posso me contrapor a ele e ganhar tempo. Mas não muito. Você estará morto ao amanhecer, a menos que faça o que ele quer. Ou a menos que o mate.

A meu lado, Anna fica tensa. Minha mãe leva a mão à boca e começa a chorar.

Morto ao amanhecer. Pois bem. Não sinto nada, ainda não, exceto uma espécie de zumbido baixo e cansado por todo o corpo.

— O que vai acontecer comigo, exatamente? — pergunto.

— Não sei — Morfran responde. — Pode parecer uma morte humana natural, ou ter a forma de envenenamento. De qualquer modo, acho que você pode esperar que alguns de seus órgãos comecem a parar de funcionar nas próximas horas. A menos que você o mate. Ou mate ela. — Faz um sinal com a cabeça indicando Anna, e ela aperta minha mão.

— Nem pense nisso — digo a ela. — Eu não vou fazer o que ele quer. E essa história de fantasma suicida já perdeu a graça.

Ela levanta o queixo.

— Eu não ia sugerir isso. Se você me matasse, ele só ficaria mais forte e voltaria para matar você, de qualquer modo.

— Então o que fazemos? — Thomas pergunta.

Eu não gosto, particularmente, de ser o líder. Não tenho muita prática com isso e me sinto muito mais à vontade arriscando apenas a minha pele. Mas não adianta. Não há tempo para desculpas ou dúvidas. Nas mil maneiras que imaginei isso acontecendo, jamais poderia ter pensado em nada assim. De qualquer forma, é bom que eu não esteja lutando sozinho.

Olho para Anna.

— Vamos lutar em nosso próprio campo — afirmo. — E ficar nas cordas.

# 23

Esta é a operação mais desmantelada que já vi. Estamos viajando em uma pequena caravana nervosa, amontoados em carros velhos que deixam trilhas de fumaça escura, sem saber se estamos prontos para fazer o que quer que estejamos indo fazer. Ainda não expliquei a estratégia de "ficar nas cordas". Mas acho que Morfran e Thomas, pelo menos, desconfiam do que seja.

A luz está começando a ficar dourada, chegando pela lateral, pronta para adquirir os tons do pôr do sol. Colocar tudo nos carros demorou um século. Temos metade do estoque de ocultismo da loja enfiado no Tempo de Thomas e na picape Chevy de Morfran. Fico pensando nas tribos nômades nativas e em como conseguiam embalar uma civilização inteira em uma hora, a fim de perseguir búfalos. Quando os humanos começaram a juntar tanta tralha?

Quando chegamos à casa de Anna, começamos a descarregar os carros, levando para dentro tudo o que podemos. Foi isso que eu quis dizer quando falei "em nosso próprio campo". Minha própria casa parece contaminada, e a loja é próxima demais do restante da cidade. Contei para Morfran sobre os espíritos inquietos, mas ele acha que eles vão se encolher em algum canto escuro na presença de tantos bruxos. Vou confiar na palavra dele.

Carmel entra em seu Audi, que ficou estacionado ali o tempo todo, e esvazia a mochila da escola para poder enchê-la de ervas e frascos de essências. Até aqui, eu me sinto bem. Ainda lembro o que Morfran disse sobre o feitiço obeah ficar pior aos poucos. Há uma dor se formando em minha cabeça, bem entre os olhos, mas pode ser da batida na parede. Se tivermos sorte, vamos acelerar o ritmo o suficiente para que esta batalha termine antes que a maldição comece a me perturbar. Não sei quanto poderei ajudar se estiver me contorcendo em agonia.

Estou tentando me manter positivo, o que é estranho, já que tenho uma tendência a me preocupar. Deve ser toda essa história de líder da turma. Tenho de parecer bem. Tenho de parecer confiante. Porque minha mãe está aflita a ponto de ficar de cabelos brancos antes da hora, e Carmel e Thomas estão pálidos demais, mesmo para canadenses.

— Você acha que ele vai nos encontrar aqui? — Thomas pergunta enquanto puxamos um saco de velas de dentro do carro.

— Acho que ele sempre soube exatamente onde eu estou — respondo. — Ou, pelo menos, sempre sabe onde o punhal está.

Ele olha para Carmel, que ainda arruma cuidadosamente dentro da mochila frascos de óleo e potes de vidro com coisas flutuando.

— Acho que a gente não devia ter trazido as duas — Thomas diz. — A Carmel e a sua mãe. Talvez a gente deva mandá-las para algum lugar seguro.

— Não acho que exista um lugar assim. Mas vocês podiam levar as duas, Thomas. Você e o Morfran podiam se esconder com elas por aí. Têm alguma condição de resistir, se for preciso.

— E você? E a Anna?

— Bom, parece que somos nós que ele quer — digo, encolhendo os ombros.

Ele franze o nariz para ajeitar os óculos no rosto. Sacode a cabeça.

— Não vou para lugar nenhum. Além disso, elas devem estar tão seguras aqui quanto em qualquer outra parte. Podem pegar algum fogo cruzado, mas pelo menos não estão sozinhas, sendo alvos fáceis.

Olho para ele com afeto. Sua expressão é de pura determinação. Thomas não é, de forma alguma, o tipo naturalmente corajoso. E isso faz da coragem dele algo ainda mais valioso.

— Você é um bom amigo, Thomas.

Ele ri.

— É, obrigado. Agora, que tal você me contar sobre esse plano que supostamente vai evitar que a gente seja devorado?

Eu sorrio e olho para os carros, onde Anna está ajudando minha mãe com um braço e carregando um pacote com seis garrafas de água mineral no outro.

— Tudo que preciso de você e do Morfran é um jeito de contê-lo quando ele chegar aqui — digo, enquanto continuo a observar. — E, se tiverem como lançar a isca para a armadilha, também ajudaria.

— Deve ser fácil — ele responde. — Tem toneladas de feitiços de evocação usados para atrair energias, ou para atrair um namorado. Sua mãe deve conhecer dezenas. É só a gente alterar um pouco. E podemos energizar uma corda para contenção. Também podemos modificar o óleo de barreira da sua mãe. — Franze a testa enquanto vai refletindo sobre os requisitos e métodos.

— Deve funcionar — digo, embora não tenha ideia da maior parte do que ele está falando.

— É — ele responde, cético. — Agora, se você puder me arrumar 1,21 gigawatt e um capacitor de fluxo, estamos prontos.

Eu rio.

— São Tomé, pare de ser tão negativo. Isso vai dar certo.

— Como você sabe?

— Porque tem que dar. — Tento manter os olhos bem abertos enquanto minha cabeça começa a doer de verdade.

Duas frentes foram montadas na casa, que não vê tanto movimento desde... possivelmente nunca. No andar superior, Thomas e Morfran estão espalhando uma linha de incenso em pó por todo o alto da escada. Morfran está com seu próprio athame, cortando o sinal do pentagrama no ar. Não é nem de longe tão bonito quanto o meu, que está na bainha de couro, pendurado em meu ombro e transpassado no peito. Estou tentando não pensar muito no que Morfran e Thomas disseram sobre ele. O athame é só um objeto; não é um artefato inerentemente bom ou mau. Não tem vontade própria. Eu não andei por aí chamando-o de "meu precioso" por todos estes anos. E, quanto ao vínculo entre ele e o obeahman, garanto que será cortado esta noite.

Lá em cima, Morfran está murmurando e girando lentamente em um círculo, no sentido anti-horário. Thomas pega algo que parece uma mão de madeira com dedos estendidos e passa-a no alto dos degraus, depois a deixa de lado. Morfran terminou seu cântico; faz um sinal com a cabeça para Thomas, que acende um fósforo e o derruba no chão. Uma chama azul se levanta em linha, ao longo do piso superior, depois se desfaz em fumaça.

— Está com cheiro de show do Bob Marley aqui — digo, quando Thomas desce as escadas.

— É o patchuli — ele responde.

— E o que era aquela vassoura de madeira com dedos?

— Raiz de confrei. Para uma casa segura. — Ele olha em volta. Posso senti-lo checando mentalmente todos os itens da lista.

— O que vocês estavam fazendo lá em cima, afinal?

— É de lá que vamos fazer o impedimento — ele responde, indicando o andar superior com a cabeça. — E é a nossa linha de defesa. Vamos selar todo o andar de cima. Se tudo der errado, nós nos reagrupamos lá. Ele não vai conseguir nos alcançar. — Thomas suspira.

— Então é melhor eu começar a fazer os pentagramas nas janelas.

A segunda frente, formada por minha mãe, Carmel e Anna, está fazendo um barulhão na cozinha. Anna está ajudando minha mãe no fogão à lenha, a fim de cozinhar as poções de proteção. Sinto também um cheiro de águas curadoras de alecrim e alfazema. Minha mãe é o tipo de pessoa "prepare-se para o pior, torça pelo melhor". Cabe a ela lançar algo para atraí-lo para cá — quer dizer, além do meu truque de ficar nas cordas.

Não sei por que estou pensando em código, com toda essa história de "ficar nas cordas". Até eu estou começando a me perguntar qual é meu plano, afinal. A ideia é usar um engodo. Minha inspiração é uma estratégia de boxe que ficou famosa com Muhammad Ali. Faça o oponente pensar que você está perdendo. Traga-o até onde você quer que ele esteja. E então acabe com ele.

E o que eu vou usar como estratégia de "ficar nas cordas"? Matar Anna.

Acho que eu deveria lhe contar.

Na cozinha, minha mãe está picando uma erva. Há um jarro aberto com líquido verde sobre a bancada, que cheira a uma mistura de picles e casca de árvore. Anna está mexendo o conteúdo de uma panela no fogão. Carmel olha em volta, perto da porta do porão.

— O que tem lá embaixo? — ela pergunta e abre a porta.

Anna fica tensa e olha para mim. O que Carmel encontraria lá, se descesse? Cadáveres confusos se arrastando?

Provavelmente não. A assombração parece ser uma manifestação de culpa da própria Anna. Se Carmel encontrasse alguma coisa, é provável que fossem apenas alguns pontos frios e uma ocasional batida de porta misteriosa.

— Nada com que a gente precise se preocupar — digo, me aproximando para fechar a porta. — As coisas estão indo muito bem lá em cima. Como estão aqui?

Carmel encolhe os ombros.

— Eu não estou sendo muito útil. Não sei nada dessa coisa de cozinhar. Mas elas parecem estar indo bem. — Franze o nariz. — É meio lento.

— Nunca se deve apressar uma poção. — Minha mãe sorri. — Ou sai tudo mal feito. E você ajudou bastante, Carmel. Ela limpou os cristais, Cas.

Carmel sorri para ela, mas me lança um olhar significativo.

— Acho que vou ajudar o Thomas e o Morfran.

Depois que ela sai, eu gostaria que não tivesse feito isso. Estando só eu, Anna e minha mãe ali, o lugar parece estranhamente abafado. Há coisas que precisam ser ditas, mas não na frente de minha mãe.

Anna pigarreia.

— Acho que já está bom, sra. Lowood — diz. — Precisa que eu faça mais alguma coisa?

Minha mãe dá uma olhada para mim.

— Agora não, querida, obrigada.

Enquanto atravessamos a sala de estar em direção ao saguão de entrada, Anna ergue a cabeça e observa o movimento lá em cima.

— Você não tem ideia de como isso é estranho — comenta. — Ter pessoas na minha casa e não querer rasgar todas elas em pedacinhos.

— Mas é um avanço, certo?

Ela franze o nariz.

— Você é... Como foi que Carmel disse mais cedo? — Baixa os olhos, pensando, depois volta a olhar para mim. — Um babaca.

Eu rio.

— Você já está se atualizando.

Saímos na varanda. Fecho melhor meu casaco. Não o tirei desde que cheguei; a casa não vê aquecimento há meio século.

— Eu gosto da Carmel — diz Anna. — Não gostei no começo.

— Por quê?

Ela dá de ombros.

— Achei que fosse sua namorada. — E sorri. — Mas essa é uma razão muito boba para não gostar de alguém.

— É, bom... Eu acho que a Carmel e o Thomas estão em rota de colisão. — Nós nos recostamos na parede da casa e eu sinto a podridão da madeira atrás de mim. As tábuas não parecem firmes; no momento em que me encosto, é como se eu as estivesse apoiando, em vez do contrário.

A dor de cabeça se torna mais insistente. E estou começando a ter o que parece o tipo de dor na lateral do corpo que a gente sente quando corre muito. Eu devia ir ver se alguém tem um analgésico. Mas isso é bobagem. Se a dor é mística, o que um analgésico vai poder fazer contra ela?

— Está começando a doer, não é?

Ela me observa com preocupação. Eu nem tinha me dado conta de que estava esfregando os olhos.

— Eu estou bem.

— Temos que trazer o obeahman para cá, e depressa. — Ela vai até a grade da varanda e volta. — Como você vai fazer para ele vir? Quero saber.

— Vou fazer o que você sempre quis — respondo.

Ela leva um momento para entender. Se é possível uma pessoa ficar magoada e agradecida ao mesmo tempo, é o que surge na expressão em seu rosto.

— Não fique tão animada. Só vou matar você um pouquinho. Vai ser mais como uma sangria ritual.

Ela franze a testa.

— Vai funcionar?

— Com todos os feitiços de evocação extras que estão sendo preparados na cozinha, acho que sim. Ele vai ser como um cachorro de desenho animado, flutuando atrás do cheiro de um carrinho de cachorro-quente.

— Isso vai me enfraquecer.

— Quanto?

— Não sei.

Que droga. A verdade é que eu também não sei. Não quero machucá-la. Mas o sangue é a chave. O fluxo de energia que flui por minha lâmina para sabe lá onde deve atraí-lo como o uivo de um lobo alfa. Fecho os olhos. Um milhão de coisas podem dar errado, mas é tarde demais para pensar em outro plano.

A dor entre meus olhos está me fazendo piscar muito. Está prejudicando meu foco. Nem sei se vou estar bem o bastante para fazer os cortes, se os preparativos levarem muito mais tempo.

— Cassio, estou com medo por você.

Eu dou uma risada.

— Acho que isso é justificável. — Aperto os olhos com força. Não é nem uma dor aguda ou em pontadas. Talvez fosse melhor, uma dor em ondas, para eu poder me recuperar nos intervalos. Mas é constante e enlouquecedora. Não há alívio.

Algo frio toca meu rosto. Dedos suaves entram por meus cabelos, nas têmporas, levando-os para trás. Então a sinto roçar minha boca, com muito cuidado, e, quando abro os olhos, estou diante dos olhos dela. Fecho-os outra vez e a beijo.

Quando termina — e demora um bom tempo —, nós nos apoiamos na casa, com as testas unidas. Minhas mãos estão em suas costas. Ela ainda está acariciando meus cabelos.

— Eu nunca pensei que teria a chance de fazer isso — murmura.

— Nem eu. Pensei que ia matar você.

Anna dá um sorrisinho. Ela acha que nada mudou. Mas está errada. Tudo mudou. Tudo, desde que cheguei a esta cidade. E eu sei agora que era meu destino vir para cá. Aquele momento em que ouvi a história dela, a conexão que senti, o interesse tinham um propósito.

Não estou com medo. Apesar da dor intensa entre os olhos e o conhecimento de que algo está vindo atrás de mim, algo que poderia facilmente arrancar meu baço e estourá-lo como um balão de água, não estou com medo. Ela está comigo. Ela é o meu propósito, e nós vamos salvar um ao outro. Vamos salvar todos. E então vou convencê-la de que o lugar dela é aqui. Comigo.

Um tilintar de algo caindo no chão vem de dentro da casa. Minha mãe deve ter derrubado alguma coisa na cozinha. Nada de mais, mas Anna leva um susto e se afasta. Entorto o corpo de lado e faço uma careta. Acho que o obeahman pode ter começado a trabalhar em meu baço mais cedo. Onde fica o baço mesmo?

— Cas! — Anna exclama. Volta para perto de mim e deixa que eu me apoie nela.

— Não vá — digo.

— Não vou a lugar nenhum.

— Não vá nunca — provoco, e ela faz cara de que quer me enforcar só um pouquinho. Anna me beija de novo, e eu não largo sua boca; faço-a se contorcer e começar a rir e tentar ficar séria.

— Vamos nos concentrar nesta noite — ela diz.

Nos concentrar nesta noite. Mas o fato de ela me beijar mais uma vez fala muito mais alto.

Os preparativos foram feitos. Estou deitado de costas no sofá coberto com lençol, pressionando uma garrafa de água mineral morna contra a testa. Meus olhos estão fechados. O mundo parece muito melhor no escuro.

Morfran tentou fazer outra limpeza, ou contraposição, ou o que seja, mas não funcionou, nem de longe, tão bem quanto a primeira. Ele murmurou cânticos e bateu pedras de sílex, produzindo uma bonita pirotecnia, depois esfregou meu rosto e peito com um treco preto e esfarelento que cheirava a enxofre. A dor ao lado do corpo diminuiu e parou de tentar se espalhar pelo tórax. A dor de cabeça se reduziu a um latejamento moderado, mas ainda insuportável. Morfran pareceu preocupado e decepcionado com os resultados. Disse que teria funcionado melhor se tivesse sangue fresco de galinha. Apesar da dor, fico feliz por ele não ter tido acesso a uma galinha viva. Que espetáculo teria sido.

Estou me lembrando das palavras do obeahman: que minha mente iria sangrar pelos ouvidos ou algo assim. Espero que não tenha sido literal.

Minha mãe está sentada no sofá, a meus pés. Sua mão está em minha canela e ela a acaricia distraidamente. Ainda quer fugir. Todos os seus instintos maternos dizem para me enrolar em uma manta e correr dali. Mas ela não é qualquer mãe. É a minha mãe. Então fica ali sentada, se preparando para lutar a meu lado.

— Sinto muito pelo seu gato — digo.

— Era o nosso gato — ela responde. — Eu sinto também.

— Ele tentou nos avisar. Eu devia ter escutado aquele pequeno monte de pelo. — Baixo a garrafa de água. — Sinto muito mesmo, mãe. Vou sentir falta dele.

Ela assente com um gesto de cabeça.

— Quero que você suba antes que tudo comece — digo. Ela concorda outra vez. Sabe que não posso me concentrar se estiver preocupado com ela.

— Por que você não me contou? — pergunta. — Que estava procurando por ele todos esses anos? Que estava planejando ir atrás dele?

— Eu não queria que você se preocupasse — respondo. E me sinto meio idiota. — Viu como tudo deu certo?

Ela afasta o cabelo de meus olhos. Odeia quando eu o deixo caído no rosto o tempo todo. Uma expressão de tensa preocupação surge em seu semblante, e ela me olha mais de perto.

— O que foi? — pergunto.

— Seus olhos estão amarelos. — Acho que ela vai chorar outra vez. Da outra sala, escuto Morfran dizer um palavrão. — É o seu fígado — minha mãe diz baixinho. — E talvez os rins. Eles estão falhando.

Bom, isso explica a sensação de liquefação na lateral de meu corpo.

Estamos sozinhos na sala. Todo mundo meio que se espalhou para o respectivo canto. Imagino que todos estejam pensando, talvez fazendo orações. Espero que Thomas e Carmel estejam dando uns amassos dentro de algum armário. Lá fora, um clarão de eletricidade chama minha atenção.

— Não é um pouco tarde para a época dos relâmpagos? — comento.

Morfran responde de onde está rondando, na porta da cozinha.

— Não é só relâmpago. Acho que o nosso garoto está juntando energia.

— Precisamos fazer o feitiço de evocação — minha mãe diz.

— Vou procurar Thomas. — Eu me levanto do sofá e subo as escadas em silêncio. No andar de cima, a voz de Carmel vem de um dos antigos quartos de hóspedes.

— Não sei o que estou fazendo aqui — ela afirma, e o tom é assustado, mas também um pouco sarcástico.

— Como assim? — Thomas responde.

— Ah, fala sério. Eu sou a droga da rainha do baile. O Cas é tipo Buffy, a Caça-Vampiros; você, seu avô e a mãe dele são todos bruxos ou feiticeiros ou o que for, e a Anna é... a Anna. O que eu estou fazendo aqui? Sirvo pra quê?

— Esqueceu? Você é a voz da razão. Você pensa nas coisas que nós esquecemos.

— É. E eu penso que vou ser morta de primeira. Eu e meu taco de alumínio.

— Não. Não vai. Nada vai acontecer com você, Carmel.

As vozes deles ficam mais baixas. Eu me sinto um bisbilhoteiro pervertido. Não vou interrompê-los. Minha mãe e Morfran podem fazer os feitiços. Não vou tirar este momento de Thomas. Então retorno pelas escadas, sem fazer barulho, e vou para fora da casa.

Imagino como serão as coisas quando isso tiver acabado. Supondo que todos nós escapemos, o que vai acontecer? Será que tudo vai voltar a ser como era? Carmel vai acabar esquecendo esse tempo de aventuras que passou conosco? Vai rejeitar Thomas e voltar a ser o centro da escola? Ela não faria isso, faria? Quer dizer, ela acabou de me comparar com Buffy, a Caça-Vampiros. Minha opinião sobre ela não é das melhores neste instante.

Quando saio para a varanda, fechando bem o casaco, vejo Anna sentada na grade, com uma perna levantada. Está observando o céu, e seu rosto iluminado pelos raios é parte espanto e parte preocupação.

— Clima estranho — ela diz.

— O Morfran falou que não é só o clima — respondo, e ela faz uma expressão de "bem que imaginei".

— Você parece um pouco melhor.

— Obrigado. — Não sei por quê, mas me sinto tímido. E este não é o momento para isso. Vou até ela e a abraço pela cintura.

Não há calor em seu corpo. Quando enfio o nariz entre os cabelos escuros, não há perfume. Mas posso tocá-la, e já a conheço. E, por alguma razão, ela pode dizer o mesmo sobre mim.

Percebo um cheiro picante. Ambos levantamos o olhar. De um dos quartos no piso superior, saem pequenas espirais de fumaça perfumada, uma fumaça que não se desfaz com o vento e, em vez disso, estende-se em dedos etéreos para fazer um chamado. Os feitiços de evocação começaram.

— Você está pronta? — pergunto.

— Como nunca — ela diz docemente. — Não é isso que dizem?

— Sim — confirmo em seu pescoço. — É isso que dizem.

———⊶∞⊷———

— Onde eu devo fazer?

— Em algum lugar que pelo menos pareça um ferimento mortal.

— Por que não na parte interna do pulso? Tem um motivo para ser um clássico.

Anna está sentada no chão, no meio da sala. A parte inferior de seu braço pálido dança na frente de minha visão comprometida. Estamos ambos nervosos, e as sugestões que vêm do andar de cima não estão ajudando.

— Eu não quero machucar você — murmuro.

— Você não vai. Mesmo.

Já escureceu por completo, e a tempestade elétrica seca está se movendo para mais perto de nossa casa na colina. Minha lâmina, normalmente tão firme e confiante, oscila e treme enquanto a passo pelo braço de Anna. Seu sangue negro escorre em uma linha espessa, manchando a pele e pingando no piso empoeirado, sob a forma de gotas pesadas.

Minha cabeça está me matando. Preciso manter o pensamento claro. Enquanto nós dois observamos a poça de sangue, podemos sentir uma espécie de excitação no ar, alguma força intangível que faz os pelos dos braços e do pescoço enrijecerem e ficarem em pé.

— Ele está vindo — digo, suficientemente alto para que os outros possam ouvir de onde se encontram, no andar superior, observando por sobre o parapeito. — Mãe, vá para um dos quartos dos fundos. Seu trabalho terminou. — Ela não quer ir, mas vai, e sem dizer nada, embora tenha todo um dicionário de verbetes que expressam preocupação e incentivo preso na língua.

— Eu me sinto mal — Anna sussurra. — Está me puxando, como antes. Você cortou muito fundo?

Pego o braço dela.

— Acho que não. Não sei. — O sangue está vazando, que é o que pretendíamos, mas em um fluxo grosso demais. Quanto sangue pode ter uma menina morta?

— Cas — Carmel diz. Há alarme em sua voz. Não olho para ela. Olho para a porta.

Uma névoa está vindo da varanda, passando pelas frestas, movendo-se como uma serpente que fareja o chão. Não sei o que eu esperava, mas não era isso. Acho que eu esperava que ele arrancasse a porta das dobradiças e surgisse como uma silhueta contra o luar, um espectro maligno sem olhos.

A névoa nos circunda. Em toda a glória de nossa estratégia de engodo, estamos caídos, exaustos, parecendo derrotados. Só que Anna realmente parece mais morta que de hábito. Este plano pode sair pela culatra.

E então a névoa se junta e estou uma vez mais diante do obeahman, que olha para mim com seus olhos costurados.

Odeio quando eles não têm olhos. Órbitas vazias, ou globos oculares embaçados, ou olhos que simplesmente não estão onde deveriam estar. Eu odeio tudo isso. Fico arrepiado, e isso me irrita muito.

No andar de cima, ouço os cânticos começarem, e o obeahman ri.

— Podem tentar me prender quanto quiserem — zomba. — Já consegui o que vim buscar.

— Selem a casa — ordeno a todos e me levanto. — Espero que você tenha vindo buscar meu punhal na sua barriga.

— Você está se tornando inconveniente — ele diz, mas não estou mais pensando. Estou lutando, atacando e tentando manter o equilíbrio, apesar da dor de cabeça latejante. Estou golpeando e girando, mesmo com a rigidez no peito e nas laterais do corpo.

Ele é rápido e ridiculamente ágil para alguém sem olhos, mas, por fim, consigo acertar um golpe. Todo o meu corpo fica tenso como um arco quando sinto a ponta da lâmina entrar no flanco dele.

Ele oscila para trás e põe a mão morta sobre a ferida. Meu triunfo dura pouco. Antes que eu veja o que está acontecendo, ele avança e me joga contra a parede. Nem percebo que a atingi até estar deslizando para o chão.

— Façam o impedimento! Façam ele enfraquecer! — grito, mas, enquanto isso, ele desliza para a frente, feito uma aranha bestial, e levanta o sofá como se fosse inflável, depois o atira contra minha equipe de lançadores de feitiços no andar superior. Escuto o grito deles sob o impacto, mas não há tempo para pensar se estão bem. O obeahman me agarra pelo ombro, me levanta e me soca contra a parede. Quando ouço o que parece o som de gravetos se partindo, sei que é, na verdade, um punhado de minhas costelas. Talvez a porra da caixa torácica inteira.

— Este athame é nosso — ele grunhe no meu rosto, com a fumaça doce saindo por entre as gengivas rançosas. — Ele é como o obeah, é *propósito*, tanto o seu quanto o meu agora, e qual você acha que é mais forte?

Propósito. Sobre o ombro dele, vejo Anna, com os olhos escuros e o corpo retorcido, coberta com o vestido de sangue. A ferida em seu braço cresceu, e ela está caída em uma poça oleosa de meio metro de diâmetro. Está olhando para o chão com uma expressão vazia. No andar de cima, vejo o sofá atirado e um par de pernas preso embaixo dele. Sinto o gosto de meu próprio sangue na boca. É difícil respirar.

E então uma amazona surge do nada. Carmel pulou da escada para o meio da sala. Está gritando. O obeahman vira bem a tempo de levar um golpe do taco de metal no rosto, e isso tem mais efeito nele do que teve em Anna, talvez porque Carmel esteja muito mais furiosa agora. Ele cai de joelhos e ela bate de novo e de novo. E é a rainha do baile que achou que não poderia ajudar em nada.

Eu não perco a chance. Enfio o athame na perna dele e o ouço uivar, mas ele consegue esticar o braço e segurar a perna de Carmel. Escuto um estalo molhado e finalmente vejo como ele consegue dar mordidas tão grandes nas pessoas: quase todas as articulações de sua mandíbula estão soltas. Ele enfia os dentes na coxa de Carmel.

— Carmel! — É Thomas, gritando enquanto desce as escadas mancando. Ele não vai chegar até ela a tempo de salvar sua perna, então eu me jogo sobre o obeahman e meu punhal penetra seu rosto. Vou arrancar toda aquela mandíbula, juro que vou.

Carmel está soltando gritos agudos e se agarrando a Thomas, que tenta tirá-la das presas do crocodilo. Eu giro a lâmina dentro da boca dele, rezando para não estar cortando Carmel também, e ele a solta com um ruído molhado. A casa toda treme com sua fúria.

Só que não é a *sua* fúria. Esta casa não é dele. E ele está enfraquecendo. Eu o cortei o suficiente, agora, para estarmos lutando em uma sujeira pegajosa. Ele conseguiu me prender de encontro ao chão, enquanto Thomas arrasta Carmel para fora do caminho, não chegando a ver o que eu vejo, que é um gotejante vestido de sangue pairando no ar.

Gostaria que o obeahman tivesse olhos, para que eu pudesse ver a surpresa neles quando ela o agarra por trás e o atira com um estrondo contra os balaústres da escada. Minha Anna se ergueu de sua poça, vestida para lutar, com cabelos de serpentes e veias negras. A ferida em seu braço ainda está sangrando. Ela não está muito certa.

Na escada, o obeahman se levanta lentamente. Espana a roupa e mostra os dentes. Não entendo. Os cortes em seu corpo e seu rosto, a ferida em sua perna não sangram mais.

— Você acha que pode me matar com o meu próprio punhal? — ele pergunta.

Olho para Thomas, que tirou o casaco para amarrá-lo na perna de Carmel. Se eu não conseguir matá-lo com o athame, não sei o que vou fazer. Há outras maneiras de matar um fantasma, mas ninguém aqui as conhece. E eu mal posso me mover. Meu peito parece um punhado de gravetos soltos.

— Não é seu punhal — Anna responde. — Não depois desta noite. — Olha para mim e sorri, só um pouquinho. — Eu vou devolvê-lo para ele.

— Anna — começo, mas não sei mais o que dizer. Enquanto observo, enquanto todos nós observamos, ela levanta o punho fechado e o desce com força sobre as tábuas do piso, levantando lascas e pedaços de madeira rachada bem acima, no ar. Não entendo o que ela está fazendo.

E então vejo o brilho vermelho e suave, semelhante a brasas.

Há surpresa no rosto de Anna, que passa para uma expressão de alívio satisfeito. A ideia surgiu como uma aposta. Ela não sabia se algo aconteceria quando abrisse aquele buraco no chão. Mas, agora que aconteceu, ela mostra os dentes e dobra os dedos em garras.

O obeahman rosna quando ela se aproxima. Embora esteja fraca, ela não tem rival. Eles trocam socos. Ela torce a cabeça dele sobre o pescoço, mas ele a encaixa no lugar de novo.

Preciso ajudá-la. Não importa que meus ossos estejam espetando os pulmões. Rastejo sobre a barriga. Usando o punhal como uma picareta de alpinista, eu me impulsiono e me arrasto pelo chão.

A casa balança, e mil tábuas e pregos enferrujados gemem em sintonia. E há também os sons que *eles* fazem, colidindo um com o outro, um barulho denso o bastante para me fazer estremecer. Estou surpreso por ambos ainda não estarem desfeitos em pedaços ensanguentados.

— Anna! — Minha voz soa urgente, mas fraca. Não estou conseguindo inspirar muito ar. Eles estão se engalfinhando, com caretas de tensão no rosto. Ela o sacode para a direita e para a esquerda; ele grunhe e joga a cabeça para a frente. Ela recua e vê que eu estou me aproximando.

— Cas! — ela berra entredentes. — Você precisa sair daqui! Precisa tirar todo mundo daqui!

— Eu não vou deixar você — grito em resposta. Ou pelo menos tento gritar. Minha adrenalina está se esgotando. Sinto como se as luzes estivessem piscando. Mas não vou deixá-la. — Anna!

Ela dá um grito. Enquanto sua atenção estava em mim, o canalha desarticulou a mandíbula e, agora, está grudado no braço dela, cravado como uma serpente. A visão do sangue dela nos lábios dele me faz urrar. Encolho as pernas sob o corpo e salto.

Agarro-o pelos cabelos e tento arrancá-lo dela. A fatia que abri em seu rosto balança grotescamente a cada movimento. Eu o corto de novo e uso o punhal para pressionar seus dentes para cima. Juntos, aplicamos toda a nossa força para empurrá-lo. Ele bate na escada quebrada e cai, esparramado e atordoado.

— Cassio, você precisa ir embora *agora* — Anna suplica. — Por favor.

Há pó caindo em toda a nossa volta. Ela fez alguma coisa com a casa quando abriu aquele buraco ardente no piso. Sei disso, e sei que Anna não pode voltar atrás.

— Você vem comigo. — Seguro o braço dela, mas puxá-la é como tentar puxar uma coluna grega. Thomas e Carmel estão me chamando perto da porta, mas parecem estar a milhares de quilômetros de distância. Eles vão conseguir. Seus passos soam nos degraus da varanda.

Em meio a tudo aquilo, Anna está calma. Pousa a mão em meu rosto.

— Eu não me arrependo disso — murmura. A expressão em seus olhos é terna.

Mas endurece em seguida. Ela me empurra e me joga para o outro lado da sala, de onde eu tinha vindo. Rolo sobre as tábuas e sinto a massa dolorida das costelas. Quando levanto a cabeça, Anna está avançando sobre o obeahman, que continua deitado onde nós o lançamos, na base da escada. Ela o segura por um braço e uma perna. Ele começa a se contorcer enquanto ela o arrasta em direção ao buraco no piso.

Quando olha com seus olhos costurados e enxerga, ele tem medo. Desfere uma chuva de socos no rosto e nos ombros de Anna, mas seus golpes não parecem mais raivosos. Parecem defensivos. Ela está andando de costas, até que seu pé encontra o buraco e afunda. Um brilho de fogueira ilumina sua panturrilha.

— Anna! — grito enquanto a casa começa realmente a sacudir. Mas não consigo me levantar. Não consigo fazer nada além de vê-la afundar cada vez mais, arrastando-o para baixo enquanto ele guincha e resiste e tenta se soltar.

Eu me jogo para a frente e começo a rastejar outra vez. Sinto gosto de sangue e pânico. As mãos de Thomas estão em mim. Ele está tentando me puxar para fora, como fez algumas semanas atrás, na primeira vez em que estive nesta casa. Mas isso parece ter sido há anos agora, e desta vez eu luto para me livrar dele. Thomas me larga e corre para a escada, onde minha mãe está gritando por socorro enquanto a casa chacoalha. O pó está tornando mais difícil enxergar, mais difícil respirar.

*Anna, por favor, olhe para mim outra vez.* Mas ela já quase nem está visível. Afundou tanto que apenas algumas mechas de cabelo ainda se contorcem no chão. Thomas está de volta, me puxando e arrastando para fora da casa. Eu faço um movimento contra ele com o punhal, mas não é a sério, nem mesmo em meu medo. Quando ele me arrasta pelos degraus da varanda, minhas costelas vão gritando enquanto batem na madeira, e eu tenho vontade de esfaqueá-lo de verdade. Mas ele conseguiu. Trouxe-me até nosso pequeno grupo derrotado, do lado de fora da casa. Minha mãe está apoiando Morfran, e Carmel está pulando em uma perna só.

— Me solta — eu rosno, ou pelo menos acho que rosno. Não sei dizer. Não consigo falar direito.

— *Ah!* — alguém exclama.

Ergo o corpo para olhar para a casa. Ela está plena de uma luz vermelha. A coisa inteira pulsa como um coração, lançando um brilho em direção ao céu noturno. E então implode com um estrondo macabro, as paredes caindo sobre si mesmas e desabando, lançando nuvens de pó, lascas de madeira e pregos pelo ar.

Alguém me cobre, me protegendo da explosão. Mas eu queria ver. Eu queria vê-la, uma última vez.

# EPÍLOGO

Não imaginamos que as pessoas fossem acreditar que ficamos todos tão incrivelmente surrados — de tantas maneiras interessantes — por causa de um ataque de urso. Especialmente com Carmel exibindo na perna uma marca de mordida equivalente de maneira exata aos ferimentos encontrados em uma das mais horripilantes cenas de crime da história recente. Mas eu nunca deixo de me surpreender com a disposição das pessoas para acreditar.

Um urso. Certo. Um urso mordeu a perna de Carmel, e eu fui lançado contra uma árvore depois de tentar heroicamente salvá-la. O mesmo com Morfran. O mesmo com Thomas. Ninguém, exceto Carmel, foi mordido ou mesmo ferido, e minha mãe ficou completamente intacta. Mas e daí? Essas coisas acontecem.

Carmel e eu ainda estamos no hospital. Ela precisou de pontos e está tomando vacinas contra raiva, o que é uma droga, mas é o preço a pagar por nosso álibi. Morfran e Thomas nem chegaram a ser internados. Estou deitado em uma cama com o peito enfaixado, tentando respirar direito para não pegar uma pneumonia. Fizeram exame de sangue para checar minhas enzimas hepáticas, porque, quando cheguei, ainda estava da cor de uma banana, mas não havia nenhum dano. Tudo funcionava normalmente.

Minha mãe e Thomas vêm nos visitar em um esquema rotativo preciso e trazem Carmel na cadeira de rodas, uma vez por dia, para podermos ver *Jeopardy!* Ninguém quer dizer que está aliviado por não ter sido pior, ou que acabamos tendo muita sorte, mas sei que é isso que estão pensando. Eles acham que poderia ter sido muito pior. Talvez, mas não quero ouvir isso. E, se for verdade, eles têm apenas uma pessoa a agradecer.

Anna nos manteve vivos. Ela arrastou o obeahman e a si mesma sabe-se lá para onde. Fico pensando no que poderia ter feito diferente. Tento lembrar se havia algum outro caminho a tomar. Mas não tento demais, porque ela se sacrificou, minha linda e boba menina, e não quero que tenha sido por nada.

Alguém bate à porta. Olho e vejo Thomas. Pressiono o botão da cama para me sentar e recebê-lo.

— Oi — diz ele, puxando uma cadeira. — Não vai comer sua gelatina?

— Eu detesto gelatina verde — resmungo, empurrando-a na direção dele.

— Eu também. Perguntei à toa.

Eu rio.

— Isso me dá dor nas costelas, seu merda. — Ele sorri. Estou feliz de verdade porque está bem. Então ele pigarreia.

— A gente sente muito por ela — diz. — A Carmel e eu. A gente gostava da Anna, mesmo ela sendo assustadora, e sabemos que você... — Ele para e pigarreia outra vez.

Eu a amava. Era isso que ele ia dizer. Era isso que todos já sabiam antes de mim.

— A casa era meio... insana — ele fala. — Como algo saído de *Poltergeist*. Não o primeiro. Aquele com o velho sinistro. — Continua pigarreando. — O Morfran e eu voltamos depois, para ver se alguma coisa continuava lá. Mas não tinha nada. Nem mesmo os espíritos que ficaram para trás.

Engulo em seco. Eu deveria estar contente por eles estarem livres. Mas isso significa que ela realmente se foi. A injustiça daquilo tudo quase me sufoca por um segundo. Finalmente encontrei uma garota com quem eu queria muito estar, talvez a única garota no mundo, e o que eu tive? Dois meses com ela? Não é suficiente. Depois de tudo que ela passou, tudo que eu passei, nós merecíamos mais que isso.

Ou talvez não. Seja como for, não é assim que a vida funciona. Ela não se importa com o que é justo ou injusto. De qualquer modo, ficar sentado nesta cama de hospital me deu muito tempo para pensar. Tenho pensado em muitas coisas nos últimos dias. Principalmente em portas. Porque foi essencialmente isso que Anna fez. Ela abriu uma porta, daqui para algum outro lugar. E, a julgar por minha experiência, portas podem funcionar nas duas direções.

— Qual é a graça?

Olho para Thomas, surpreso. Percebo que comecei a sorrir sem me dar conta.

— Só a vida — respondo, dando de ombros. — E a morte.

Ele suspira e tenta sorrir.

— Bom, acho que você vai sair logo daqui. Para voltar a fazer o que faz. Sua mãe disse algo sobre um vampiro.

Eu rio, depois faço uma careta de dor. Thomas ri também, meio sem vontade. Ele está fazendo o possível para que eu não me sinta culpado por ir embora, para dar a impressão de que não se importa se eu for.

— Para onde… — ele começa e me observa com atenção, tentando ser delicado. — Para onde você acha que ela foi?

Olho para meu amigo Thomas, para seu rosto preocupado e sincero.

— Não sei — digo baixinho. Deve haver um brilho travesso em meu olhar. — Talvez você e a Carmel possam me ajudar a descobrir.

# AGRADECIMENTOS

Leva muito tempo para uma história chegar ao mundo. Agradecer a todos os envolvidos poderia preencher mais um livro. Então vou me limitar. Boa parte do crédito vai para minha agente, Adriann Ranta, e para minha editora, Melissa Frain. Vocês duas fizeram *Anna vestida de sangue* mais forte. Nenhum livro poderia ter melhores defensoras. Agradeço também a Bill e Mary Jarrett, os proprietários da pousada Country Cozy, em Thunder Bay, Ontário, pela hospitalidade e pelo conhecimento do local. Como de hábito, agradeço à equipe de pesquisa, Susan Murray, Missy Goldsmith e meu irmão, Ryan Vander Venter. Obrigada a Tybalt, por ter levado na boa, e a Dylan, pela sorte.

E, claro, agradeço aos leitores, de todos os tipos, em toda parte. Precisamos de mais gente como vocês.

Este livro foi impresso no
Sistema Digital Instant Duplex da Divisão Gráfica da
DISTRIBUIDORA RECORD DE SERVIÇOS DE IMPRENSA S.A.
Rua Argentina, 171 - Rio de Janeiro/RJ - Tel.: (21) 2585-2000